悪役令息の七日間

ユリシーズ=アディンソン
BLゲームの「悪役令息」である若き公爵。処刑七日前に前世の知識が蘇り、暗躍し始める。儚い見た目に反し、自分が生き残る為に誰かを陥れることに良心が痛まない性格。
トリスタン
BLゲームの「攻略対象」であるユリシーズの従者。元は奴隷であり、幼い頃にユリシーズに拾われた。主人の振る舞いが決して正しいものではないと知りつつ、ついていく覚悟を決めている。
chracters

エリック

BLゲームの「攻略対象」である第一王子。婚約者であるユリシーズを邪険にし、アンブローズを愛している。

アンブローズ

BLゲームの「主人公」である平民の青年。ユリシーズの婚約者であるエリックと相思相愛の仲。

『王宮の花～神子は七色のバラに抱かれる～』

ユリシーズが前世でプレイしていたBLゲーム。主人公が「アンブローズ」、悪役が「ユリシーズ」である。「アンブローズ」が攻略対象の誰かと恋に落ち、それに嫉妬した「ユリシーズ」が悪事を働くも最終的には断罪される、というストーリーだった。
攻略対象は「トリスタン」「エリック」の他に以下の五人を加えた、計七人。

ブランドン:王家や公爵家が重用している商人。
エセルバート:ユリシーズが定期的に通う大聖堂の神官長。
ダグラス:エリックの異母弟にあたる第二王子。
セドリック:エリックの側近である騎士。ダグラスの友人でもある。
ゴードン:王家に浅からぬ因縁を持つ盗賊。

『精霊のゆりかご～選ばれし者たちの聖戦～』

『王宮の花～神子は七色のバラに抱かれる～』を作成した会社が作ったゲーム、主人公が「ノエル」、主人公と結ばれる攻略対象が「シルヴェスター」である。
また、領主「コンラッド」は反乱を起こす地方貴族として存在が示唆されている。

第一章　悪役令息の七日間

一日目

最近流行りの悪役令嬢、あるいは悪役令息という言葉をご存知だろうか。

乙女ゲーム、ＢＬゲームなどで主役と対立する、所謂敵キャラのことだ。そんな悪役令息に、どうやら俺、ユリシーズ＝アディンソンは転生したらしい。

スマホ配信アプリ『王宮の花～神子は七色のバラに抱かれる～』。これがそのゲームのタイトルだ。絶妙に面白くなさそうなタイトルらしく、内容もまたありきたりのものだった。

主人公である平民の少年アンブローズは、神殿にもたらされた神託により己が神子であると知らされる。王宮に連れてこられたアンブローズは七人の攻めと出会い、彼らを攻略するというストーリーだ。ちなみにゲームのホーム画面は、その時攻略中の攻めが表示され、砂糖を吐きそうなほど甘い台詞を吐いていた。

前世の俺は妹にせがまれ、このゲームを共にプレイする羽目になっていた。十八禁のゲームだった事にあえて突っ込む事はしない。バッドエンドが凌辱監禁薬漬けエンドだったとしてもだ。

ようやく高校を卒業し、年齢制限を解禁した妹の前に自重と理性など存在しなかったのだ。しかもハピエン厨の妹はアンブローズが可哀想な目にあうとすぐ俺にスマホを寄越してきた。男でも妊娠できるという特殊な実を腹に埋められたアンブローズがいわゆるレイプ目で廃人と化している姿を見た時は本気でスマホを投げるかと思った。なんとか耐えたが。

更に言えばそのおかげで幸か不幸か、エログロ耐性が出来てしまったのだが。

そしてアンブローズをそんな目に合わせるのが悪役であるユリシーズなのだ。とんでもないやつである。まぁ俺なんだが。

第一王子の婚約者であるユリシーズは、王宮で第一王子をはじめ名だたるイケメンたちに花の如く愛されるアンブローズに対し嫉妬心を向ける。しかしアンブローズへの悪事は最終的に明るみになり、断罪される。これが断罪イベントだ。

その後の展開は大体が流刑なのだが、ゲーム内では三行ほどで済まされていた為実際どのような目にあっていたか定かではない。

突然これらの記憶を思い出した今、どうにかして俺はこの断罪イベントを回避したかった。だがここで問題が一つ生じる。

このイベントが起こるのは今から七日後。有り体に言ってしまえば、時間がない。

何故このタイミングで思い出したのか。もっと早ければやりようもあっただろう。神子を虐めないとか、散財豪遊しないとか、身分の低い者を虐げないとか。

残念ながら俺は、一通りの悪事に手を染めている。イベントは不可避だ。では今更俺にできる事は何かと言うと、今後の展開をせめてマシなものにする、それに尽きる。

その為の布石となり得る行動を、全て回収する。たかが悪役の俺に、どこまで出来るか分からないが。

「ユリシーズ様、本日の料理がお口にあいませんでしたか？」

戦々恐々と声をかけてきたのは、料理を運んできたメイドだった。明らかに恐怖の浮かんだ声音は、俺が料理人もろとも折檻すると考えたからだろう。

前世の記憶を思い出していた俺はフォークとナイフを手にしたまま、呆然と料理を見つめていた。傍《はた》から見れば料理の味に呆けていたように見えるかもしれない。

声をかけられるまで、自分が食事中だったことなど忘れていた。メイドの言葉を否定し食事を続けると、ほっと安堵の息が聞こえてくる。

高位貴族らしく美しく洗練された所作で食事を終えてから、従者に声をかけ部屋へと戻る。

部屋で一人になった俺は、とりあえず鏡で自分の姿を確認する事にした。ユリシーズは悪役だが、ゲームファンの間では〝運営に愛されたキャラ〟と言われるほどビジュアルに優れていた。

「ふむ？　確かに」

鏡に映る姿は、確かに美青年と言えるだろう。月の女神も斯くやというほどに見事な銀髪に、宝石にも劣らぬ輝きを放つ高貴な青紫色の瞳の持ち主だ。

むしろ悪役を何故こんな儚げな配色にしたと言いたいくらいに。とはいえ十九年間毎日見続けてきた自分の顔である。まあこんな物だったかという程度で感慨も特にない。確かに稀に見る美形ではあるが、それはすでに分かりきった事だ。

前世を思い出したとは言え、今更記憶がプラスされた程度では性格や思考にそう影響はしない。

つまるところ、儚く美しい外見は何かと便利だろうという感想に尽きる。

「さて、何からしたものか」

呟くが、部屋には俺一人しかいない為当然それに答える声はない。暫し目を閉じ、頭の中で今後の行動を整理する。時間は待ってくれない。まずやる事は逃亡手段の確保ともう一つ。過去の行いへの〝建前〟が必要だ。

俺は扉の前で控えているだろう従者に声をかける。

「トリスタン、入ってこい」

「お呼びでしょうか」

「ブランドンを呼べ」

「は、ブランドン、様でございますか」

ブランドンはゲームのメインキャラ、七人いる攻めのうちの一人だ。ユリシーズが物を買う際、商人である彼を必ず呼んでいた。命令を下された従者が不満げに眉を寄せるのは、俺がまた無駄遣いをすると思っているからだろう。

それでも大人しく言葉に従うのは、一介の従者が何を言おうと俺が聞き遂げる事は無いからだ。

まあ間違ってはいないがな。なんせ逃亡には足が必要だ。それをブランドンには用意してもらう。

俺にとっては無駄ではないが、それに伴う出費は高くつくに違いない。

さて、あの商人が俺を待たせる事は無いが僅かな時間すら無駄にはできない。ブランドンを待つ間にやる事がある。引き出しから上質な紙を何枚か取り出し手紙を書く。丁寧な挨拶文に始まり、貴族らしい御託を並べようやく本題に入る。

まったくもって回りくどいが、これが当たり前なのだからしょうがない。何名かの名前を書き上げると、これまた丁寧な言葉で手紙を締め括る。端と端が重なるよう、慎重に手紙を折り家紋の入った封蝋を施す。これで一つは完成だ。

そしてもう一通。一応今のところ婚約者たる第一王子に向けての手紙だ。これは読まれる事なく捨てられるかもしれないが、可能性が少しでもあるなら書くべきだろう。先ほど使った紙とは異なった、ぬくもりのある紙を選び言葉を綴る。インクが乾かないうちに、ほんの少しの細工を施し封筒へ仕舞う。二通の手紙を書き終えた頃、タイミングを見計ったように扉からノックの音が聞こえる。

「ブランドン様をお連れしました」

「入れ」

入室の許可を出すと、従者に連れられ一人の男が入ってくる。華やかな流行の服に身を包んだ彼こそ、商人ブランドンだ。

焦茶色の髪と深緑の目。従者ほどでは無いが、上背もありそこそこ体格に恵まれている。顔立ちも派手な装いを着こなせるほどには整っているだろう。

俺は従者に声をかけ、メイドにもてなす準備をさせるよう伝える。命令を簡潔に受け入れると、従者は軽い身のこなしで部屋を後にした。

俺は挨拶もそこそこに、ブランドンに席を勧める。俺が畏まった挨拶を好まないと知っているからか、彼は促されるまま向かいのソファへと腰掛ける。

「お声がけいただき光栄です。それで今回はどのような物をお求めで？」

「馬車を用意してほしい」

「なるほど。ではどのような意匠に致しましょう、私のお勧めは他国で最近人気の硝子細工をお薦めしたいですね、なんでも人体にも無害な染粉で着色を施しているとか」

「とにかく地味な物だ。出来ればその辺にある使い古しが望ましい」

ブランドンのセールストークを遮り、俺は簡潔に用件を伝える。豪奢な飾りも質の良い布も不要だ。とにかく目立たない、下町で馴染むものが好ましい。

俺の言葉を不審に思ったのだろう。貼り付けた笑顔はそのままだが、彼の目は探るような光を帯びている。

派手好きなユリシーズが地味な馬車、それも中古品を望むとくれば穏やかな理由では無いと勘繰るのも無理は無い。

素直に逃亡用などと伝える気はさらさら無いが。

「近いうち、国境へ行く」

「それはまた、一体なぜ？」

「我が領地は天候と土地に恵まれ、作物が豊かだと知っているな？　おまけに山脈に守られ魔物による被害も少ない、いわば天然の要塞だと」

それは勿論と、ブランドンは神妙に頷く。

「恵まれた領地故、狙われやすいとも知っているな」

「……まさか」

言葉は最低限に。

相手の想像力を掻き立てる程度に。

国境、恵まれた領地、目立たない馬車。これが揃えば俺が何を言いたいか、想像に難く無いだろう。他国からの侵攻を警戒している、と。

隣国に我が領地を侵攻する動きがあるのは事実のはずだ。ハッタリでも何でもない。何故ならゲームでは、我が領地へたまたま足を運んだアンブローズが隣国の者に襲われる場面がある。これは攻めの一人である騎士と好感度を上げる為のイベントであり、この時の襲撃者は間者だとのちに分かる。

珍しくこの事件は俺とは無関係の事件で、アンブローズが大事にしたがらなかった事もあり明るみにはなっていない。

当然本来であれば俺も知らない出来事だ。

「それからこれを」

「これは？」

俺は机の上に一つの小箱を置く。質の良い小箱は掌大で、そのサイズを考えると恐ろしいほど精緻な彫りが刻まれている。俺は首から下げていた小さな鍵を外すと、金属製の鍵穴にそれを差し込む。カチリ、小さく音が鳴り蓋を開ければ、そこには一つの宝石が眠っている。

「これは珍しい、精霊石ですか」

精霊石。

そう、このゲームの世界に魔法は存在しないが、魔獣や精霊と言ったファンタジー要素がある。神子に神託が下されるくらいだしな。

そして精霊石は名前の通り精霊の眠る石の事だ。

精霊石は幸運を運ぶと言われ、持ち主が危機に陥った時にその身を守るとも言われている。これが事実か、俺には分からない。何せ精霊石を手にしていながら、ゲームの俺は断罪されるわけだし、もしかしたら悪役の俺にだけ効果が無いなんて事もあり得る。

今の俺には綺麗なだけの無用の長物に過ぎない。

「馬車を用意するにあたって、これを預けておきたい」

「はあ!?」

先ほども言ったように、精霊石は珍しい。つまりそれだけ高価という事だ。下手をすれば宮殿が建つほどに。それを預けるというのだ、ブランドンにしてみれば正気を疑うレベルだろう。

「あのねぇ、馬車を買いたい理由は分かりました。それこその辺にあるボロ馬車なんてユリシーズ様ならポンって簡単に買える代物ですよ。何でまたこんな国宝みたいな物、預からなきゃならんのです」

ブランドンには笑みを浮かべる余裕も丁寧な言葉を選ぶ余裕もないらしく、その表情は困惑に満ちている。

「万が一、隣国の動きを俺が悟っていると知られればお前もタダでは済むまい。何もやるとは言ってない。貸すだけだ。担保とでも思っておけ」

「担保ってアンタねぇ」

「納得できないという顔だ。そうだな、ならついでにちょっとした頼まれごとをしてくれないか」

二言三言。俺はとある『頼みごと』を口にする。

「――、いいんですか？　それで」

「ああ、任せたぞ」

商人にとって最も価値あるものは金ではない。

それは〝信用〟だ。

信用がなければ商売は成り立たず、利益を得る以前の問題なのだ。だからこそ今回精霊石を預けたのは〝信頼〟の証となる。ただの利害関係にあった俺に最も欲しいそれを与えられ、ひどく困惑する事だろう。それでも商人としての血が、取引を受けないなど許さない。

ブランドン、お前は俺が上手く逃亡する為に不可欠な存在だ。下手こいてくれるなよ？

「はあ、分かりましたよ。受け取ります、これはぜっっったい返しますから!!」

「当然だ。それで馬車だがいつ用意できる？」

「明明後日には必ず」

色良い返事がもらえて何よりだ。

俺はにこりと笑うと、ブランドンの手を取り小箱を渡す。

「頼んだぞ、ブランドン」

「っ、言われなくとも。こちとら商人ですから」

ブランドンはうっすらと頬を赤く染めると、話は終わりとばかりに立ち上がる。

丁度扉に差し掛かる頃、紅茶を準備したメイドの声がかけられる。

しかしブランドンには馬車を用意すると言う大役があるのだ。のんびりティータイムを過ごしてもらっては困る。

俺はブランドンが帰る旨を伝え、見送りをするように言う。悪いが紅茶は俺一人で美味しく頂くとしよう。

ブランドンと入れ替わるように従者が部屋に入ってきたので、代わりに紅茶の準備をさせる。前世で言うところのジャスミンとアールグレイが合わさった香りはたいそう華やかで、口当たりも優しい。高級なだけあり味も十分だ。

「ユリシーズ様」

「ふむ?」

「彼と何を話されていたのです」

当然そうなるだろう。態々《わざわざ》従者に命令したのも、ブランドンとの会話を邪魔されたくなかったからだ。この屋敷の事に詳しい従者は、俺が知るべくもない隣国の情報を如何にして手に入れたのか訝しむだろう。それでは俺が困る。

「ただの世間話だ。最近は硝子細工が流行っているらしい、知ってたか？」

嘘ではないが、全てでもない。しかし従者は今回硝子細工を買い求める為ブランドンを呼んだと納得したのだろう。それ以上話を掘り下げる事はなかった。

大変結構。

さて紅茶も楽しんだ事だし、次の行動を起こさねばならない。俺は先程書き上げた二通の手紙を取り出すと、徐に従者へ手渡した。怪訝な表情は、宛先を見てすぐに驚愕へと変わる。

「王様と、第一王子への手紙ですか」

「そうだ。ついでに広間に使用人を全て集めておけ」

何を企んでいるのかと視線がうるさく伝えてくるが無視をする。それに俺の立場は公爵であり第一王子の婚約者だ。手紙を出そうと何らおかしな事は無い。それもあと七日の事だが。

「使用人を集めて一体何のつもりですか」

「ふん、うるさい奴だ。口答えするのか？」

「滅相もない、ただ気になっただけです。不快にさせたようであれば申し訳ありません」

慇懃無礼とも取れる態度だが、俺はトリスタンに限りこれを許している。

彼は元々奴隷の身で、九年前俺がたまたま興味を引かれたから買ったのだ。死にかけでボロ雑巾のような様が可笑《おか》しく、これをどこまで人間らしく磨けるか試してみたかった。

元奴隷に公爵家の従者など務まるはずもないし、認められるわけもない。従者の真似事をさせているに過ぎないのだ。ただ俺のごっこ遊びに対して父親は、最期まで口を出す事なく表面上は好きにさせていた。

生前の父親は俺以上に身分へのこだわりが強く、奴隷ならなおさら人扱いさえしない人だった。我が親ながら最低である。いや、むしろ流石俺の親だと言えるのか。

しかしこの考え方は、貴族であればそう珍しいものではない。命の価値に当然違いはある。この国の象徴たる王と、その日の食事にさえ困窮するスラムの住人が同じと言えるのか？

そんな事を口にしようものなら不敬罪で速攻胴体と首がさよならする。命の価値を問うというのはそういう事だ。前世の日本とこの世界は別物であり、身分制度がある以上仕方ない事だ。

「それを届けるのは後でいい。まずは広間に来い」

説明する気がないと伝わったらしい。従者はしぶしぶ頷くと、使用人を集めるべく一足先に部屋を後にする。

さて、俺ももう一仕事しなければな。

命の価値に違いはあるが、彼らにも人として感情があることを俺は十分理解している。

「さて使用人諸君。集めた理由は他でもない。お前たちの今後の処遇についてだ」

俺の声に、ざわりと使用人たちは騒ぎ出す。やはり朝の料理が、やら先日の花瓶の件が、やら聞こえてくるが今はあまり関係ない。いや関係なくはないのだが、取り敢えず置いておく。

「トリスタン、これを」

斜め後ろに控える従者の名前を呼び、懐に忍ばせていた一通の手紙を渡す。

「これは……」

封蝋に描かれているのは国花。それが意味するところ、つまりは王から直々の手紙という事だ。

勅命である。俺の促すまま従者は手紙を封筒から取り出すと、手紙に書かれた内容に目を見開く。

内容を要約すると、王宮で仕えるにふさわしい人材を見出し育成せよ。シンプルに言えばこんな事が書いてある。これは四年ほど前、父が亡くなり俺が家督を継いだ頃に命じられた事だ。

その言葉を聞いた使用人たちは尚更ざわめきを大きくする。

「静粛に」

その言葉に、広間はシンと静まり返る。

「手紙に書いてある通り、俺は国王陛下からの命を受け君たちが王宮勤めにふさわしい品格、能力、そして忍耐力を持っているか試していた」

今度はお互いの顔を見合わせるだけで使用人たちが声を上げる事はなかった。我が使用人は理解が早く実に結構。俺は内心うっそりと微笑むが、実に神妙な表情で表面上は頷いてみせる。

「これまでの勤務態度を鑑みて、今回数人の使用人を推薦する事に決まった」

「ユリシーズ様、発言をお許し願えますか」

俺の予想通り、従者はそう言った。俺と使用人たちの視線が従者に集まる。俺が頷いてやれば、彼は動じる事なく、己の疑問を口にした。

「先程の手紙はもしや」

「いかにも、推薦する者の名前が書かれている」

俺の言葉に、使用人たちが興奮する気配が伝わってくる。彼らにしてみれば、この上ない僥倖だろう。王宮勤めなど花形中の花形だ。たかだか一介の貴族では仕えることなど叶わない。

「そういうことか、あなたのこれまでの態度は」

俺の言いたい事を代弁してくれる従者は有能だ。思わずこぼれたそれは独り言のつもりだろうが、ここにいる全員が従者に意識を向けている。そんな状況での呟きが、彼らに聞こえていないわけがない。

従者の仕事は取り敢えずここまで。俺はわざとらしく手をパンッとたたき視線を向けさせる。

「俺がこの屋敷を継ぎ、四年経つ。俺のような若輩者に仕える事になり、苦労も絶えなかっただろう。こう言っては何だが、お前たちの家に軽く褒美を送った。暇を出すから、一度家に帰り休息を取ると良い」

褒美と言っても、俺の私物、宝石類などをブランドンに送るよう頼んだだけだ。とはいえそれらは使用人では手の届かないような高級品である。突然そんなものが送られてきては家族もさぞかし驚くだろう。俺の悪名を知っていれば、盗人に仕立てる為に送られてきたんじゃないかと誤解するかもしれない。それはそれで楽しそうだが、今する事でもない。事情を〝正しく〟理解している使用人たちが直接説明した方が納得できるだろう。

「さあ、俺の言いたい事は以上だ。皆各自の仕事に戻るように」

これで七日後の断罪イベントに、彼らが関わる可能性は低くなる。俺は優しい人間なので、無関係な彼らが関わらなくて良いよう手を回してやるつもりだ。

使用人たちは興奮冷めやらぬまま、各々の持ち場へと戻って行く。広間に残っているのは従者と俺の二人だけだ。

「ユリシーズ様」

「ああ、トリスタン。先程の手紙だが持って行ってくれて構わない」

使用人を虐げる冷酷な主人から、汚名を被りながらも王の命を忠実に遂行する家臣となった俺に、従者はどう対応すれば良いか戸惑っているのだろう。

そもそも俺は悪役令息ではあるが、元々そこまで迂闊な人間ではなかった。当然悪事に対し理由はきちんと用意していたのだ。

これまで折檻してきた使用人は、俺の〝愛しい〟婚約者からのプレゼントを盗んだ者であったり、不真面目な態度で仕事をしていたりと、罰を与えられても仕方ない相手を選んでいた。折檻が多少苛烈であったかもしれないが、仮にも公爵家に仕える使用人としてあるまじき行いだ。まあ手を下したいばかりに、俺があえてそう言う人間を選んでいた節はあるが。

言い訳は大事だからな。

従者は物言いたげに苦悩の表情を浮かべるが、ついぞ言葉が続く事はなかった。従順に俺の与えた命令をきくべく、手紙を手に厩へと向かって行く。

蒔いた種が、この先うまく芽吹けば良いが。

二日目

突然だが、俺は今神殿に来ている。

王宮から程近く、馬を十分ほど走らせた場所に神殿は建っている。白で統一された内部は荘厳で美しい。王都に住む国民であれば、多くはこの神殿に足を運び定期的に祈りを捧げる。

俺もまたその一人だ。

前世を思い出すまでの俺は信仰心のかけらも持ち合わせてはいなかった。祈らなければ外聞が悪いため神殿には通っていたが、当然祈りも形だけのものだった。しかしこうして転生を体験してみると、多少信じてみる気にもなる。

「ユリシーズ様」

「エセルバート神官長」

エセルバート。彼もまたゲームの攻めの一人だ。この国では珍しい艶のある黒髪に清潔感のある白い祭服。神官らしい外見をしており、いかにも敬虔な信徒である。

「いつも通り、祈りの部屋を用意してございます」

「ああ、悪いな」

本来であれば他の信徒と共に大聖堂で祈りをあげる。しかし俺は訳あっていつも個室で祈っていた。案内されたのは、俺の背丈ほどの女神像と質の良い絨毯の敷かれた六畳ほどの個室だ。シンプルな作りの室内は、祈りの部屋だけあり調度品や飾り気はおろか窓一つない。従者を伴っていた俺は、いつも通り扉の外で待つように命じ、一人室内へ足を踏み入れる。靴を脱ぎ揃え、女神像の正前へと立つ。

本来この世界に靴を脱ぐ習慣はない。素足を見せるという事は、裸になるのと同様の意味を持ち一般的にはしたない行為とされるからだ。しかし神の御前であればそれは、己の全てを曝《さら》け出すという意味に変わる。

「ふっ」

たかが場所が変わったくらいで裸足の意味が真逆になる事がおかしく、俺は失笑する。揃えた両膝を絨毯につければ、膝を痛めない為か柔らかい感触が伝わる。俺は今まで、外から見えないのを良い事にまともな祈りなどしてこなかった。だからこれまで態々《わざわざ》靴を脱ぐこともなかったし、膝をつけた絨毯がこんなにも柔らかいと言う事実を知らなかった。

しかし今、何の因果か前世を思い出した俺に、神への隠し事など一切存在しない。明日をも知れぬ身だ。そう簡単に死んでやる気はないが、最期くらいまともに祈っても良いだろう。

神に祈る作法は厳格に決められている。この国の民であれば幼い頃から躾けられ、貴族であれば言うまでもない。

(前世を思い出させてくれた神様。俺は絶対逃げ延びてみせる。ゲームのシナリオ通りになんかなってやらない)

こうして前世を思い出したのは、断罪イベントを回避するチャンスを与えられたという事だ。決意を固め、己自身に改めて誓う。大人しく破滅を待つだけなんて、絶対にごめんだ。

「ユリシーズ様」

「ッ！」

思いがけず声をかけられ、俺は祈りの姿勢のまま大袈裟に肩を跳ねさせる。

いつのまにか扉が開けられていたらしい。真剣に決意を固めていた所為で気付かなかったが、おそらく何度も声がかけられていたのだろう。エセルバートが勝手に扉を開けるなど、平生であればあり得ない。反応のない俺を心配し、返事を待たず扉を開けたと言ったところだろう。

俺は作法通り姿勢を戻し祈りを終える。エセルバートは俺が裸足だと気がつくとさっと目を伏せ小さく失礼、と呟いた。従者もそれにならい部屋の外へと向き直る。

神の御前で裸足になる事は身の潔白を証明する事に等しいが、それでも素足を見せる行為は閨を連想させ一般的に性的と評されるのだ。その感性は、神に仕える神官であろうと変わらない。裸足を見られたところで恥じらいなど有りはしないが、二人が気を使い目を逸らしてくれているのでさっさと靴下と靴を履く。

「長居しすぎたか？」

「いいえ、ただいつもより祈りの時間が長く、お声がけしても返事が無かった為、もしや中で倒れていらっしゃるかもと。祈りの邪魔をしてしまい申し訳ありません」

確かに神へ語りかけてはいた。しかしどちらかと言うと自分自身への決意がメインであった為、あれを他の信徒と同じような祈りと同等に括って良いものか疑問だ。敢えてそれを告げる事はないが。

「邪魔などとは。そうだ、いつもの件だが」

「ああ、ありがとうございます。それについては別室で」

「エセルバート様！」

声変わりを終えた低い声が、不意にエセルバートの名を呼ぶ。俺によく似た銀髪の青年は、デザインが少し異なるが同様に白い祭服を身に纏っている。

「なぜこの場所に？」

「エセルバート様を探していたのです。この後は北の小神殿でミサを行うはずでは？」

「まったく、話を聞いていなかったのですか。私は別の者に任せたはずです」

「でも」

青年は言葉を途切れされると、意味深にこちらに視線を向ける。

つまり俺が急に来たからそのミサにエセルバートが参加できなくなったのか。お前のせいだ、と青年は言いたいのだろう。エセルバートは彼の言いたいことが伝わったのか焦った様子で青年を諫めた。

「あなたこそミサに参加しなければならないのですよ、こんな所で油を売っておらずさっさと向かいなさい」

「でも」

「まったく困った子ですね、いいですか、あなたは見習いなんですよ。誰よりも早く準備をしなければ」

青年はエセルバートに促され、しぶしぶその場を離れた。その際しっかりと睨まれたがそれを俺が気にすることもない。視線で人は殺せないし、それでなくとも子猫のような睨みなど痛くも痒くもない。

「申し訳ありません、彼にはよく聞かせますので」

「貴族に対する態度としては確かに望ましいものじゃないな。俺はさして気にしないが」

青年の態度は無理もない。彼は俺の父の沢山ある汚点の一つだ。俺が個室で祈る理由もあの青年にある。

俺の父は享楽的で手が早く、美しいものが大好きだった。美しい宝石。美しい建物。美しい服。そして美しい人間。俺の母を妻に選んだのも、それはそれは素晴らしく美しい容貌だったからだ。

そして青年の母は、神に仕える身でありながら父にその身を穢され青年を身籠った。

つまり俺たちは異母兄弟という事になる。お互い顔は母に似たため、一目見ただけでは兄弟だと分からない。しかし見事な銀髪が、俺たちは無関係でないと示している。

平民の多くは髪の色が茶色だ。ゲームの主人公であるアンブローズも、平民であるが故赤みがかった茶色の髪をしており、作中では平凡な自分の髪色を卑下するシーンがある。そんなコンプレックスも、攻めたちに愛され和らいでいくのだが。

つまり、銀色の髪を持つ青年の父が誰かなど想像に容易いという事だ。初めてお互いを視認した時、青年の表情は驚きと絶望に満ち、随分と滑稽だった。思わず吹き出してしまいそうだったが、俺は根性で痛ましい表情を浮かべてみせた。同情されたと思ったのだろう、それ以来蛇蝎《だかつ》の如く彼には嫌われている。あの場で爆笑するよりはマシだと思ったんだが。

「寛大な御心に感謝します。では部屋を移動しましょう」

祈りの部屋から少し離れた個室へ案内され、ソファへと腰掛ける。一見質素な作りだが、座り心地は悪くない。身分の高い者が座ることも考えられているのだろう。

「さて、では寄付についてだが〝いつも通り〟で構わないな？」

「ええ、いつもありがとうございます。あなたに神のご加護があらんことを」

「その言葉、謹んで受けよう。エセルバート神官長」

因みに俺は、父に似て宝石も金も権力も大好きだ。それを悪いとも思わない。人間であればそれらに魅力を感じるのは当然であり、貴族である限り相応しい物を身につけるのも同様だ。

それに、高位貴族が高級品を纏うのは、何も贅沢のためだけじゃない。貴族と平民のあり方に、明確な線を引くためでもある。

もし俺がその辺にいる農夫と同じ服を纏ったとしよう。どういう結果をもたらすか分かるだろうか。彼らは愚かにも、貴族である俺と同等だと勘違いし、ひいては王への権威さえ疑うようになる。自分も簡単にその地位に立てるのではないかと、脳みその足りない彼らは錯覚するのだ。

そのような事を避ける為、貴族は貴族らしくあらねばならない。贅沢をするのは悪い事ばかりでは無いのだ。

つまり何が言いたいかというと、領民の金を横領するのも少しは許されて然るべきだという事である。

その隠れ蓑として、俺はある程度の額を神殿に寄付し、また個人的に貧しい者たちへの施しをそこそこ行なっている。領民を苦しめるほどの税は集めていないし、きちんと国に納めるところは納めているし、貧しい者や神殿は潤うし、おまけに俺の懐も潤う。双方にメリットがあるどころか三方良しの関係なのだ。エセルバートは当然横領の事実を知らないが。

さて、今回は寄付を目的に神殿へ足を運んだわけでは無い。あくまでこれはオマケだ。何せ六日後には、俺は有する全ての富を失うかもしれないのだから。

寄付の話を終えた後、本題に入るべく意図して会話を途切れさせる。エセルバートが怪訝に思い顔を上げると、ぎょっと驚きに目を見張った。

普段自信に満ちたユリシーズが何か思い詰めたような表情を作っているのだ、当然だろう。

「ユリシーズ様、どうされました⁉」

「……？」

「どこか体調でも優れませんか？」

おろおろと手を忙しなく動かしソファから立ち上がると、エセルバートは俺の隣へ座りハンカチを差し出した。涙で潤んだ目をエセルバートに向けると、彼がはっと息を呑む音が聞こえる。

「エセルバート神官長、神に仕えるあなたに、どうか懺悔しても良いだろうか」

「そのような……、あなたがそれ程まで追い詰められるほどの事なのですか」

俺はつとめて悲しげに見えるよう、視線を机に下げた。目元を拭わないまま、手に力を込め受け取ったハンカチに皺を作る。

「俺は罪を犯しました。婚約者エリック様の心が移ろう事を恐れ、過度に己が身を装飾し、清貧から程遠い振る舞いをしました」

筋書きはこうだ。

第一王子であり婚約者でもあるエリックは、俺のことをもともと毛嫌いしていた。

本来、政略結婚に好きも嫌いもない。利害関係があるのみだ。第一王子に嫌われていた俺は、それでも王子のことを愛していた。空回りだと知りながら、王子に少しでも振り向いて欲しくて自分を華美に飾り立てた。

しかし輝かしい宝石も煌びやかな服も、どれだけ身に纏おうと第一王子の心が俺に靡く事はなかった。それどころか、平民、アンブローズに熱を上げいまや己の立場も危うい。嫉妬に駆られた俺は数々の嫌がらせをアンブローズに行った。

そのように思わせるのだ。

王子の事なんざこれっぽっちも好いていないが、婚約者がありながら別の男に手を出すのもどうかと思う。そんな事をしたら、付け入る隙を与えるようなものだろう？

健気な様を演じながら、敬虔な信徒の如く己の『罪』を告白する。

「きっとこんな俺を神はお赦しにならないでしょう」

表面張力によって保っていた涙の膜は、眼球を動かしたことで重力に逆らわず落ちていく。落ちた雫はハンカチを握りしめた手の甲に落ち、つるりと滑っていく。

「そんな事はありません！」

「っ！」

不意に膝上の両手を握り締められ、ぐっと向き合う形になる。その拍子にハンカチが手から滑り落ち、エセルバートとぶつかった膝の上にはらりと落ちる。

「あなたの感情は人として当たり前のものです。愛する婚約者が奪われたのだから。それにユリシーズ様は行いを悔いていらっしゃる、そのようなあなたに我らが神は赦しを与えないわけがない」

「……エセルバート神官長」

ぐっと眉根を寄せ、苦悩の表情を浮かべる。溢れる涙はそのままに、エセルバートをじっと見つめた。

ものすごくシリアスな場面のはずなのだが、その時俺が感じたのは――こいつ無自覚面食いな上、外見で中身に夢見るタイプだ、という事だった。確かに俺の見た目はすこぶる良い。銀髪に青紫の目。滑らかな白い肌。目や鼻といったパーツは完璧な位置にある。身長は高くないが、顔が小さく足が長い。神殿に置かれた天使像より天使らしい見た目をしているだろう。それは認める。

しかしこのエセルバートの熱は度を越している。俺を励ます真っ当な台詞だけでは伝わらないだろうが、どうにも対面するエセルバートの様子がおかしい。法悦に浸る様は蕩然と表情を崩し、神官長らしい厳かな気配など吹っ飛んでいる。むしろ閨で愛を囁く時のような居た堪れない雰囲気を醸しているのである。

健気な態度を崩すわけにもいかず握られた手はそのままにしているが、内心正直ドン引いている。

「ゴホッ」

「！」

「あっ」

態とらしく咳き込んだのは、俺の従者である。その存在は本音を言うとすっかり忘れていた。エセルバートも忘れていたのだろう、はっとすると俺の手を解放し後ろで手を組み赤い顔で忙しなく慌てる。おろおろと神官長らしさをかなぐり捨てたエセルバートは、つるりと口を滑らせる。

「だ、だいたい婚約者のいる身で姦淫に通ずる方が余程罪深いでしょう」

「ん？」

「あっ、いやっ」

慌てて取り繕う様が、それを事実たらしめる。なるほど？　良い事を聞いた。

ゲームのイベントでは夜の大聖堂で致すシーンがあった。確か、第一王子とアンブローズが遠乗りに出かけ、その帰りに雷雨に見舞われるのだ。もう少し馬を走らせれば王宮に着くものを、二人はあろう事か神殿で雨を凌ごうとする。冷えた身体を温めあうために、という王道展開だ。神の御前での交歓は、さぞかし刺激に満ちていた事だろう。

青い顔で励ますエセルバートには悪いが、俺は内心歓喜していた。

何せ俺と第一王子はまだ婚約関係にある。その上嫌われている俺は、第一王子と肉体関係に至っていない。俗物的な表現だが、俺は童貞処女である。当たり前だ、第一王子の婚約者である俺は他人に身体を許したりしないいし、閨教育も知識だけのものだ。俺の全ては第一王子のために取っておかなければならなかった。そういう意味では、口付けさえした事ない俺の身体はまっさらと言えるのだろう。

それに対し第一王子はあろう事かアンブローズと肉体関係を持っていると言う。

これが喜ばずしてどうする？

明確な裏切り行為は、俺にとって願ってもない。

「ユリシーズ様、お気を確かになさって下さいね、私にできることがあれば仰って下さい」

「ありがとう、エセルバート神官長。でも良いんだ。俺は……もう疲れた」

その言葉に、エセルバートは痛ましげな表情を浮かべる。震える肩に手をかけるが、返す言葉に悩んでいるようだった。

俺は疲れた表情を浮かべ、挨拶もそこそこに部屋を辞した。

従者に促され、俺は力なく馬車へと乗り込む。公爵家の馬車らしく、座り心地の良い座席へ腰を下ろした。いつもそうしているように従者が向かい側の座席へ腰掛けると、馬車が緩やかに走り出す。

従者はかける言葉に窮しているのだろう。馬車内は重苦しい空気に包まれている。彼もまた、エセルバートと同様に同情の籠った目で口を開閉させていた。

俺は口元に手を当て、肩を小刻みにふるわせる。

「くっ、……ぶふっ、ぁっはははははっ！」

ああ、駄目だ。堪えられない！

対面する従者がぽかりと間抜けな表情を浮かべるが、気にかける余裕などない。従者の手前、婚約者に名実ともに裏切られた俺は、健気で哀れな男を演じなりればならないのに。

「くくっ、実に愉快、そうは思わないか？」

「は？　自分にはよく理解が……」

「あちらから墓穴を掘ってくれるとはな。手間が省けた」

さあ、これでほんの少し光明が見えてくる。断罪イベントまで今日を含めあと六日。

せいぜい足掻いてみせようじゃないか。

三日目

神殿の帰り道、俺が馬鹿笑いを見せた従者の態度は幸いにも変わる事はなかった。そういうわけで気持ちを切り替え、今日も今日とて生き残る術を模索する。

「それで、この手紙に書かれた十名が、其方の推薦として良いのだな？」

「はい、陛下」

今日は王宮に来ていた。今回召喚に応じたのは他でもない。記憶を取り戻した日に手配した手紙に関する事だ。

流石に奴隷の身分であった従者もどきを連れ歩くわけにもいかず、あれは馬車で待機をさせている。登城するのは俺一人だ。

俺は片膝をつき胸に手を当てた状態で王の問いに応える。顎を引き目線を低く保つのは、王の尊い御身を不躾に見ないためだ。片膝をつくのは無抵抗のあかし。胸に手を当てるのは心臓を捧げる事を意味する。貴族であれば、王に侍る姿勢の全てに意味があると知っている。神殿での作法と同じように。

洗練された所作は俺の見た目と相まってさぞかし見栄えのする事だろう。背骨を丸めずわずかに前のめりになる姿勢は普段使わない筋力を使うため、謁見が終わる頃にはいつも身体がばきばきになるのだが。しかし何時間もこの姿勢を保つわけではない。少しの間くらい耐えてみせよう。

「ふむ、其方の選んだ人材であれば問題なかろう。では早速明日から王宮に仕えてもらおう。其方の方から使用人には伝えよ」

「承知いたしました」

恭しく命令を承る。

権力大好きな俺だ、当然王への態度も抜かりない。従順で忠実な家臣のふりをする俺を、ありがたいことに王は随分買ってくれている。

「ところで、〝あれ〟はどうだ?」

「は、あれと申しますと」

「其方の婚約者、エリックだ」

言うに事欠いてあれとは随分な言い草だ。そのうえ〝俺の〟婚約者。実の息子に向ける表現としては不適切だ。仮にも第一王子は王位継承権第一位。王太子である。

「平民に熱をあげておると聞く」

「陛下、恐れながら申し上げます。そのような言葉をいったいどこで……」

「ふっ、面白い言い回しではないか、まさしくあれは病にかかっているのだよ。其方という者がありながら、愚か極まりない」

ゲームの世界では断罪イベント後に王がアンブローズを認めるイベントが起こる。逆に言うと、断罪イベントが起きるまではアンブローズへの評価はいまいちという事だ。婚約者のいる第一王子

に言い寄るアンブローズは、王にしてみれば婚約者持ちの王子をたぶらかしたとんだビッチという
わけである。

「多少の火遊びなら許容も出来ようが、これ以上問題を起こすならば王位継承も考えねばならぬ」

「陛下、それは」

おいおい、どういう事だ。

ゲームでは王の存在は後半になるまでほとんど出てこない。なんせメインはご都合主義たっぷりのラブコメだ。凌辱監禁薬漬けも、選択肢のミスでヤンデレ化した攻めたちによる行き過ぎた愛ゆえの行動だ。どろどろした政治やら権力争いやらは極力描写されていなかった。

だからこうしてはっきりと口に出されるまで自覚できなかったが、第一王子の立場は俺が思っている以上に危うい状態なのではないか？

「ふ、老いぼれの戯言と思い聞き流せ」

「そのようにおっしゃる年齢でもありますまい」

そもそも前提がＢＬゲームだからと気にも留めていなかったが、第一王子に男の俺が婚約者の時点でおかしいだろう。第二王子がいるとはいえ、世継ぎの問題が確実に起こる。

第一王子の婚約者が、男でなければならない理由があるとしたら。

俺は自分の考えに、ぞくりと背筋に悪寒を走らせる。もしこの仮定が正しければ、王はとんでもない秘密を抱えている事になる。

「つまらぬ話を聞かせたな。もう下がってよい」

思考を働かせながらも、体に染み付いた動作は完璧だった。ちらりと王の姿をバレない程度に一瞥し、俺はその場を後にした。

「ユリシーズ殿じゃないか」

「ダグラス様」

馬車へ戻る道すがら、聞き覚えのある声に呼びかけられる。第二王子ダグラス。彼もゲームの攻めの一人だ。王宮内にある図書館からの帰りなのだろう、彼の手には分厚い書物が五冊抱えられていた。

ダグラスの色彩は柔らかく、淡い茶色の髪にくすんだグリーンの瞳。顔立ちも柔和なので、随分優男の印象を受ける。

第一王子が派手なキンキラキンの見た目なので、色合いで言うと彼ら兄弟は似ていない。王の髪も年齢の所為かくすんではいるが金色なので、どちらかと言うとダグラスが王に似ていない、という表現が正しいのだろう。

とはいえ顔立ちは母親である側妃によく似ており、髪の色は彼の祖父のものと同じなので全体的に母方に似たのだろう。

第二王子という立場、王に似なかった顔立ち。この二つの理由が彼から自信を奪った。

「重そうですね、手伝います」

「ああ、すまない。丁度腕が痺れてきてたところだったんだ。助かる」

重ねられた書物の内、上の三冊を持ち上げる。ずしりと重いそれを五冊も抱えてきたのであれば、腕が痺れるという台詞も頷ける。

感謝の言葉をさらりと告げられ、俺はぱちぱちと瞬きを繰り返した。記憶を取り戻す前から感じていたが、ダグラスは王族と思えないほど腰が低い。

王族がまず簡単に謝罪を口にする事自体があり得ないのだ。書物なんて運ばせれば良いのに、彼は必ず自分で部屋まで運ぶ。そしてその行動を、彼自身が露ほども疑問に思わないのだ。

「今日は天気が良いだろう、だから庭で読書でもしようかと思ってね」

「えっ、護衛も付けずにですか？」

思わず俺は素っ頓狂な声を上げる。

「ああ、だって必要ないだろう。僕には」

必要ないわけがない。

おそらく次の王は第一王子だと決まっているからこその態度なのだろう。王にならない。ただその理由だけで彼は驚くほど自分への評価が低い。

この国は後継者争いを無駄に起こさせないため、必ず長子を王太子とする。多少頭の出来が悪かろうと、多少道徳心に欠けていようと、何より生まれた順番が優先されるのだ。王としての器はそこまで求められない。

何故なら優秀な家臣が政治は勝手に行ってくれるし、王は象徴として玉座に君臨するだけで意味があるのだ。

第一王子も例に違わず、王としての資質は〝まあまあ〟と言ったところだ。もしアンブローズが第一王子とくっつかなければ、さぞかし操りやすい人形となっていただろう。現王からの信頼も厚く、身の振る舞い方を心得ている俺が婚約者に選ばれた理由の一つには、第一王子をより操りやすくする意味があったという事だ。

今更しゃしゃり出てきたアンブローズの存在は、王やそれに準ずる家臣にとってさぞかし目の上のたんこぶであろう。

それでも今のところ王が第一王子の振る舞いに目を瞑っているのは、アンブローズが男だからに他ならない。ついでに言うならば、平民であるという点もプラスに働いた。

王は、もともと第一王子に王位を継がせたくなかったのではないだろうか。しかし長子たる第一王子を王位につけないわけにもいかず、苦肉の策で婚約者を男にした。第二王子には女性の婚約者がいるため、恐らく彼の子どもが成長するまでの繋ぎの王とするつもりだったのかもしれない。

第一王子は、おそらく王の子ではない。

その考えに至ったのは、王の第一王子への態度、そして先ほど確認した額の形だ。王と王妃の額がまっすぐなのに対し、第一王子の額はいわゆる富士額と呼ばれる形をしている。

第一王子の額の形は優性遺伝であり、両親どちらかがそうでなければ産まれない。

王妃の不義の子か、はたまた他に理由があるのか。仮説を立てるには情報が圧倒的に足りない。

しかし俺の考えが正しければ、第一王子を王太子の座から引きずり下ろす事が出来る。俺だけが破滅への道を歩むなど、不公平ではないか。

そのためにもこの第二王子を焚き付け、〝その気〟になってもらわなければ困るのだ。

ダグラスと俺の関係は、将来の義兄弟だ。もしこのまま俺が第一王子の婚約者であったなら、そのうちダグラスに義兄上と呼ばれることになっていただろう。それ故これまでもほどほどに付き合ってきたが、ダグラスの持つ歪みに対しあえて触れる事はしてこなかった。

しかしここにきて、俺は彼の持つ歪みを利用する必要が出てきた。

「それでは僭越ながら私が護衛となりましょう」

「ははっ、ユリシーズ殿が？　君は確か剣が得意ではなかったと記憶しているが」

その通りだ。ダグラスの言う通り、俺は剣に関してからきし才能がない。以前試しに素振りをしたが、剣が手からすっぽ抜け、危うく己を真っ二つにする所だった。その場にいたとある騎士が剣を弾いたおかげでその時は無事だったが。それ以来剣にはめっきり触れていない。たまに気分が乗り素振りをしようかと思う時もあるが、その時の出来事を話した為か、従者に全力で止められるのだ。

「不甲斐ない限りです、私の事はエリック様から？」

「ああ、いや。エリック兄上は君の話を殆どしないから、僕の友から聞いたんだ」

「友？」

「うん。エリック兄上の側近の一人なんだけど、おっと、噂をすれば」

王宮の窓は贅沢に硝子が使われている。

透明度が極めて高く、意外にも日本の硝子に負けず劣らずの品質だ。

そんな窓からは、外の様子がはっきりと見える。ダグラスに促され視線を移すと、その先には訓練中の騎士たちがいた。

「ほら一列目の一番端にいる彼だよ」

「あ、」

ダグラスの言う〝彼〟に、たしかに俺は会ったことがある。第一王子との婚約が定められた日、俺は今日と同じように召喚され、王宮に赴いたのだ。

その帰り際、訓練している騎士たちに興味が惹かれ足を運んだ。

そこで剣を握らせてもらい、試しに素振りをしたところ剣が高く宙を舞ったわけである。その時にいた騎士というのが、ダグラスの言う彼と同じだった。当事者であれば当然知っているわけだ。

側近と言っていたが、そもそも第一王子に俺は嫌われている為会う機会自体が少ない。そして何より興味が無かった為、記憶にも薄かった。思い返してみれば確かにあの時の騎士と後ろで侍っていた側近の顔は同じだったような気がする。今更だが。第一王子の側近とするには、随分年が離れているな、と初めて見た時は思ったような気がする。

「本当は少しだけ、騎士という存在に憧れてたんだ」

「え？　騎士になりたかったんですか、ダグラス様」

ゲームでは見た目通り穏やかな王子様キャラを前面に出していた。ダグラスルートではアンブローズも彼の包み込むような優しさと穏やかな人柄に惹かれていくのだ。騎士と言えば聞こえは良いが、ようは暴力を生業としているわけだ。品よく振る舞っていようと剣を振る以上血生臭いことに変わりはない。

穏やかなダグラスが憧れているという事実に小さく驚きを覚える。

「ふふ、内緒だよ？　剣一つで大切な人を守るなんて、格好良いでしょう」

「そう、なのでしょうね」

「ん？」

歯切れの悪い俺の言葉に、ダグラスは足を止め振り返る。少しの逡巡の後、彼は表情をくもらせた。

「そうか、君の父君は……」

ダグラスの言葉に、俺は静かに頷いてみせる。

俺の父は騎士に切られ死んだ。

まあ、あれは十割父が悪かったのだが。散々悪事を働いていたし、結果としては仕方なかったと納得できる。お互いに親子の絆は希薄で、どちらかと言うと悪事を行う際の共犯者という感覚が近かった。だから悲しみなんて殆ど感じなかった。

当然表向きはきちんと悲しむふりをしたわけだが。

それよりも、予定より早く俺が爵位を継ぐことになった所為で今度はアディンソン公爵家の後継問題が起こったのだ。神殿にいる異母弟を養子として引き取ろうかとも思っていたのだが、俺が断罪されればその必要もなくなる。我が公爵家は、ユリシーズ＝アディンソンの代で潰える事になるのだろう。

「ダグラス様、私の父は悪人でした。あなたがそのような顔をする必要なんてないんですよ」

「いや、しかし、たった一人の家族だろう。たとえ君の言う通りだとしても、……悲しむ事すら、罪なのか」

第二王子ダグラス。やっぱりあんたはゲーム通りの人間だ。

思慮深く、親切で、慈悲深く、この上なく――情に飢えている。

まったく境遇など似ていないと思うのだが、どこに共通点を見出したのか。俺と父の関係に、自分自身と王の関係を重ねているらしい。

「ダグラス様、先に謝ります」

「え？」

俺はそう言うと、たまたま近場にいた使用人へと声をかけ手にしている本をダグラスの部屋へ持っていくように頼む。そうして身軽になった手で、これまた身軽になったダグラスの腕を掴み力強く引っ張る。

「ちょ、僕はこれから庭に行くと」

「だから謝ったではありませんか！　どうぞこちらへ、ダグラス様。〝俺〟についてきて下さい！」

戸惑うダグラスには悪いが、多少強引に事を運ばせてもらう。腕を引っ張るなど、第一王子にやろうものなら周りも本人も黙ってはいないだろう。

しかし彼は第二王子ダグラスだ。優しい人柄に加え自己評価は底辺。そんな彼が俺に罰を与える事は恐らく無い。

俺が笑顔を向けると、困惑の表情を浮かべながらもダグラスが抵抗する事はなかった。

王宮から神殿の方向へ二十分ほど馬を走らせた場所に、目的の塔がある。

元は白かったであろうその塔は、長い時間をかけ蔦に覆われ、いつしかその存在すらも忘れ去られた。

この場所は、第一王子のルートで遠乗りに出かけた際、アンブローズが連れて来られる場所だ。

劣化してはいるがきちんとその役割をはたしている螺旋階段を登りきれば、城下だけでなく遥か遠くまで景色を一望できる。国境の山々から夕日がのぞき、あたりを橙色に染めていた。普段は新緑の木々も、今では紅葉の如き色合いだ。

「すごい、こんな場所があったなんて」

「今は使われていませんが、隣国との小競り合いがあった時、監視目的で建てられたんだと思います。ほら、国境がよく見えるでしょう？」

「ああ、本当だ」

景色に圧倒され、俺の話もまともに耳に入っていないのだろう。階段を登った為か、それとも興奮しているからか。呼吸を早くしながらも眺めに夢中のダグラスは感嘆の声をしきりに上げる。俺も息切れしていたが、何とか呼吸を整え景色に夢中な彼の横に立つ。

「この場所は、エリック様に教えてもらったんです」

「エリック兄上に？　まさかそんな」

「ふふ、今では信じられないでしょうが、婚約関係を結ぶ前は俺たち仲が良かったんですよ」

これは至って事実である。

年齢が一桁の時は随分と第一王子に俺は懐かれていた。懐くという表現は向こうの方が年上なのでおかしいかも知れないが、それくらい俺は気に入られていたのだ。確か俺が十歳になる辺りから、関係が崩れていった。第一王子の態度が一方的によそよそしく、段々と攻撃的になったのだ。

いまだに理由は分かっていない。さして興味もないが。

「あの頃のエリック様は、ご自分の宝物をなんでも見せたがって、たまたまここを見つけた時も真っ先に俺へ教えてくれたんです」

今と比べ、幼少期の第一王子は随分と可愛げがあった。金色の髪に緑色の目。今では男らしく育ったが、当時の彼は顔立ちも幼く少女めいていた。ここ数年で抜かされたが、昔は俺の方が身長は高かったのだ。

俺も美少年だったので、二人でいると一枚の絵画のようだとよく褒められていた。金と銀でバランスも良いしな。

そんな可愛らしい見た目に反し、第一王子は好奇心旺盛でよく探検をしたがった。それに付き合わされる俺は内心面倒臭がっていたが、表向きはにこやかに付き合っていた。第一王子の機嫌を取る方が手間だったとも言う。

少女然としていようと、第一王子も〝男の子〟だったと言うわけだ。秘密の探検を彼は好んでおり、護衛がつくのをよく嫌がっていた。次期王たる第一王子に護衛をつけないわけにもいかないので、ばれないよう影でこっそり護衛をする彼らの姿は良い思い出だ。さすがと言うべきか、護衛の存在を第一王子が気づく事はなかった。

そしてこの場所を見つけたのも、そんな王子の探検中だった。

子供の足でよく王宮から離れたこんな場所へこれたもんだと今なら感心するが、当時付き合わされていた俺にしてみれば何度第一王子を置いて王宮に戻ろうかと思ったほどだ。足は痛いわ歩き疲れたわで散々だった。

それでもこの塔からの眺めを見てそんな疲れは吹っ飛んだ。

第一王子エリックの正妃となった暁には、ここから見える全てを俺が手に入れたにも等しくなる。それに相応しい権力、地位、金。全てが手に入るはずだった。けれど歳を重ねるにつれよそよそしく攻撃的になる第一王子の態度に、俺は早々に見切りをつけた。

表向きでは第一王子の関心を引くふりをしつつ、本心から彼の興味を惹こうとは思わなかった。それよりも今持っている公爵という地位で得られる範囲の贅沢をしようと考えたのだ。すでに手にしている地位でも、そこそこ満足のいく生活ができた。

「ダグラス様、ここからの景色は素晴らしいでしょう」

「ああ、そうだな、とても見事だ」

「ここから見える全てが。いや、見えないこの先までもがエリック様のものになるんです。必ず彼はこの国の王になる。そう定められている」

王という単語に、ダグラスはぴくりと肩を反応させる。それはダグラスが、いくら望もうと手に入りえない立場。第一王子の後に産まれた、ただそれだけの理由で望むことさえ許されない。

ここから見える景色はさぞかし素晴らしいだろう。幼き日の俺が〝これ〟を見て、未来を夢想したほどだ。

アンブローズが現れなければ、手にしたであろう地位を失わなければ。

——断罪されなければ。

かつて見た〝夢〟は実現していた。

「あの方が全てを手に入れる時、その隣にいるのはきっと俺じゃない」

その言葉に、はっとダグラスは顔を上げる。少しの困惑を表情に乗せながら、言葉に込められた真意を探ろうと目を細めている。

「エリック様の想い人——〝彼〟をご存知ですか？」

「あ、ああ、勿論。……こんな事を君の前で言うのもなんだが、〝彼〟は王宮でも有名だから」

「ふ、遠慮しなくても大丈夫です。俺が彼に何をしたかもう聞いているのでしょう」

本来であれば、高位貴族である俺が、たかが平民に何をしようと罪に問われる事はない。この国の身分制度と言うのは、それほどまでに差がある。

例えば貴族の乗った馬車で平民を轢いたとする。この場合原因は平民側にあるとされ、貴族が罪を負う事はない。平民の命というのはそれほどまでに軽いのだ。

それに比べ、俺がアンブローズにしたことと言えば王宮ですれ違いざま嫌味を言ったり、敵対心を持っている貴族をさりげなく操ったりした程度だ。その際多少命の危機や貞操の危機はあったかもしれないが、本来であればさして大事になるようなことでは無いのだ。

それでも断罪イベントが起こるのは、ひとえにアンブローズが第一王子に愛されているからだ。

これがアンブローズではなくただの平民だったら、そんな展開にはならない。記憶を取り戻す前の俺が匙加減を見誤ったのも無理はないのだ。

王に継ぐ権力を以ってして、俺は裁かれる。

だからこそ俺にとって一番都合が悪いのは、アンブローズが第一王子エリックのルートを正しく突き進んでいるという事。

断罪イベントを成功させるには、何より第一王子の好感度が影響してくる。その点で言えば彼はこの上なく条件を満たしていた。俺が断罪イベントを避けられないと考えるのはこの理由が大きい。

「でもダグラス様。俺はそこまで彼に非道な行いをしましたか？」

「……」

ダグラスは答えない。

もしこれがダグラスルートであれば話は変わったかもしれないが、彼にとってアンブローズは兄である第一王子の恋人、そして〝元〟想い人と言ったところだ。アンブローズに強く惹かれていたのは過去の話。今は失恋のほろ苦い感情に胸を少し痛める程度だろう。

そこにこの国の身分のあり方を否定するほど強い感情は存在しない。

俺の立ち位置を考えるだけの理性がダグラスの頭には残っている。

正妃としての教育を受け、第一王子の婚約者として生きてきた。その立場をたかが平民に奪われる。

受けた屈辱は、こうして記憶を取り戻した今でも失われてはいない。

俺が悪役だから、アンブローズの略奪行為は許されて然るべきなのか？

いいや、そんなはずはない。

「エリック様は彼の明るく優しいところに惹かれたと聞きます。現にダグラス様も彼の事を憎からず思っていらっしゃった」

「それは、」

「ええ、過去のことでしょう。ねえ、ダグラス様、エリック様やあなたの言う彼の優しさって何ですか？」

明るく、優しく、逆境に負けない強い心を持つ主人公アンブローズ。彼の優しさの根底にあるもの。それをあなた方は本当の意味で理解していない。

「明日、時間を頂けませんか？」

それをダグラス、あんたが受け入れられるのであれば諦めもつくだろう。

もしそうでないなら――、俺に最後まで利用されてくれ。きっと上手く、操ってみせるから。

四日目

その日の早朝、ブランドンは予定通り馬車を届けに来た。求めた通り、使い古した小ぶりの馬車だ。

これなら目立たず街に馴染むことができるだろう。

俺は一通り馬車の様子を確認すると、ブランドンを屋敷の中へと招き入れた。

王宮勤めに推薦した使用人以外は全て実家へと帰らせているため、従者に紅茶を淹れるよう命じる。普段従者に紅茶を準備させる機会は殆どないが、一通りの仕事は仕込ませている為客人に振舞う分にも問題はない。元来器用な質なのだろう。教えられた内容を吸収するのにそう時間はかからなかった。

紅茶にミルクを溶かし、一口飲む。まろやかな口当たりにほっと息を吐き、ソーサーへカップを置いてからブランドンへと視線を向ける。

俺は改めて仕事の早い商人へ賛美の言葉を送った。

「さすがだブランドン」

「お褒めいただき光栄です。ユリシーズ様にご納得いただけたようで幸いです」

恭しく礼を取ると、ブランドンは徐に懐へ手を伸ばす。彼が取り出したのは、先日貸した精霊石の入った箱だ。

「こちらもお返し致します」

「ああ、確かに受け取った。何事もなく何よりだ」

俺は箱を受け取ると鍵を開け中を確認する。そこには渡す前と同じように精霊石が鎮座していた。

「そういえば精霊石と言えば、こんな逸話があるそうですよ」

「ふむ？」

ある少女は河原で一つの石を拾った。

傍目には何の変哲もない石だったが、少女にはそれがとても特別なものに見えた。少女は石をポケットへしまいいつものように神殿へ祈りに行った。その帰りに少女は貴族の馬車に轢かれたが、何故かその身は傷一つなく無事だった。そして馬車に乗っていた貴族の男性に見初められ、少女はその男性の妻となりその後幸せに暮らしたと言う。

その際ポケットへしまっていた石は、まるで身代わりになったかのように砕けていた。

「なるほど、ありがちだな。平民の娘が好きそうな話だ」

よくあるシンデレラストーリーというやつだろう。現実にはそう簡単に身分差など翻らないが、ここで話に水を差すのも無粋というもの。ブランドンも分かっているのだろう、こくりと頷くと精霊石へ視線を向ける。

「それでブランドン、お前は俺に何が言いたい？」

「ええ、精霊石の逸話というと大体が今申し上げたように持ち主の身代わりになる話が多いんですが」

「そうだな。この精霊石を父が購入した時も、その類の話を真に受け良い値で買い取ったと聞く」

身代わりになるはずの精霊石は、父の命が脅かされようとその身を砕く事はなかったが。こうして俺の手元に残っているのが何よりの証拠である。

「そう、そこが私も気になっておりまして。誠に勝手ながら精霊石に関して詳しい者に話を聞いて参りました」

「ほう、それで？」

「こちらは確かに精霊石だと。その者が言うに、どうやら精霊石には発動条件があるらしいのです」

曰く精霊石は必ずしも持ち主の身を守る事はないらしい。

精霊石は精霊が石に眠っている状態のものを言う。発動するには精霊を起こすほどの衝撃がなければならないとの事だ。

例えば馬車に轢かれる。例えば高いところから落ちる。例えば落雷に打たれる。

石そのものに対して衝撃が与えられた時、精霊が目覚めその拍子に我々が〝奇跡〟と称する事象が発生する。

「なるほど？　確かに父は剣に切られ殺された。つまりブランドンの言う精霊が目覚めるほどの衝撃とやらが無かった、というわけだ」

「そうなりますね、残念ですが」

そうなるとゲームの断罪イベントで特に精霊石がアクションを起こさなかった事にも説明がつく。悪役だから、ではなく、条件が当てはまらなかったから、だったのだ。精霊石の使い所は随分限定的だが、それでも条件さえあえば俺に対してもきちんと効果を齎してくれると言うわけだ。

これは馬車以上に有用な情報かもしれない。

渇いた喉を紅茶で潤し、一息つく。

「父のことは気にしていない。それにしてもブランドン、よく短期間に精霊石のことまで調べたな。発動条件があるなど初耳だった」

「恥ずかしながら私も初めて知りました。精霊石について調べている専門家はあまりそういった事を話したがらないので。……それにこう言ってはなんですが、謎を秘めて神秘的な方が精霊石としての付加価値は上がりますしね」

「ふ、随分素直な言い分だな」

「……あなたは俺に商人としての信頼を預けて下さった。建前が不要な時は本音で話したいのです」

「本音、か」

俺は顎に手を当て考えるそぶりをする。

精霊石の件が思った以上に彼の自尊心を満たしたらしい。ブランドンは商人である己に確固たるプライドを持っているし、俺もそれに見合った能力を彼は有していると思う。

商人としての顔の広さ、話術。そして何より価値あるものを見出す正確な目利き。

「少し聞いても良いだろうか」

「はい？」

「エリック様は何を買った？　……いや、買っているが正しいか」

その言葉に、ブランドンは浮かべた笑顔を強張らせた。彼にとって聞かれたくない事だったらしい。

「俺の予想だと、贈り物用の宝飾類をいくつか購入しているはずだ」

第一王子エリックからアンブローズへのプレゼントだ。ゲームでのアンブローズと同様、意外にも彼は宝飾類に興味がない。高価な宝石も安っぽい硝子も彼にとって価値は等しい。

自分を飾り立てるくらいなら美味しい食事を大切な人と共に食べたい。そんな考えをする少年なのだ。

だからブランドンから宝飾類を買ったのは、第一王子がただ貢ぎたかったからに過ぎない。それらをアンブローズがどうしようと、第一王子にとっては興味の外というわけだ。

「さぞかし誇りを傷つけられた事だろう」

「っ！」

ブランドンの扱う宝飾類は、俺も好んで購入していたからその価値がよく分かる。指輪一つとっても計算され尽くしカットされた宝石は言わずもがな、台座でさえ精緻な細工と意匠が凝らされているのが一眼で分かる。

第一王子とて、だからこそ愛しい彼に相応しい宝飾品をと選んだに違いない。贈られたそれらは文句なしの一級品だったのだろう。

その価値を理解しなかったのは、贈られたアンブローズのみ。平民であるが故、宝飾類に興味が無かったが故に。

「私は……商人です。お客様の望む通りのものを売る。そしてその商品の価値が損なわれる事があってはならない。しかし彼は……」

「贈り物を売り払ったのだな」

「……ああ！　その通りです」

ゲームでは、第一王子ルートのアンブローズはスラムで炊き出しを行ったり神殿へ少なくない寄付を行なったりしていた。その金がどこから出てくるか敢えて書かれてはいなかったが、今なら分かる。

第一王子に贈られた宝飾類を換金していたのだ。その事実を第一王子は頓着しない。彼にとって重要なのは、自分が贈り物をしたという事実だけだからだ。

身に余る高価なそれらで自身を飾り立てるより、アンブローズは〝善行〟を選んだ。

それが悪いとは思わない。

平民である彼は金を持たず、施しを与えようにも実現できなかった。自分のやりたい事の為に、第一王子に金をねだることも気が引けたのだろう。そのための資金を得る為、宝飾品を金に換えた。それだけだ。

ブランドンもそこは理解しているのだろう。きっと彼は自分の売った商品が転売されようと、

〝それだけ〟ならそこまで気にならなかった。

「私は目利きには自信があります。〝あれ〟はあんな値段で買い叩かれて良い品では無かった！」

問題は価値に見合った取引が行われなかった事。

実際その品を見たわけではないが、あの王子が愛する相手に安物を与えるわけがない。アンブローズに贈られた品はどれも一級品だったはずだ。

しかし彼と取引したであろう商人はアンブローズがその価値を理解しない事で必要以上に安く買い取った。もしまっとうな額で取引が行われていれば、炊き出しや寄付を行った程度なら一つ売れば釣りが出るほどに。

「王族相手に商売ができるなんて、この上なく光栄です。でも、これ以上は耐えられない」

「……ブランドン、お前は優秀な商人だと思っている。俺は可能であれば今後も付き合いを続けたい」

「ええ、ええ。それは私の方こそお願いしたいぐらいです」

「だがそれは叶わないだろう」

ブランドンはその言葉にぴたりと動きを止める。言葉を吟味するように眉間へ手を当てた後、閉じていた瞼を開きこちらを見やる。

「それは……エリック殿下が関わっていらっしゃるので？」

断罪イベントが起こった場合、俺はおそらく全ての地位を取り上げられ流刑に処される。流される先が鉱山になるか、はたまたとんでもなく遠い田舎になるかは分からない。

それでも分かるのは、王侯貴族を相手に商売をする彼にそんな場所へ来てくれとは言えないという事だ。

しかしこの未来を、俺は誰かに話す気はない。

「ああ。エリック様はおそらく正妃の座にアンブローズ殿を据えるつもりだろう」

ある程度予想はしていたのだろう。ブランドンは頭痛を堪えるような表情を浮かべながらも、彼が取り乱すことはなかった。

「ユリシーズ様、それはさすがに……現実的にあなたを差し置いて平民である彼を正妃に据える事が可能かと言うと」

「普通に考えれば不可能だな。せいぜい側妃と言ったところか」

ブランドンの指摘は正しい。

しかし〝現実的に考えて〟という大前提自体が間違っているとしたら?

このゲームの世界の強制力がどれほどのものか、記憶を取り戻した俺には分からない。

分かるのはアンブローズを愛する第一王子が、彼を傷つけた俺を決して許しはしないだろうと言う事くらいだ。

「だがお前も知っているだろう、俺がエリック様にどう思われているか。そしてアンブローズ殿への寵愛がどれほどのものか」

「それは……」

「婚約者でありながら、正妃の座につかずに終わる我が身が、今後どうなるかは俺自身にも分からない。ただ願わくは、お前との関係がこの先も良好であれば良いと思っている」

自嘲の笑みを浮かべれば、ブランドンの瞳が苦悩に揺らぐ。

俺の描くシナリオの先に、ブランドンの協力は不可欠だ。だが全てを失った後の俺とまっとうに商売が続けられるほど、王家御用達である商人の名は安くない。例え商人としてのプライドを貶められようと、王子の寵を一身に受けるアンブローズと貴族としての価値さえ失うだろうユリシーズ、ふたつを天秤にかけどちらに傾くかなど火を見るより明らかだ。

だからこそその天秤を、一度取り払わなければならない。

「……ただの戯言だ。さあ、この後も取引が入ってるのだろう。こんな所で油を売っている暇はないぞ」

「……それこそご冗談を。あなたとの時間に無駄なことなど一秒たりともありませんよ」

「商売人らしいリップサービスだが、俺にそれは不要だ。お前とは生産的な時間を過ごしたい」

俺はソファから腰を上げると、後ろで控えていた従者に視線を向ける。従者は正しく視線の意味を捉えたのだろう、ラックにかけていた上着を持って来た。ブランドンはそれを受け取ると、しばし逡巡してから俺へと向き直る。

「……ユリシーズ様、あなたの言う〝戯言〟ですが……答えに時間を頂きたい」

彼の沈痛な面持ちに合わせるよう、俺は神妙に頷いてみせた。

ブランドンを見送り、再び俺はソファへ腰を下ろしていた。

行儀が悪いと知りつつ、柔らかいソファの背もたれへと背中を落ち着けた。仰ぎみれば繊細な意匠の凝らされた天井が目に入る。来客用の部屋だけあり、他よりこの部屋は豪奢な造りをしている。

思考を妨げるそれらが今は若干疎ましく、逃げるように瞼を閉じた。

　思い起こされるのは前世の自分だ。

　日本と呼ばれる平和な国で、平凡な大学生だった己の姿。仲の良い家族に程よい距離感の友人達。部活は部員数ギリギリの写真部だった。直近の記憶では確か学祭を控えていたのだったか。長袖の学生が増え出し、空気がほんのり冷たくなる季節。

　学祭ではクレープを売ることに決まって、せっかくだから部員の撮影した写真を壁一面に飾ることになったのだ。

　確かその日は、部員達とクレープを焼く練習をしていて遅い時間になったのだ。甘い生クリームに胸焼けを起こし、しばらく甘いものは食べたくないと軽口を叩きながら横断歩道を渡っていた。

　信号の無い、小さな横断歩道だった。

　不意に聞こえた車のブレーキ音と叫び声。俺の記憶はそこで途切れていた。

「――ッ！」

　はっと目を開ければ見慣れた天井が視界に広がっている。

　ソファでうたた寝をしていたらしい。かけた覚えのない毛布をどかしながら、俺はポケットから懐中時計を取り出し時間を確認する。寝ていたのは半刻にも満たないようで、知らず詰めていた息をほっと吐く。

「トリスタン、いるか」

「はい、こちらに」

時間に余裕があるとは言え、第二王子との約束に遅れるわけにはいかない。従者の名を呼べば、茶器を片付けていたらしい彼はすぐに反応を返した。

「着替えの準備を。それとダグラス様の分も」

「……仰せの通りに」

従者の返答の妙な間に、俺は首を傾ける。

「どうした、何か言いたげだな？」

「いえ、何でもありません」

「何でもないという顔ではないが」

普段からの無表情は今も変わらないが、従者の目には明らかに戸惑いの色が見える。俺は徐に従者との距離を詰めると、頭一つ分高い位置にある彼の両頬を掌で包んだ。ぐっと力を込めれば大した抵抗もなく彼は背中を丸める。

「主人に隠し事とは感心しないな」

鼻先が触れそうなほど顔を近づければ、尚更動揺を目に浮かべた。わざとらしく逸らされた視線が気に入らない。

どうやら話す気はないらしい。

頑なな態度にふと悪戯心が湧き、触れそうな距離にあった唇に己のそれを重ねた。

逸らされていた目は驚愕に見開かれ、漸く俺の姿を映す。緑色の瞳に感情が乗り輝きを増す様は随分と愉快で、美しいその光はそれ以上に心の内を満足させた。

発しようとしたのは拒絶の言葉か抵抗の言葉か。思わず開いたであろう唇の隙間に舌を差し込み、奥に逃げた彼の舌を絡めとる。濡れた音が静かな室内に大袈裟なほど大きく響いた。今世では初めての口付けだが、意外にも上手くいくものだ。

「ッ！」

「ん、んんっ？」

従者の口内を好き勝手していると、微動だにしなかった彼の舌が不意に意思を持ち絡めていた舌を逆に絡め取られる。

今度はこちらが驚く番だった。思わず顔を引こうとするが、それより早く従者の手が後頭部へ回され逃げ道を塞がれる。

「んんぅ、っふ」

「は、ユリシーズ様……！」

名前を呼ばれ、ほんの少し唇が解放されるが、息が整うより先に再び自由を奪われる。絡め取られた舌先をじゅっと吸われると、悪寒にも似た感覚が背筋を通り抜けた。

口内を暴れる舌はまさしく蹂躙という表現が正しいだろう。

息も絶え絶えになる頃、ようやく唇が解放された。どちらのものとも分からない唾液が細く糸を繋ぎ、ぷつりと途切れる。俺は肩で息をしながら従者をじろりと睨め付けた。

「はぁっ、がっつきすぎだ馬鹿者。発情期の犬かお前は」

「ッ、申し訳ありません」

従者は恐縮するように肩を縮こめると、勢いよく頭を下げた。その体勢で暫く無言の時間が続いたが、従者が一向に頭を上げる気配がない為俺は小さくため息を吐くと彼の頭を軽く叩いた。

「はあ、良いから顔を上げろ。俺に他人の頭を見ながら会話する趣味は無い」

腰から曲げ、背筋はピンと伸ばされている。お手本のような謝罪の姿勢を崩さず、従者は頭だけを上げちらりとこちらの様子を伺ってくる。意図しているわけではないだろうが、悪事を働いた事が主人にバレた飼い犬のような態度だ。前世で飼っていた愛犬の姿を彷彿とさせ、思わずふっと頬を緩める。

従者ははっと目を見張ると、緩慢な動作で上半身を戻した。

「やはりあなたは変わられました。数日前までのあなたであれば俺の愚行を許しはしなかったでしょう……いや、本当のあなたを俺たちが知ろうとしていなかったのか」

従者の中で俺は何やら聖人のような扱いになっているらしい。どこか恍惚と熱に浮かされた視線を向けられ、思わず眉根を寄せる。

「本当の俺？」

「はい。あなたの振る舞いには全て意味があった」

使用人への態度の事か、金に物を言わせ望む物を手に入れてきた事か、教会への寄付の事か、はたまたアンブローズへの振る舞いを言っているのか。

悪事に逃げ道を用意しておいたのは自分だが、それらを穿つ事なく彼は受け止めたらしい。あまりにも実直だ。

十年近く俺の側で従者をやっているにもかかわらず、たった数日の出来事で見方を変えるとは面白くない。

振る舞いに意味があった？

当然あったさ。

俺が楽しむという理由が。

悪役令息らしく腐った性根は、たかが前世を思い出したくらいじゃ変わらない。だから残された時間が殆どないにも関わらず俺が足掻いているのはこのまま断罪されて終わるのがつまらないからだ。

「……トリスタン。お前がどう思おうと、これまで見てきた俺が〝全て〟だ」

言葉の意味を捉えあぐねているのか、従者は困惑した表情でこちらを見てくる。先ほどまでの熱に浮かされた視線はすっかり鳴りを潜めていた。

それに納得し、俺はわざとらしく懐中時計を開く。時間が迫っている事を察したのか、従者は準備のため急いで部屋を出て行った。

それからは恙無《つつがな》く準備を終え、ブランドンが用意した馬車へ乗り込んだ。古めかしい見た目通り椅子は固く乗り心地はお世辞にも良いとは言えない。

「ユリシーズ様、それでどちらまで？」

「五番地区だ」

「……本気なんですね」

「当然だ。本気でなければ昨日の時点でダグラス様にお声を掛けるわけがないだろう」

硝子のはまっていない窓から手をひらひらさせ、出発を促せば従者は納得いかない表情を浮かべながらも馬に鞭をしならせた。

馬が小さく嘶くと、ゆっくりと馬車が動き出す。軋んだ音が聞こえたが流石に壊れる事はないだろう。

五番地区。

俺が従者と初めて出会った場所だ。最安値の奴隷としてボロ雑巾のように売られていた死にかけを買った場所。

この国の王都は華々しく栄えているが、少し移動すれば貧民街がある。アンブローズはその事実を憂い慈善活動を行う。

そして五番地区では炊き出しを行うのだ。今日もアンブローズはそこにいるはずだ。

「あなたが一体何を考えているのか俺には分かりかねますが、危険だと思ったら力づくでも連れて帰りますよ」

従者の言葉に言葉を返す事はしない。五番地区の治安の悪さなど彼が一番知っている。何せ故郷なのだから。危険がないわけがないと分かっていて、そういう事を言うのだ。

暫く馬車を走らせれば、五番地区からほど近くの場所に一つの馬車が見えて来る。煌びやかさはないものの、貴族が平民風の馬車を用意したという風情のものだ。

御者もおそらく騎士が扮しているのだろう。平民を意識した格好をしているのだろうが、あくまで平民風に留まっている。

どこからどう見ても〝お忍び貴族〟の見た目だ。

従者に声をかけ近くに停めさせると、扉が開かれる前に自分で馬車から降りる。

従者には不満げな表情をされたが無視を決めそのまま馬車へ足を進めた。

御者は一瞬警戒するが、すぐに俺だと気付いたのだろう。素早く馬車から降り対面する。

「ユリシーズ様、勝手な事をされては困ります」

「ふむ?」

開口一番に随分な挨拶である。

しかし彼の言い分はもっともだ。俺はこれからダグラスを貧民街へ連れて行くつもりだ。彼を守る立場の者からしてみれば許せるわけがない。勝手な事と称されるのも無理はない。

「いい。セドリック、僕が決めた事だ」

不意に聞こえた声はダグラスのものだ。ダグラスはさっさと自分で扉をあけ馬車から降りる。

王子らしからぬ振る舞いに焦ったのは御者の方だった。タラップを踏むダグラスに焦った様子で手を差し出すが、その手を取られる事はない。

「しかしダグラス様、私はやはり反対です。身分あるあなたのような方が貧民街に足を運ぶなど」

「身分ある、ね。スペアとはいえ腐っても王子、か」

「そんなスペアなどと。あなた様の尊きお身体には穢れなき王家の血が流れておいでです」

御者の言葉に耳を貸すつもりは無いのだろう。ダグラスは御者を一瞥すると俺の方へ向き直る。

「ユリシーズ殿、昨日ぶりだな」

「ええ、ダグラス様。ところでその格好」

「ああ、似合うか？」

ダグラスは御者と似たような格好をしていた。つまりお忍び貴族の格好だ。こんな身なりをしていては、貧民街に足を踏み入れた瞬間身ぐるみ剥がされるだろう。

俺は従者に声をかけるとダグラス用に準備していた服をもってこさせる。

「恐れながら申し上げます。その服装では身分ある者と言っているようなものです。こちらへ着替えて下さい」

「駄目か？」

「ええ、いかにも世間知らずの坊ちゃんが平民を装っているように見えます」

「貴様、ダグラス様になんと言う事を！」

俺は怒りに肩を震わせる御者に視線を向けると態とらしくため息を吐いてみせる。

「あなたもです。護衛ならそれなりの格好をして下さい。まったく、着替えはダグラス様の分しかありませんよ」

「なっ」

ダグラスの護衛を側から離すわけにはいかないだろう。しかし着替えは一人分しか持ってきていない。そうなると取れる方法は限られてくるが、都合の良いことに御者の彼と俺の従者は同じくらいの体格をしている。

「仕方ない、トリスタン」

「はい、ユリシーズ様」

「お前、脱げ」

「はい？」

俺の言葉に従者はキョトンとした表情を浮かべた。しかし俺の言いたい事が分かったのだろう。眉間に深く皺を寄せた。

「お断りします。私の服をその御者に着せるつもりでしょう。それだと今度は私があなたについて行けなくなります」

「ダグラス様の護衛をこの場に残すよりはマシだ。しのごの言わずにさっさと脱げ」

「お断りします」

従者の意思は固いらしい。しかしこの場でどうでもいい言い合いを続ける程俺は暇じゃ無い。

俺は指先で己の唇をそっと撫で、従者に意味深な視線を向けた。

「ああ、それとも俺に脱がして欲しいのか」

「はぁ!?」

従者の着ているシャツのボタンへ指を伸ばし、つぅっと優しく触れて見せると従者は大袈裟に後ろへ仰け反った。

顔を赤くしたまま御者をぎっと睨みつけると豪快に脱いだシャツを投げつけた。

「分かりましたよ！　脱げば良いんでしょう、脱げば！　そこの……御者の人！」

「セドリックだ」

「ではセドリック殿。ズボンも交換します、一度馬車へ入って下さい」

従者の剣幕に押されるまま御者は馬車の中へ入っていく。

さて、三人が着替え終わるまで手持ち無沙汰だ。俺は馬車に背をもたれさせると、五番地区へ視線を向ける。ここからでは中の様子は殆ど伺えない。

五番地区は小さな建物が密集し、馬車が通れるような広い道はない。だから必ずここを通る時は徒歩でなければならない。

それ故馬車と、ついでに従者も一緒に置いていくつもりだったのだ。これから先俺が取る行動は、従者がいては邪魔される恐れがある。服装を理由にこの場に残していけるのは本当に都合が良かった。俺は存外ついているらしい。

第一王子エリックルートでは、最後にひとつ山場がある。

いつも通りアンブローズは炊き出しを振る舞う為五番地区へ足を運ぶが、そこで盗賊と遭遇し攫われる。

攫われた先でアンブローズは貞操の危機に陥る。この時第一王子からの好感度が足りなければ薄汚れた盗賊たちに輪姦、好感度が十分ならギリギリのタイミングで助け出される。

ＢＬでよくある展開というわけだ。

俺はそれに巻き込まれたいのだ。

そして今回、ダグラスの護衛がセドリックだった事も都合が良かった。昨日ダグラスと騎士たちが訓練している姿を眺めたが、その時ダグラスに友人と称されていた人物だ。

彼もまた攻略者の一人で、第一王子の側近でありダグラスの友人でもある騎士セドリック。ダグラスの護衛に彼がつけられたのは、弟を心配する兄心と言ったところか。騎士としても有能で、性格の真面目具合では俺の従者にも勝るだろう。彼は何に置いてもダグラスを優先し守るに違いない。

そしてもう一つ因縁が有るには有るのだが、セドリックの出方次第なのでとりあえず置いておく。

「ユリシーズ殿」

「ダグラス様、着替え終わりましたか？」

「ああ、これで良いのだろうか」

粗末な服は決して似合っているとは言えないが、着替えて大分平民らしくなった。襤褸《ぼろ》のローブを深く被ってしまえばまさか彼が王子だと思う者はいないだろう。

これなら十分五番地区に馴染むはずだ。

そう時間が経たないうちに着替えていた二人も馬車から降りてきた。

「ではトリスタン、良い子で〝待て〟だ。出来るな？」

不満な表情を隠す気のない従者に声をかけ、ダグラスとセドリックを連れ五番地区へ歩き出す。

そう歩かないうちに隠しきれない腐臭が鼻をつく。

崩れかけの建物に、ゴミどころか糞尿が撒き散らされる地面。地面に寝ている人間には虫がたかっており羽音が耳障りだ。

五番地区の人間は、どいつもこいつも生気のない目をしている。

「二人とも、あまりキョロキョロしないで下さい」

「す、すまない」

貴族どころかダグラスは王族だ。そんな二人が貧民街を訪れる機会などないだろう。声には隠しきれない戸惑いが込められていた。

俺は年齢が一桁の頃から父に連れてこられていたから今更驚きも無いが、初めてこの場所を訪れれば街の酷い有様に驚愕するだろう。

今更ながらそんな場所に子供だった俺を連れて来るなど碌でもない父だ。それでもちゃっかり奴隷を購入しているのだから人のことは言えないか。

比較的治安の良い広場らしき場所に、アンブローズはいた。

ダグラスはアンブローズの姿を見つけると小さく声を溢した。かつての恋心を思い出し、苦い痛みに小さく表情を歪めている。無意識だろうか、彼の手は己の胸を掴み薄汚れたローブに皺を作る。

そんな彼を慰めるようにセドリックは手を伸ばすが、躊躇いを見せ結局触れないまま手を下ろした。

セドリックにしてみれば、その立ち位置から複雑な気持ちなのだろう。主人とその恋人に想いを寄せる友人。真面目な彼がどちらを選択するかなど分かりきっている。

それ故慰める資格はないとダグラスに触れる事を躊躇ったのだろう。立場と役目に縛られた男の姿は、大きい体躯のはずが随分小さく感じた。

「そういえばユリシーズ殿、あなたの言う彼の優しさが何か教えてくれるのだろう？」

「ああ、それは……」

「しっ、ダグラス様、ユリシーズ様。申し訳ありません、少しお静かに」

何かを感じ取ったのか、セドリックはあたりを警戒するように見回すとぴたりと視線を一箇所に定める。

「妙な気配がしたもので、少し確認してきます。あなた方はここから動かないで下さい」

「ああ、分かった」

セドリックの言う妙な気配とは、おそらく件の盗賊だろう。確かゲームのスチルには、なかなかの人数でアンブローズに襲いかかるシーンが描かれていた。当然アンブローズにも護衛はつけられていたが、盗賊の人数が予想外に多く早々にやられてしまうのだ。護衛がそれで大丈夫かと当時は思わず突っ込んだが、今となっては好都合だ。

「ダグラス様。先程の答えがまだでしたね」

「え？　ああ」

セドリックを案ずる視線を向けていたダグラスは、唐突に戻された会話に戸惑いを見せた。

俺は他の誰にも会話が聞こえないようお互いの間にある距離をそっと詰めた。

ほんの少し外套のフードをずらし目線を合わせる。

「俺の答えは〝あれ〟です」

俺はすっとアンブローズを指さした。

その意味が理解できなかったのだろう。彼は困惑に眉根を寄せると、説明を促した。

「彼の優しさ。それは〝博愛〟です」

「博愛？」

「そう、万人に優しく、身分さえ関係なく情を与える」

アンブローズはゲームの主人公らしく、優しく正義感に満ちている。第一王子に相応しい自分となる為の打算も多少はあっただろうが、今こうして慈善活動に従事するのは、本心からの善意に他ならない。

空腹に喘ぐ彼らを少しでも救いたいと言う善意。

「身分さえ関係なく……」

ダグラスは小さく呟くと、アンブローズをじっと見つめる。

不意に痩せこけ垢に塗《まみ》れた一人の男が、よろめきながらアンブローズへ近づいた。

アンブローズは嫌な顔一つせず温かいスープを差し出す。男はそれをひったくるように受け取ると、砂漠でオアシスにありついた時のようにスープを流し込んだ。小さく刻まれた野菜が喉に引っかかったのか、男が勢いよくむせた。

心配する表情を浮かべ、アンブローズは男の背中をさすってやる。口の端からスープが溢れていたからだろう、彼は懐からハンカチを取り出すと男へ手渡した。

その一連の流れを、護衛らしき男たちは顔を顰め眺めていた。

「同じ？」

唖然とした表情を浮かべ、ダグラスは呟く。

同じだと言うのか。貧民街に住む民とさえ呼べない彼らと。垢と汚物に塗れ意地汚くスープを貪る彼らと。護衛の彼らに虫けらでも見るかのような視線を向けられているあいつらと？

呟かれる言葉は小さく聞き取り難い。不意に声にならない叫びをあげると、狂ったように頭を掻きむしり始めたので、俺はタイミングを見て声をかける。

「ダグラス様、落ち着いてください。そんな風になさってはお顔に傷がつきます」

「っ、黙れ、何故こんな所に連れてきた！　知りたくなかった！　僕は彼に……っ」

伸ばした手は彼に触れる前に振り払われた。ダグラスの爪が当たったのか、払われた拍子に俺の手首に小さく切り傷を作った。大した傷ではないが、垂れた血にダグラスはさっと顔を青ざめさせる。

「僕、僕は……」

「大丈夫です、落ち着いて下さい。あなたは何も悪くない」

力なく項垂れた彼の背に腕を周し、優しくさすってやる。奇しくも先程のアンブローズと似たような体勢になったが、幸いダグラスがその事実に気付くことはない。

小さな子供をあやすように優しく背中を叩いてやれば、漸くダグラスは落ち着きを見せた。

「僕は、アンブローズの事が好きだったんだ」

「ええ」

「僕みたいな出来損ないに、優しく微笑んでくれた」

「はい」

「彼が好きそうな本を教えてあげれば、ありがとうって微笑んでくれた。行儀が悪いから秘密ですよって言いながら、こっそりおやつを分けてくれた。はにかみながらエリック兄上の話をする彼が、すごく幸せそうに笑うから……っ」

——好きだった。

「エリック兄上の事を好きな彼の事が好きだった。でも彼にとって僕は大多数のうちの一人でしかないんだね」

ダグラスの目から涙がこぼれ落ちてくる。俺は親指で彼の目元を優しく拭うと、慰めの言葉をかけようと口を開いた。

しかしそれは戻ってきたセドリックにより止められる。

「これはどういう状況でしょうか、ユリシーズ様」

顔面を涙に濡らすダグラスに、至近距離で頬に触れる俺。この光景だけ見ればどう足掻いても俺が彼を泣かせたようにしか見えない。

底冷えした声は針のように鋭く、彼の眼光が南極の氷よりも冷たく突き刺さって来る。

大人しくダグラスから距離を取ると、慈愛をこめた微笑みを彼に向ける。

しかし慈しみの心など持ち合わせていないので、先程のアンブローズの笑みを参考にする。

「ダグラス様、あなたは随分自分を卑下されていますが、あなたの事を大切に思っている者もいる事を覚えていて下さい」

「大切に？」

「今はまだ信じられないでしょうが、いずれ分かる時が来ますよ」

ちらりとセドリックに視線を向ける。ダグラスはその視線の意味を理解できなかったのだろう。セドリックをじっと見つめるが不思議そうに首を傾げている。それに対し正しく意図を理解したらしいセドリックの目には、どこか固い決意が漲っていた。

真面目で責任感が強く、弱者は庇護すべきもの。弱い立場と育った環境故に自己肯定感が低く、無意識に己を卑しめているダグラスの事をきっと放ってはおけないだろう。

「ところで妙な気配とやらは問題なかったのか？」

「ええ。どうやら私の気のせいだったらしく、いたのは乞食だけでした」

「そうか、それならそろそろ戻――」

言葉を遮ったのは、絹を裂いたような悲鳴だった。

薄汚れたローブを目深に被った男たちはどこにそれだけ隠れていたのか、ぞろぞろと建物の陰から出てくる。男たちの手には、大きさに差はあれど鋭い剣が握られていた。

ゲームのシナリオ通り、盗賊たちの襲撃だ。

突如現れた男たちに、広場は混乱に陥った。アンブローズの施しを得る為、なまじ人が集まっていたのも良くなかった。

「あっ！」

逃げ惑う住人たちの波に呑まれ、ダグラスたちと分断される。どんどん距離が離れて行く二人の姿に、俺は何とか声を張り上げた。

「セドリック殿、ダグラス様を守って下さい！」

「ああ、だが貴殿はどうする！」

「俺もどうにかして逃げます、あなた方は絶対に離れないで下さい！」

喧騒でセドリックの返事は聞こえなかったが、彼ならダグラスの事を最後まで守りきるだろう。

攻略者の中でも騎士と言うだけはあり、彼はとりわけ剣技に秀でている。

アンブローズの護衛をしていた名もない脇役とは違い、たかが盗賊相手に遅れをとるとは思えない。

二人を気にかけるより、アンブローズを探さなければならない。逃げる住人たちにぶつかられよろけながら辺りを見回す。今ばかりはアンブローズのありふれた茶髪が憎らしい。

何処だ、何処にいる。

「くそっ」

「やめて下さい!!」

口汚く悪態を吐く声に、少年の澄んだ声が重なった。声の聞こえてきた方を見れば、アンブローズが負傷した護衛を覆い被さるようにして庇っていた。

「なんだ？　お前、邪魔すんじゃねえよ」

「おい、よく見ればまあ可愛い顔してるぜ、そいつも連れて行け」

気絶させた住人を肩に担いだ男が仲間に声をかける。アンブローズの背後にいた男が不意に大きく剣を振りかぶるのが見え、俺は咄嗟にその間に入り込む。

「危ない！」

「！」

剣の柄が強か後頭部を打ち付ける。痛みを感じるより先に視界が黒く染まっていく。霞む視界に映るのは、驚きに目を見開くアンブローズの姿だった。

五日目

　ぽたりと頬を打つ水の冷たさに、ふっと意識が覚醒する。乾燥によって霞んだ視界は、瞬きを繰り返すことでようやく鮮明になった。冷たい石造りの壁面に、鉄格子。後ろ手に縛られた縄は手首に食い込み小さく痛みを感じさせる。

　今横たわっている地面も石造りで、このまま寝転がっていては身体を痛めるに違いない。

　俺以外にも囚われている者がいるらしく、すすり泣く声がそこら中から聞こえてくる。おそらく今回攫われた五番地区の住人達だろう。

　縛られ転がされた体勢のまま目だけで辺りを伺い、状況を理解する。

　後ろから襲われそうになっていたアンブローズを庇ったところで記憶が途切れているので、間違いなく代わりに殴られたのだろう。その時は衝撃ばかりが勝っていたが、随分強く殴られたのか後頭部が鋭く痛んでいる。

　痛めつけることは慣れていても、自分が痛い目に遭うのは慣れていない。

「なんでこんな事に」

　ガンガンと痛む頭部を忌々しく思いながらアンブローズを探していると、存外近くにいたらしく不意に彼の声が聞こえてきた。同様に後ろ手で縛られ、顔には小さな擦り傷を作っていたが大きな怪我は幸い見られない。

俺はそっと瞼を閉じると、今目が覚めたとばかりに軽くうめいてみせる。

「うっ」

「ユリシーズさん、気が付いたんですね！　良かった」

本心からの言葉らしく、アンブローズは目に涙を溜めるとほっと表情を和らげた。これが主人公のポテンシャルなのか、自分を虐めていた悪役に対しこの態度とは。お人好しなのは知っていたがあまりにも素直すぎる。

「ごめんなさい、俺を庇った所為で。頭からいっぱい血が出てるし、全然目を覚まさないからこのまま死んでしまうんじゃないかって」

ほろほろと涙を流す姿はいたいけで、この姿を見せられたのが攻略対象であれば間違いなく落ちていただろう。

アンブローズは主人公らしく、性根は真っ直ぐで純粋な性格をしている。人の婚約者を奪っておいて何をと思うかもしれないが、彼はただ無知なだけなのだ。貴族と違い平民は自由恋愛が当たり前で、好きになった相手が王子だろうと両思いなら付き合えると考えている節がある。

利害関係の為に結婚する事を虚しい事だと考えているらしい。

俺にアンブローズのような可愛げや愛嬌があれば良かったのかもしれないが、生憎こちらは悪役令息だ。被った猫はそれなりに大きかったが、好感度を鑑みるに第一王子は気に入らなかったのだろう。

好きあっていない相手と結婚し、更に相手が男であれば子供を設けることもできない。あるのは政治的な利害関係のみ。俺にとって第一王子との結婚は金と地位を得られるからこそ価値があった。しかし彼にとって俺は、自由な結婚さえできず役目に縛り付けるただの厄介者だったに違いない。

そんな時、自由で情が深く可愛らしいアンブローズに出会った。

第一王子は夢想しただろう。身分に縛られず自分を愛してくれる相手との結婚を。そして望んでしまったのだ。王となった己の隣に立つのは彼であるべきだと。

結婚相手が男であるなら、俺からアンブローズに変わろうと問題はないだろうと。何のための政略結婚かと言いたい所だが、それがまかり通ってしまったのは、俺の仮説が正しいからか。

「アンブローズ殿、ここは？　俺は一体……」

「詳しい事は分からないけど、俺たちは攫われたんです。運ばれる途中聞こえてきた話によると、奴隷として隣国に売られるって」

小柄な身体を恐怖に震わせながらアンブローズが答える。

その言葉に俺は眉を寄せた。

ゲームのイベントではアンブローズが攫われ襲われる記述しかなかったため、その辺りの背景は掘り下げられていなかった。

この国も隣国も、〝表向きは〟奴隷を認めていない。五番地区の人間が攫われたのは税を納めていない彼らが国民として扱われないからだろう。国民ではない彼らを、奴隷にする事は何ら問題にならない。

逆に平民とはいえ税を納めている国民の一人であるアンブローズや、まして貴族である俺を隣国に売る事は出来ない。

ただし、それが証明できればの話だ。身一つで拐かされた俺たちにそれを証明する術はない。まして五番地区に馴染むようそれらしい装いをしてしまっていれば尚更だ。

「どうしよう、このままじゃ俺たち奴隷にされてしまう」

アンブローズの頭の中では奴隷に落とされた己が非道な扱いを受けているのだろう。

血の気が引いた顔を悲壮に歪めている。

「落ち着いて、貴殿の護衛がきっと助けを呼んできてくれるはずだ」

アンブローズはその言葉に希望を見出したらしくぱっと表情を明るくしたが、剣に切られ地面に伏していた彼らの姿を思い浮かべたのか再び目に涙を滲ませた。

地面に倒れ込んだ護衛たちは皆酷い怪我を負っていた。彼らのうち何人が生きているか分からないが、このまま俺が戻らなければ遅からずセドリック達が動いてくれるはずだ。

それでも場所の手がかりがない以上、俺たちのいるここが何処なのか突き止めるのに時間がかかるかもしれない。

もし間に合わず隣国に〝出荷〟されてしまえば、断罪イベントどころではなくなる。

奴隷に落とされたのがアンブローズなら、もしかしたら第一王子が権力にものを言わせ見つけ出すかもしれない。しかしそれはアンブローズであればの話だ。第一王子が俺の事をわざわざ探すとは思えない。何をしてでも、俺は助けが来るまで時間を稼がなければならないのだ。

「あの、ユリシーズさんは随分落ち着いてるんですね。怖くないんですか？」

「誘拐うんぬんは十歳までに一通り経験済みだ。流石に盗賊に攫われるのは初めてだが」

「そうなんですか、大変ですね貴族って」

大変ですねの一言で済ませてしまえる問題でもないが、声が震えているので彼も冷静になろうと必死なのかもしれない。

俺は安心させるよう努めて優しく微笑みかける。

「誘拐されてもこうして無事だったんだ。きっと今回もすぐに助けが来る」

「……ふふっ、そう言われると心強いな。そうですよね、きっとユリシーズさんの言う通りすぐに助けが来ますね」

そう言うと今度こそアンブローズは表情を和らげた。

「こんな事言っちゃダメなんでしょうが、一人じゃなくて良かった。多分俺だけじゃ恐くてすっごく取り乱してたと思います」

「ああ、俺もアンブローズ殿がいてくれたおかげで冷静になれてるよ」

「ええ？　俺なんか全然頼りにならないのに」

「いや、頼りにならないとかではなく――」

アンブローズと会話をしていると、不意に鉄格子の先の扉が開かれた。石が擦れる鈍い音を響かせ数人の男が入ってくる。

薄汚い姿の、いかにも盗賊らしい格好をした男達だ。彼等は一様に大柄な体躯をしていた。ゲームのアンブローズがまともに抵抗できていなかったのも無理はない。

その中にとりわけ大柄な男が一人。

盗賊の頭であるゴードンだ。

ゴードンは盗賊という身の上ではあるが、攻略対象の一人だ。汚い身なりの所為で分かり難いが、顔立ちは粗野ながらも整っている。その体格も相まって身綺麗にさえすれば危険な色気を放つ美丈夫になるだろう。

このゲームの世界は、『王宮の花～神子は七色のバラに抱かれる～』のタイトル通り王宮を舞台にストーリーが主に繰り広げられる。

しかしゴードンルートは他の攻略者のルートと比べるとやや特殊で、唯一アンブローズが悪堕ちするのだ。

エリックとの絡みが殆ど無いルートなので、比例して俺の出番も圧倒的に少なく、当然アンブローズを虐げる機会もない。

物語序盤に盗賊たちに輪姦される所から始まり、アンブローズは失意のどん底に落ちる。

しかし根っからの善人であるアンブローズは、彼らを憎みきれず結局絆されるのだ。物語が進むに連れゴードンの心の傷や闇に触れ、彼を支えたいと思うようになる。

そして最終的にはエリックやダグラスたちと真っ向から対立する事になる。

ファンたちの間では他のルートと方向性があまりにも違い、アンブローズ解釈違い派と悪堕ちおいしい派で日夜激しく論争が交わされた。

かく言う俺もアンブローズは正統派主人公だと思っていたため、仄暗いゴードンルートに初見では随分驚いたものだ。

しかし今のアンブローズは第一王子エリックルートを突き進んでいる。ゴードンルートでさえなければ彼はただの悪役だ。物語を盛り上げるためのスパイスでしかない。

「お頭、こいつらが今日の収穫です！　どうです、中々粒揃いでしょう」

「へえ、貧民街の奴等にしちゃどいつも見れる顔してんなぁ」

「へへっ、そうでしょう。何やらこいつら一箇所に集まってやがったんで、今日は選び放題でしたよ」

盗賊の言葉に、アンブローズはびくりと肩をふるわせる。住民たちが一箇所に集まっていた理由など一つだ。その理由に思い至り、アンブローズは可哀想なほどに顔を青ざめさせた。

「そうそう、あいつの周りに集まってましたね」

「へえ？」

盗賊がこちらを指さすと、ゴードンは片眉を器用に上げる。

「おい、そいつをこっちに連れて来い」

ゴードンの言葉に、周囲の声が恐怖にざわめいた。

下っ端らしく卑屈そうな顔立ちをした盗賊が鉄格子についた鍵を開け中へ入ってくる。大柄な盗賊たちの中では比較的細身の、猫背ぎみの男だった。

「おい、お前こっちにこい」

呼ばれたアンブローズは大きく肩を揺らすと、恐怖から呼吸を荒くする。動く気配の無いアンブローズの様子に焦れたのか、どかどかと足音をたて盗賊が近寄って来た。

「ひっ、いや！」

男の手が伸ばされアンブローズは後ろへ仰け反るが、後ろ手に縛られている状態ではたいした抵抗にもならない。

アンブローズは容易く盗賊に担ぎ上げられた。

ゴードンは己の前に降ろされたアンブローズの姿をじっと見ると、不意に興味を失ったように視線を逸らした。

「へえ、てっきり慈善活動に精を出す気まぐれなお貴族様かと思ったが気の所為か。その見た目で貴族はないだろ」

「お頭ぁ、こいつどうするんです？　俺らでマワしちまいますか？」

「好きにしろ、ただし壊すなよ」

ゴードンの声に男たちが沸き上がる。我先にとアンブローズへ駆け寄ると、小柄な身体を固い地面へ押し付けた。

アンブローズの悲鳴が辺りに響く。

ゴードンは興味が無いらしく、早々に距離を取ると近場にいた盗賊に命令し叫ぶ彼に轡をつけさせた。

下半身を滾らせた盗賊が、興奮気味にアンブローズのシャツへ手を伸ばし豪快に破り捨てる。

彼は声にならない悲鳴を上げると、縛られているとは思えない程の抵抗を見せた。

予想外の抵抗に、アンブローズへ覆い被さっていた一人が彼の頬を殴りつける。

「やめろ‼」

俺はそのタイミングで、鉄格子へ身体をぶつけ叫んだ。勢いが幸いしガシャンと派手な音をたてる。おそらく言葉で静止を求めただけでは彼等は止まらなかっただろう。

ぶつけた肩が傷んだが、その甲斐もあり男たちはぴたりと動きを止めた。

「彼に手を出すな、俺が代わりになる」

「ひゃはっ、テメェがぁ？」

「こう言ってますがお頭どうします？」

盗賊の反応は半々だった。俺の言葉を嘲る者と戸惑う者。ゴードンの反応はどちらにも当てはまらず、真意を探るような目でこちらをじっと見てきた。

「本人たっての希望だ。いいぜ、連れて来い」

再び鉄格子の鍵を開け男が入って来る。伸ばされた手が触れるより先に俺は立ち上がると、自分から歩き出した。俺の行動に男は一瞬呆けるが、はっとすると再び手を伸ばしてくる。

「おい、勝手に動くな」

「気安く触れるな、無礼者」

その言葉に、男の手がピタリと止まる。

俺は男を一瞥すると、出来るだけ高慢で貴族らしい印象を与えるように意識する。

「〝私〟はユリシーズ＝アディンソン。この国の公爵家当主である。貴様のような身分の者が触れて良い人間では無い」

「はあ？　テメェ、何わけ分からねえ事抜かしてやがる！」

「おい、止めろ！」

「お頭⁉」

狙い通りゴードンは興味を惹かれたのか、俺に殴りかかろうとしていた男を静止する。

「さっさと連れて来い」

ゴードンの眼光は研ぎ澄まされた刃のように鋭い。男はざっと顔を青ざめさせると俺に触れないようにゴードンの元へ促した。

改めて対面すると、攻略対象の中で一番大柄なだけあり随分俺と身長差がある。ゴードンは体躯に見合った大きな手で俺の顎を掴むと、顔を強引に上げさせた。

真偽を確かめるように、無遠慮な視線が俺の顔へ注がれる。後頭部の痛みに表情が歪みそうになるが、何とか堪える。

「血で汚れてて分かり難いが、随分貴族らしい顔をしてるな」

彼の癖なのか、ゴードンは片眉をひょいと上げた。一瞬考える素振りを見せると、ゴードンは掴んでいた顎を解放する。

「たしかに貧民街の奴らにしちゃ肌艶もいいし、枝みたいに痩せてねぇ。貴族かは置いておいてあそこの住人ってわけじゃ無さそうだな。……それならお前、商品にならねぇなぁ」

ゴードンはそう呟くと、俺を足元に跪かせた。その意図を察し、俺は今度こそ眉根を寄せる。

「お前、ここで俺のオンナになるか」

「……」

俺は返事の代わりにゴードンの腰元へ顔を近づける。

ゴードンはふっと笑みをこぼすと周囲の盗賊たちに命令し、アンブローズから距離を取らせた。

大柄な男に囲まれていた所為で隠れていたアンブローズの姿が漸く見えるようになる。彼は俺の行動が理解できなかったのだろう。

瞳が困惑に揺れていた。僅かに視線が交差するが、先に逸らしたのは俺だった。

「察しのいい奴は好きだぜ、咥えろ」

後ろ手に縛られている為、口でズボンと下着をずらす。口付けでさえ初めてだったのだから、まして他人のものを咥えた経験などない。

露わになったそれは比較対象が己しかなくとも常人より明らかに大きいことが分かる。

俺は意を決し、唇を大きく開いた。

「ああ、いいな。お貴族様っつーのはどいつもこいつも綺麗な顔をしてやがる。血で汚れてんのが惜しいくらいだ」

「ぐ……っ」

「お前が金髪だったら尚更よかったんだがなぁ」

怪我をしている後頭部を抑えられ、僅かに声が漏れる。幸か不幸か口を塞がれている為無様に悲鳴を上げることはなかったが、意思とは関係なく痛みに涙が滲む。

「二十年くらい前だったか、貴族らしき女を攫ったことがある」

「！」

「妙な女だった。俺たちのような盗っ人相手に、自分から攫えと命令してきた。びっくりするくらい見事な金髪の女だった」

かつてを思い出しているのか、ちらりと上目で確認したゴードンは遠くを見ているようだった。

「貴族ってのは何でも手に入るように見えて、本当に欲しいものは手に入らないんだろう、難儀なもんだな」

ゲームでゴードンが王宮と対立する理由。

それは愛した女を奪われたからだ。ＢＬゲームにＮＬ要素を許すか、それもゴードンルートが物議を醸《かも》した理由の一つである。

若かりし頃、ゴードンは一人の貴族令嬢と出会い愛し合う。しかし王命で令嬢を探しだした王宮騎士たちにより盗賊団は壊滅に追いやられ、その令嬢も連れて行かれてしまう。

瀕死の重症を負いながらも生き残ったゴードンは、やがて王宮に復讐する事を誓う。

「いいぜ、そろそろ出そうだ」

後頭部を抑える手に力が加えられ、ぐっと喉奥を開かされる。

異物に反応する喉が収縮した次の瞬間、どろりと熱い液体が流れ込んだ。

「ゲホッ！」

「やっぱり顔が綺麗なのはいいな、泣き顔が唆《そそ》られる」

ゴードンは俺のむせる姿を満足そうに見つめると、額にかかった前髪を掻き上げた。

――富士額だ。

二十年前。

見事な金髪。

そして額の形。

あまりに条件が揃い過ぎている。

俺が自身の思考に没入していると、ゴードンの手が賢い犬を褒めるように頭を優しく撫でた。

「なあ、お前何で身代わりを望んだ？」

「それ、は」

「お前が貴族だってんなら尚更だ。貴族が平民を守る理由なんて想像もつかねえ。ああ、お前がこんな状況でも弱きを助ける善意の塊みたいな人間なら否定はしないけどな」

俺がアンブローズを助ける理由なんて一つしかない。

未だ涙を流しこちらの様子を呆然と見ているアンブローズに視線を向けると、ふっと儚く微笑んだ。

「俺の愛する人が大切にしている人だからだ」

俺の言葉に、アンブローズがはっと目を見開く。轡が彼の言葉を封じているが、彼の瞳は雄弁だった。

「へえ？　それは健気な事で」

ゴードンは揶揄するように喉をくっと笑わせると、俺を地面へ押し倒した。

嗜虐の光を目に浮かべると、身に纏っていたシャツに手を掛け左右に引き裂いた。日に焼けていない、白く滑らかな肌が眼前に晒される。

ごくりと唾液を嚥下する音が聞こえた。

カサついた掌が腹部を撫で、下肢に伸びる。ウエストを締める紐を解き、下げようとした瞬間。

——勢いよく扉が開かれた。

「ユリシーズ様!!」

従者の声が石造りの室内に響く。

「トリスタン……！」

従者に続き武装した王宮騎士たちがなだれ込んでくる。

従者は俺の姿を見つけると、その目に殺意を浮かべ腰に下げていた剣を勢い良く抜いた。急襲に不意を突かれたゴードンは、斬りかかる従者への反応に遅れる。

「殺すな!!」

俺は地面に転がったまま叫ぶ。

従者の剣がゴードンの肩を貫いた。ゴードンの下にいた所為で俺の顔に血が降り注ぐ。目に血が入らないようきつく目を閉じると、室内の喧騒がより一層感じられた。

暫くゴードンの呻く声が聞こえたが、気絶したのかやがて静かになった。

「ユリシーズ様、間に合って良かったです」

温かい手が背中に回され俺の自由を奪っていた縄を解く。従者は俺の身体を凭れさせると、顔に付着した血をきれいに拭った。

「俺の従者は優秀だからな、きっと迎えに来ると信じてたさ」

ほっと気が緩むと、頭部の痛みを鮮明に意識する。それが表情に出ていたのか従者の表情が険しくなる。

「怪我をされたのですか？　やはり生かしておくべきではなかったか」

「軽率に牙を剥くな、馬鹿者。あいつに死んでもらっては困るからな、あれで正解だ」

「……そうですか」

明らかに納得していない顔だったが、それでもゴードンに死なれては困る。今後大事な証人となるかもしれないからだ。

殺したはずの男が生きていたと分かり、王や王妃はどのような反応を示すだろう。

「……俺たちの館へ帰ろう」

「ええ、早く治療を受けて頂かなければ」

血を流し過ぎたのか、徐々に視界が暗くなる。名前を呼ぶ声が聞こえるが、俺は従者に身体を委ね瞼をそっと閉じた。

六日目

——この方が第一王子エリック様だ。ほら、ユリシーズ、ご挨拶なさい。

幼い頃、父にそう紹介されたのは、金色の髪がとても綺麗な、俺と同じくらいの年齢の少年だった。

「はじめまして、エリック王子。わたしはユリシーズ＝アディンソンと申します」

「……天使だ」

「え？」

どこかぼんやりとした目でこちらを見る第一王子は、苦笑した王に背中をそっと押された。

「ほら、エリックも挨拶を返しなさい」

「っはい、父上」

そう促され、頬を紅潮させながらこちらへ歩いてくる。緊張しているような、ぎこちない動きだ。

「わたしはエリック。お前、わたしの妻にならないか？」

「ええ？」

出会い頭に求婚され、当時の俺はひどく驚いた。今になって考えれば、父と王は初めからそのつもりで俺たちを引き合わせたのだろう。第一王子がもし俺を気に入らなくとも、結果は変わらなかったに違いない。

ただ、きらきらと目を輝かせ好意を寄せられれば、俺だって悪い気はしなかったのだ。

ましてそれが愛くるしい見た目の王子であれば尚の事。

初めて出会って以来、第一王子は俺に随分懐いた。

その懐きようといえば愛想の良い小型犬並みで、俺の姿を見かければ距離があろうと全力で駆け寄ってくるほどに。

「ユーリ！」

「エリック様、そんなに走っては転んでしまいますよ」

「ユーリは心配性だな。わたしの方が年上なのに」

「年齢は関係ありませんよ、エリック様は危なっかしいんです。この前も毒のある虫を素手で掴もうとしていらしたでしょう」

そう言うと、第一王子は少年らしく丸みを帯びた頬を片方ぷくりと膨らませ、拗ねた態度を取った。その振る舞いが子供じみているのだが、まだ幼い彼には分からないのだろう。

「そうだ、今日はユーリに見せたいものがあって来たんだ」

「ええ？　また変なものじゃないですよね」

俺が顔を顰めると、第一王子は力強く否定する。

この前は触れると悪臭が広がる花で、その前は口から粘液を吹き出す小型動物だった。

どこから見つけてくるのか、彼は奇妙な物を探しては俺にやたらと見せたがったのだ。

しかも見せるだけじゃなく贈り物だと言って渡してくるので、捨てるわけにもいかない俺はそれらを毎回受け取ることになる。

植物や虫ならまだしも、動物となると世話をしなければならないので面倒なのだ。

使用人が面倒を見ると言えばそれまでだが、第一王子からの贈り物を完全放置というわけにはいかない。

どうせ生き物を贈られるなら、命令に従順で賢い犬が良い。

犬といえば、不敬となる為口には出来ないが第一王子も出来の悪い犬らしさがある。

いらない贈り物は場所ばかり取って困るが、褒めて欲しいと言わんばかりの態度はそこそこ気に入っていた。

「今日は物じゃないんだ。ついてきてくれ！」

「物じゃない？」

俺は若干嫌な予感を抱きながら、やや強引に引かれる手をそのままに大人しくついていく。

そして予感は的中し、森の中を散策する事になる。整備されていない地面は子供の足には厳しいものがある。随分歩き足の痛みが耐え難くなる頃、ようやく目的の場所に到着したらしく第一王子は足を止めた。

「エリック様、ここは？」

「ふふふ、秘密の塔だ！　こんな場所にこんな高い建物があるなんて驚きだろう？」

確かに塔は見上げるほど高い。

蔦が巻きついた塔は魔女でも封印されていそうな外観だ。王子が入り口らしき扉を開けば、金属の擦れる不快な音が響く。こんな場所に鍵が掛けられていないわけがないので、王子が何か細工をしたのかもしれない。普段は勉強嫌いの割に、こういう悪知恵は働くのだ。

「ほら、ユーリも早く！」

手招きされ、帰りたいと思いながらも後ろをついていく。一人でも行動してしまうのであれば、俺がいないよりは多少マシだろう。

しかし扉を潜った先にある螺旋階段を見て、早々にその決意も揺らぐ。

これを登るのか。

「……エリック様は体力がお有りなのですね」

「？」

頬をひくつかせるが、第一王子は不思議そうに首を傾げるとさっさと階段を登って行った。

俺は既に筋肉痛になりつつある足を叱咤し、階段を登り始めた。

途中第一王子に手を引かれながらも、漸く頂上まで登りきる。

強い風が吹き髪が乱される。隣を見れば同様にぐしゃぐしゃになった髪を楽しそうに押さえる王子の姿があった。あれだけの階段を登りながら、大して疲れている様子はない。

こちらは疲労困憊だと言うのに、同じ子供とは思えない体力だ。

「今日は一段と風が強いな」

「今日は、と言うと何度もここへ？」

俺の言葉に王子はしまったと言うような表情を浮かべると、悪戯を誤魔化すように視線を泳がせた。

「まったく、あまり護衛を心配させちゃ駄目ですよ」

「うっ、分かってる。一人でここに来るのはやめる。今日はどうしてもユーリに見せたかったんだ」

「わたしに？」

「ああ。ほら見てくれ」

王子が伸ばした指を辿れば、どこまでも続く景色が眼下に広がった。

あまりにも美しい景色に、知らずはっと息を呑む。

これが俺たちの住む王都か。

街並みは煌びやかで美しい。民は活気に溢れ、街そのものが生命体のようだ。

俺は止めていた息をふぅっと吐くと、興奮に乱れた鼓動を落ち着ける。

第一王子であるエリックの王妃となれば、この国は俺たちの物になる。国も民も地位もこの手の中に治まる。

それはこの世の全てを得るようで、どんなに素晴らしい事だろう。

「ユーリ」

名前を呼ばれ、俺は王子へと視線を戻す。

夕日が王子の顔を赤く染めている。

長い睫毛が美少女然とした彼の頬に影を落とす。彼は緊張を誤魔化すようにぎゅっと目を瞑ると、不意に顔を近づけた。

子供らしく高い温度の唇が、俺の頬に落とされる。夕日ではなく恥じらいから頬を染めた王子は、俺の肩に両手を置くと、涙の膜で潤んだ瞳をじっと向けてくる。

「誕生日おめでとう」

その言葉に、俺はぽかんと口を開けた。王子がここへ俺を連れてきたのは、誕生日プレゼントのつもりだったらしい。足は痛いし物凄く疲れたが、その気持ちは嬉しかった。

俺はむず痒い心地を持て余しながら、はにかむように微笑んだ。

「ありがとうございます、エリック様」

俺は王子の右頬に掌を添えると、反対側の頬へ口付けを返した。

「!!」

「今までで一番嬉しい贈り物です」

頬をおさえ何度も瞬きを繰り返す王子の様子がおかしく、俺は声を出して笑った。


「出掛けるぞ」

第一王子と塔に登った翌日、父にそう言われるとまともな説明もないまま馬車へ乗せられ貧民街と呼ばれる五番地区へ連れて行かれた。

そこで我が国では一応禁止されている奴隷商人の元を訪ねたかと思うと、父に一言「好きに選べ」と言われた。

金と権力と仕事と女を愛する父と、誕生日をまともに祝ったことなど無い。

圧倒的に言葉の足りない父だが、察するに誕生日プレゼントのつもりらしい。子供への贈り物としてはどう考えても間違っているが、元々考え方がズレている人だ。ぐだぐだ考える方が面倒になる。

手揉みする商人が後ろからついて来るのを邪魔に思いながら檻の中へ視線を向ける。どの奴隷も痩せ細り随分憔悴していた。

どれも買った後まともに生活出来るとは思えなかった。生きる気力が希薄で、目が死んでいるのだ。

つまらないな。

こんな所で時間を潰すくらいなら、エリックの我儘に振り回されている方が幾分ましかもしれない。一通り檻の中を見て目ぼしい奴隷がいなければ、せっかくなので別の物を父に強請ろう。

つらつらとそんな事を考えていた時、ふと一人の奴隷に目を引かれる。〝薄汚れている〟と言う表現では生ぬるい。ぼろぼろに死にかけている奴隷がいた。しかしそれの目は死んでおらず、生にしがみついている。まさしく手負いの獣のようにギラギラ輝いていた。

――これが欲しい。

俺は惹かれるままに檻に近づくと、じっとそれを見つめた。

「父上、決めました。あれを下さい」

その言葉に反応したのは奴隷商人だった。

「ああ、あれは死にかけでとても売れるような状態ではないんですよ。数日前お客様に怪我を負わせた為折檻をしたんです。ご購入されましても長く持つかどうか」

「構いません。父上、駄目ですか？」

父が駄目だと言わない確信はあったが、一応確認を取る。

案の定父は商人へ奴隷を買うにはやや多い金を投げ渡すと、さっさと連れて来るように命じた。金さえ貰えれば文句もないのだろう。上機嫌となった商人は護衛らしき男に命令すると、奴隷を肩に担いで来させる。

「あれで本当に良かったのか」

馬車での帰り道、父はそう言った。

俺はこくりと頷くと、気絶するように眠っている奴隷の目元へそっと触れた。

「これに従者の真似事をさせてみれば、面白いと思いませんか？」

「さあ、私には理解できない感性だがこれはお前の物だ。好きにすれば良い」

「はい、父上」

傷を癒やして、食事を与え、学ばせよう。俺の、俺だけの犬にする為に。

賢い犬が良い。

育たなければ、その時は捨てれば良いのだから。

もし俺の望むように育ったのであれば——その時は決して手放さない。

その為にもまずは名前をつけよう。そうだな、トリスタンなんてどうだろうか。

俺が犬を手に入れた数日後、第一王子は俺に昏い目を向けた。あんなにも懐いていたのに、これを機に奇妙な贈り物もぱったりと止み、俺に駆け寄って来る事も無くなったのだ。

不思議に思い俺はなんとか歩み寄ろうとしたが、第一王子の態度は頑なだった。

いつしか俺も諦めてしまい、それなら婚約者という立場だけでも享受しようと思った。今までが子供の気まぐれだったのかもしれないし、俺に飽いたのかもしれない。

犬のように駆け寄って来る姿はそこそこ気に入っていたので若干残念に思いながら、俺は新しく手に入れた犬の躾に関心を向けた。

ふ、と意識が覚醒する。

長い夢を見ていたようだ。鈍い痛みを堪えながら瞼を開けば、見慣れた天井に夕日が差し込んでいる。ベッドの横に視線を向ければ、俺の従者——トリスタンが立っていた。

「なあ、トリスタン。もしかしてエリック様は、お前に嫉妬してたのか。それを拗らせてあんな事に？」

「第一声がそれとは。ご自分の怪我の心配をされてはどうですか」

トリスタンの声は不機嫌を隠そうともしなかった。それもそうか。もともと俺が五番地区に行く事自体乗り気ではなかったうえ、無理矢理置いてきた結果軽くない怪我を負った。

彼が怒るのも当然だろう。

俺は小さく溜め息を吐くと、ベッドへ横になったまま手招きしトリスタンを近寄らせる。

膝立ちになった事で届く距離にある頭に腕を回し、強引に顔を引き寄せる。

「ん!?」

不意をついたとはいえ、十分抵抗できる程度の力だ。それでも拒まなかったのは、俺の怪我を案じての事か。重なった唇を中々開こうとしなかった為、舌でノックをする。

トリスタンは我儘な子供を見るように目を細めると、ゆっくり唇を開いた。

暫く好き勝手に口内を弄んでいたが、あまりトリスタンは乗り気ではないのか舌を絡めてこない。

仕方なく俺は唇を解放すると、じとりとした視線を向ける。

「どうした？　嬉しそうじゃないな」

「当然でしょう、医者は命に別状はないとは言ってましたが頭に怪我してるんですよ。お願いだから安静にして下さい！」

「なんだ、心配してくれたのか」

怒るだろうと予想し、煽るように俺はニヤリと笑う。しかし予想に反し、トリスタンはぐっと眉間に皺を寄せ堪えるような表情を浮かべた。その目にはわずかに涙が浮かんでいる。

彼の様子に、こちらがぎょっとする番だった。

「血を流して押し倒されてるあなたを見て、そのまま死んでしまうんじゃないかと怖かった」

トリスタンは自分の表情を見せたくないのか、ずるりと俺の胸へ顔を寄せた。

アンブローズと関わるには、ああして盗賊に攫われるのが一番効率が良いと思った。だから邪魔になりそうなトリスタンは置いてきたが、彼がここまで追い詰められるとは思わなかった。

頭の傷も、犯されそうになったアンブローズを庇ったのも、善良な彼の罪悪感につけ込むためだ。

それでも俺を失う恐怖に怯えるトリスタンの姿を見ると、ほんの僅かに後悔が生まれる。

俺がこうして無事に生きていると、どうすれば伝わるだろうか。

「あ」

俺は従者の肩をたたき、自分の上からどかせると徐に服を脱ぎ捨てた。唐突な俺の行動に、トリスタンはぽかんとした表情を浮かべた。

「ユリシーズ様？　着替えられますか？」

「トリスタン、しよう」

「しようって、何を？」

本気で理解出来ていないトリスタンのベルトに手を伸ばすが、その手はすぐに掴まれた。

「ちょっ、何をするつもりですか！」

「お前、俺を抱け」

「はっ!?　何でですか！　安静にって言ってるでしょうが！」

「俺の体温を感じられれば、安心できるだろ？」

ぴたりと動きを止めた隙を見て掴まれた腕を取り払う。

トリスタンが再び抵抗する頃には、ベルトを外し終え下着の中に手を滑り込ませていた。既に熱を持ち始めている〝それ〟を握り、やんわり刺激すればすぐに芯を持ちはじめる。

「なんだ、案外乗り気か？」

「あなたが、触るからでしょうが……！」

「そうだな」

俺は片手で髪を耳にかけると、頭を下げる。

その意図を察したトリスタンの静止を聞かず、唇を開いた。

先端を咥え、歯を立てないよう気をつけながら喉奥まで飲み込む。溢れてきた唾液を絡ませながら舌を緩々と動かせば、頭上で小さく声がこぼされた。

その反応に気分を良くし、舌先で先端を優しく抉ると、歯を食いしばる音が聞こえた後に口内へ温かいものが広がった。

俺はそれを含んだまま口付ける。トリスタンは眉間に皺を寄せ物凄く嫌そうな顔をしたが、俺の意思に逆らうことなく大人しく唇を開いた。

こくり、と小さく飲み込む音が聞こえてから唇を離す。

「……自分の精液を飲む日が来るとは」

「貴重な体験が出来て良かったな」

「あなたは楽しそうですね」

俺は機嫌良く笑うと、今度はシャツを脱がせ始める。引く気が無いと分かったのか、トリスタンは俺の手を止めると自分からシャツを脱ぎ捨てた。着痩せするタイプなのか、しなやかな筋肉に覆われた上半身が露わになる。

「お前、服の下にそんなものを隠して」

「あなたの指導でめちゃくちゃ鍛えられましたからね」

軽口を叩いていると、ゆっくりベッドへ寝かされる。後頭部がシーツにつかないよう後ろに回された腕で肩を支えられたまま、ゆっくり足を開かされた。

「おい、これだと腕が疲れるだろう」

「ご安心を、普段振っている剣の方が重いですから」

「そうか？　疲れたら言えよ、上に乗るのも楽しそ、んっ」

口付けを落とされ、大人しく黙る。

従順な忠犬から、飢えた肉食獣のような目に変わる。あの日俺が惹かれた、ぎらぎらと生命力を放つ目だ。

俺は、その目を見つめながらふっと微笑むと逞しい背中へ腕を回した。

硬く芯を持つそれに貫かれ、呼吸を止める。

初めて感じる質量に圧倒され、無意識に腹部へ力が入る。抵抗が増した所為か、トリスタンは半分ほど侵入を進めていた腰を止めると、あやすように目元へ口付けた。この数日で随分と慣れたその温かな感触に身体から余計な力が抜け、肺に留まっていた空気をふっと吐き出す。

力の抜けた瞬間を見計らいぐっと奥深くまで侵入されると、言いようの無い苦しさを感じる。胎の奥までトリスタンに満たされている。

しかしその熱が馴染む頃、緩慢な動作でずるりと引き抜かれた。惜しむように力を込めれば、ふっと吐息にも似た笑いを溢される。

「は、っく」

「はあっ」

緩やかな抽挿は、怪我を思っての事だろう。

不意に浅いところを刺激され思わず高い声をこぼす。

俺の反応に気を良くし、トリスタンはそこを執拗に突いてきた。耐えきれない嬌声が断続的にもれる。慣れない快感にらしくもない羞恥を覚え、眼前にあるトリスタンの胸板へ縋り付く。

「あ、――っ！」

「く、」

襲いくる絶頂から回した腕にぎゅっと力が籠る。

収斂した内部に刺激されたのか、トリスタンのものから熱が迸った。何となく勝ち誇った気持ちになりながら、交合の中で何度も重ねられた唇を再び受け入れる。

「ん、ふ」

「ユリシーズ様、……今度は何をお考えですか」

余韻を感じる色気を含んだ声だった。しかしその言葉はどこか剣呑だ。

「何を、とは？」

「誤魔化さないで下さい。先日あなたが変わったと言いましたが、撤回します。ここ数日様子がおかしいのは、近いうちに〝何か〟が起こるからなのでは？」

トリスタンの言葉に、俺は曖昧に微笑んでみせる。冷静さを取り戻した賢い犬には、それだけで俺の答えが通じるだろう。

汗によって額にはりついた彼の髪を指先で梳きながら、俺は聖人のように微笑んだ。

「ふふ、これからお前に非道な事を命じるが、軽蔑するか？」

「いいえ、何年あなたの犬をやってると思ってるんです」

「そうだろうとも。たかが数日で俺の人間性を〝勘違い〟するほど、お前との付き合いは浅くないな」

あの日ぼろぼろに死にかけていた奴隷は、俺の望む通りの犬に育った。

疑いも躊躇いも感じない、俺への忠誠だけをのせたトリスタンの目に満足を覚える。本来であれば、彼は最後の攻略対象だった。

それでもトリスタンだけは、絶対に渡さない。

「いい子だトリスタン。さあ、耳を貸してくれ。秘密の話をしよう」

トリスタンの耳に唇を寄せ、そう囁いた。

七日目

運命の七日目。

朝日に照らされ、俺は随分と爽やかな目覚めを迎えた。自分の体を見下ろせば、昨夜体液に塗れていたのが嘘のように綺麗にされている。頭に巻かれた包帯も同様に新しいものに変えられていた。腰に走るジンとした痺れが無ければ、トリスタンに抱かれたのが夢だったのかと勘違いするほどに。あれだけ情熱的に求めておきながらトリスタンはキスマークや噛み跡などの一切を残さなかった。そうするだけの理性が残っていた事実に若干の苛立ちを覚えるが、結果として良かったのだろう。

ベッドに己以外の熱は無い。

トリスタンがベッドから抜けて随分時間が経っているのだろう。今館には俺以外がいないと言うこともあり、随分と静まり返っていた。

掛け布団をどかし冷たい床に素足をつける。ぺたぺたと音を鳴らし歩くが、今はそれを咎める声もない。

クローゼットを開け、一番シンプルなシャツとスラックスを選び身につける。己を飾る宝飾品も今日ばかりは不要だ。寝癖知らずの髪をブラシで軽く梳かせば準備は早々に終わった。

鏡に映る姿は、俺の人柄を知らなければ清廉潔白な好青年に見えるだろう。

鏡に手を伸ばし己の顔に触れる。数日前、前世を思い出さなければ俺は今頃いつも通り己を飾りたて、使用人を虐げ、アンブローズを蹴落とす為策を練っていたに違いない。

出来る事は全て行った。

目を閉じれば、瞼の裏にゲームの攻略者たちの姿が思い浮かぶ。

第一王子エリック。

商人ブランドン。

神官長エセルバート。

第二王子ダグラス。

騎士セドリック。

盗賊ゴードン。

従者トリスタン。

彼等はゲームのキャラクターと同じだが、この世界を確かに生きている。

そしてここが現実世界である以上、俺がこの世界の舞台から降りようと彼等の人生が終わる事はない。

馬車を走らせる音が近づいてきたので、俺は閉じていた目をすっと開く。鏡には、不敵な笑みを浮かべる〝悪役令息〟が映っていた。

玄関の扉が不躾に叩かれる。

扉を開けば、相手は館の主たる俺が出迎えると思わなかったのかぎょっとした表情を浮かべた。何となく見た覚えのある顔だ。おそらく第一王子付きの護衛だろう。部下らしい騎士が数人背後に控えている。

「先触れもなく何の用だ」

「は、第一王子より、ユリシーズ＝アディンソン公爵閣下を城にお連れするよう命を受けております。どうぞ馬車へお乗り下さい」

たかが貴族一人の迎えにしてはあまりに仰々しい。

剣もまともに振れない非力な俺に対しこの扱いだ。手紙の一つさえ寄越さないとは、第一王子はさぞかし俺に逃げられたくないらしい。

「承知した」

「抵抗するようなら無理にでもと……は？」

「分かったと言った。さっさと連れて行け」

呆けた表情を浮かべた騎士たちの間をさっさとすり抜けると、自分から扉を開け馬車へ乗り込む。

ブランドンの所で用意させた馬車とは違い、王侯貴族向けの造りをした腰掛けは座り心地が抜群だ。

行儀が悪いと思いながらも、俺は足を組むと背もたれへ背中を落ち着けた。

「あ、あの、アディンソン公爵」

「何か問題が？　俺はこの通り抵抗するつもりもない」

「い、いえ、そういうわけでは」

「ああ、道中の運転には気を遣ってくれ。何せまだ怪我が癒えていないのでな」

俺の頭には真っ白な包帯が未だ巻かれている。先日の件をどこまで知っているか知らないが、彼らは一様に痛々しいものを見るように苦い表情を浮かべた。

怪我を気遣ってか、王宮までの道のりは随分ゆったりしたものだった。

王宮ではいつも謁見の間に通されていたが、今日案内されたのは来客用の一室だった。

大きめのローテーブルとそれに見合ったソファが中央に置かれ、それ以外の調度品は花瓶程度のいたってシンプルな内装の部屋だ。

促されるままソファへ腰掛けると、華やかな香りの紅茶が置かれた。

一口含めば、王宮で出されるだけあり文句なしの味だった。蒸らし時間も完璧だ。

暫くして扉越しに声がかけられた為、俺はすっと腰を上げる。

扉が開けられた先には、第一王子エリックの姿があった。その背後には数名見覚えのある人物が連れられている。

その中には戸惑った表情を浮かべる神官長エセルバートの姿と護衛の為かいつも通り渋面を浮かべる騎士セドリックの姿があった。

ゲームではアンブローズがエリックに肩を支えられながら入室するはずだが、彼の姿はそこに無い。

俺はエリックに貴族らしい口上を述べようとするが、全て言い切る前に遮られた。

「今日呼ばれた理由は分かっているな」

「さて、どのようなご用件でしょうか。あいにく先触れもなかったものですから、想像もつきません」

「なるほどシラを切るか、言わずもがなアンブローズの事だ」

俺は微笑を浮かべたまま、見当もつかないとでも言うように首を傾げる。

「ユリシーズ、お前はこれまで数々の嫌がらせをアンブローズに対し行ってきた。それは到底許されることではない。よってユリシーズ＝アディンソン、お前との婚約を破棄する」

その言葉に室内にいる者たちがざわめく。この場にいる人物の反応は様々で、驚きの表情を浮かべる者、エリックに対し嘲りの表情を浮かべる者、無反応の者。

予想通りエセルバートは目を見開いて驚き、セドリックは無表情のままだった。

「エリック様、それこそ許されない事です。あなたの一存で婚約関係を解消する事は出来ない」

「それは相手が平民だからか。お前の罪はそれだけではない。連れて来い」

一人の護衛に連れられてきたのは、かつてアディンソン家の使用人だった女だ。その顔には見覚えがあった。かつて俺が鞭で折檻し、館から追放した女だった。使用人として働いている時は随分肥えていたが、今目の前にいる女は記憶より大分痩せていた。落ち窪《くぼ》んだ目がギョロリと俺に向けられる。

「この者を覚えているか」

「……ええ、この者は」

「あ、あ、悪魔よ！　こいつは私のことを笑いながら何度も鞭を打ちつけてきたの！　背中にまだ跡が残ってるんだから！」

　俺の言葉を遮ると、甲高い声で叫ぶようにそう言った。エセルバートが落ち着くよう声をかけるが、興奮した女は止まらず罵りの声を上げる。

　耳障りだったので視線をチラリと向けると、ひっと小さく悲鳴を上げ漸く静かになった。

「ユリシーズ、この者の言っている事は事実なんだな」

「事実です」

　罪を認める言葉に、再び室内がざわめいた。

「お言葉ですがエリック様。その者はよりによってあなたとの婚約指輪を盗もうとしたんです」

「婚約指輪を？」

　この国ではお互いの目と同じ色の宝石を指輪につける。そのためエリックは紫の石の指輪、俺は緑の石の指輪を婚約指輪として持っている。

　それを敢えて目立つ所に〝置いておいた〟のは事実だが、それを盗んだのは女の意思だ。

　この国で窃盗の罪を犯せば、二度と盗みが行えないよう手が切断される。まして盗んだのが貴族の物となれば、重罪は避けられない。

　鞭打ちで済んだのは、軽すぎるくらいだ。

　エリックもそれが分かっているのだろう。罪の重みに気付いていないのはこの場では当人だけだ。

　エリックは少し考える素振りを見せると、ちらりと後ろに侍っていた貴族の一人に視線を促した。

「ではこれはどう説明するつもりだ？」

貴族の一人が書類らしき紙を広げると、俺の治める土地の収支をつらつらと読み上げる。

読み上げられるそれは、幸い俺が手を加えた後のものだった。己の懐に収めた分の帳尻を合わせたものだ。

「いささか税を集めすぎではないか。それに支出が多すぎる。一体何に使っている？」

「税についてですが、多すぎるという事はないかと。私の治める土地ですが、住民たちの収入にいささか差がございます。その為納めさせる税は一律化しておらず、収入の多い者ほど高い税を納めさせるようにしています」

「では、支出については？」

俺は苦笑すると、態とらしく言葉をまごつかせる。攻め所だと思ったのか、貴族は嗜虐的な笑みを浮かべると口を開こうとした。

しかしそれを遮ったのは、今まで傍観していたエセルバートだった。

「それについては、私から申し上げます」

「エセルバート神官長」

エセルバートは凛とした佇まいでスッと一歩前へ出る。俺は左右に顔を振りエセルバートを止めるが、彼は覚悟を決めた表情を浮かべエリックに向き直る。

「支出について多いと申されましたが、それは恐らく神殿へ寄付されたものかと」

「なに？」

「寄付だと、この金額を？」

エセルバートは神妙に頷いた。

神殿へ寄付された金は、基本的に孤児院へ割り振られる。これは序でだが、神官の給料も寄付から賄われている。

神殿は寄付で成り立っており、寄付をするのは殆どが貴族だ。当然平民も祈りの際に幾ばくかの寄付をするが、本当に気持ち程度の金額だ。

しかしこの国の貴族は、選民意識が高くある意味より貴族らしい。

孤児院にかける金があるのなら私腹を肥したいと言う考えの者が多いのだ。

それ故に貴族の多くにとって神殿への寄付はパフォーマンスの意味が強い。

「ユリシーズ様は隠しておいでのでしたが、こうなってはそうも言っていられません。もし疑いが晴れないようでしたら、神殿へ監査を入れても構いません」

神殿は政治に関わらず、この国では独立した機関だ。

そこに王宮の監査を入れる事など前代未聞。その覚悟を持って俺を擁護するのだと、エセルバートは言っている。長年の寄付と信頼、そしてアンブローズとの件で生まれたエリックへの不信が彼をここまで言わしめたのだろう。

俺は隠し事をばらされ、気まずいとでも言うようにぐっと唇を噛む。

「本当なのか、ユリシーズ？」

「……」

俺はそれに答えない。

しかし無言は肯定と同義だ。これでエリックはアンブローズの件でしか、俺の罪を問う事はできない。

「気が済んだか、エリック」

張り詰めた空気を破ったのは、意外な事に王の声だった。

ゲームではエリックが俺との婚約を破棄し、それで終わりだ。一文字も王の存在など出てこない。

予想外な人物の登場に、一瞬俺の思考も停止する。

「お前が件の少年と添い遂げる覚悟が本当にあるなら、認めても良い」

「え？」

疑問の声を上げたのは果たして誰だったのか。

俺は王が何故唐突にそんな事を言い出したのか、頭をフル回転させ思考する。

――ゴードンか。

アンブローズを攫った盗賊ゴードンは、ゲームのストーリーでは救出劇で切られて死ぬ。しかし今回俺がトリスタンを止めた為ゴードンは生きて捕らえられた。

王は気付いたのだろう。

俺がゴードンとエリックの関係に思い至った事に。

王子としての立場を揺らがせる為生かしたはずのゴードンの存在が、結果として未来の王妃としての俺の首を絞める事になったのだ。

エリックは王の言葉に表情を明るくすると、当然だと頷く。

「勿論、アンブローズへの愛は本物です。彼を一生愛すると誓う」

「お前たちの関係を認めるにあたり、一つ条件がある」

「何でしょうか？」

無邪気に首を傾げるエリックだが、俺には続く王の言葉が予想できた。俺はぐっと拳を握ると、静かに瞼を閉じる。

「お前がアンブローズと結婚するなら、王位は第二王子であるダグラスに継がせる」

「――え、」

政治的影響力の無い平民アンブローズと結婚するという事はそういう事だ。

ただでさえ王はエリックに王位を継がせたくないのだ。エリックの我儘という形で真実を知った俺を追いやれるとくれば、序でにアンブローズを利用しない手は無い。

それにダグラスの婚約者である令嬢は由緒正しき家柄だ。王妃となるにも家格に不足は無い。

体裁を崩さず、俺を追いやり、ダグラスを王位に就かせる。

王の言葉に困惑しながらも、第一王子はアンブローズを選んだ。

結局王の一人勝ちという事か。

「アディンソン公爵」

「はい」

「貴公には盗賊と手を組み、奴隷売買に関わった容疑が掛けられている」

断罪イベントは避けられない。

俺は閉じていた瞼を開くと「そうですか」と呟いた。

そんな事実がない事は、王が一番分かっているだろう。その上で俺に納得しろと言っているのだ。受け入れなければ、俺の口を物理的に封じるつもりか。

王の意思を受け入れれば悪いようにはされないだろう。表向きはどこかの僻地に閉じ込められるか、多少不便はあれど貴人としての扱いはそれなりに受けられるかもしれない。

俺の答えはひとつだ。

王に目で答えると、恭順の意思を示す。王にはそれだけで伝わるだろう。

王はすっと目を細めると、数人の護衛とエリックを残し他の者を退出させた。エセルバートが案ずる視線を向けて来たので、俺は安心させるように微笑んだ。

「アディンソン公爵、最後に何か望む事はあるか」

「……叶うのならば、エリック様と行きたい場所がございます」

こんな事、本来であれば叶えられるわけがないだろう。しかし多少思う事があるのか、王は皮肉めいた笑みを浮かべ許可を出した。

それに驚いたのはエリックだった。

「そんな、よろしいのですか？」

「エリック、お前こそ良いのか。アディンソン公爵には二度と会う事はないと思え」

エリックは初めて思い至ったとでも言うようにはっと目を見開いた。婚約者でも何でもない、まして犯罪者となるユリシーズと王子である彼が会う事など、今後は当然叶わないだろう。

苦虫を噛み潰したような表情で、俺の方へ向き直ると、何処へ行きたいのか問い掛けられる。

「――塔へ」

森の移動は、幸い馬車だった。流石に塔の近くは馬車が通れなかった為徒歩になるが、そう長い距離でもない。

後ろ手に縛られ周りを護衛に囲まれては歩き難かったが、それも詮無い事だ。

塔の螺旋階段をかつてのように登る。

護衛の手によって頂上の扉が開かれれば、ごうっと勢い良く風が吹き荒ぶ。髪が目に入らないよう瞼を閉じ、風が弱まったタイミングで目を開く。

景色の美しさに目を奪われている護衛を尻目に、俺はエリックへ声をかける。

「かつてエリック様と二人でこの景色を眺めましたね」

「ああ……」

「今でも鮮明に思い出せます。この景色を俺への贈り物だとおっしゃって下さった」

隣で息を呑む気配を感じながら、俺は言葉を続ける。

「手紙は読んで頂けましたか？」

「手紙？」

前世の記憶を取り戻した日、俺がトリスタンに持って行かせた手紙の事だ。エリックは思い至ったのか、気まずい表情を浮かべた。

「いや、読まずに侍女に捨てさせた」

「……そうですか」

俺は数歩前へ進むと、欄干へ背中を落ち着けた。

太陽が雲に隠されたのか、先程まで肌を刺していた日差しが弱まる。雲は多いが、断罪イベントには相応しくないよく晴れた日だった。爽やかに吹く風が憎らしいほどに。

雲が風に流され太陽が再び顔を見せる頃、俺は少し離れた距離に立っているエリックへ視線を向ける。

「エリック様、あなたを心からお慕い申しております」

「……ユーリ」

その名前を呼んだのは、無意識だったのだろう。

俺は地面を強く蹴り、欄干の向こうへ体重をかける。そうすれば重力に逆らう事なく俺の身体は塔から放り出された。

驚きに声を上げる護衛の声を聞きながら、俺はエリックにこの上なく美しく微笑んだ。


ガタゴトと馬車の揺れる音が響く。

平民向けの馬車の腰掛けは固く、二度目ながら乗り心地は最悪だ。クッションの一つでも用意しておくべきだったか。

「無茶をしますね、ユリシーズ様」

「あれぐらいしないと、逃げられないだろう」

馬車を操るトリスタンの言葉に俺はそう返す。

精霊石はブランドンの言う通り本物だった。塔から落ち地面にぶつかる衝撃で精霊石は効果を発した。

塔の欄干に背中を預けた時、隙間に挟まれていた精霊石を手に取った。後ろ手に縛られていた事が幸いし、その行動に気づく者はいなかった。

精霊石が本物だと知った時から描いていたシナリオだ。

断罪イベントが起きた時、罪人としてこの国に残るより、他国へ亡命した方が都合が良いと思った。だからこそユリシーズ＝アディンソンという人間は、一度死ぬ必要があったのだ。

「トリスタン、きちんと命令を聞けるお前は最高の犬だ」

「お褒めいただき光栄です」

そして、代わりとなる死体が必要だった。俺と同じ特徴を持つ死体が。そう、例えば同じ銀色の髪を持っている、というような。ほんの僅かに脳裏を過るのは、祭服を身に纏う男の姿。

「知ってるか？　最近流行りの硝子細工に使われている染料は、人体に無害らしい」

「そうですか、それは存じ上げませんでした」

「何でも天然由来の色素だとか」

俺は同じ銀髪を持つ〝彼〟を思い浮かべながら、事前に準備させていた染料を袋から取り出した。

その染料を髪に馴染ませれば、ありふれた茶色い髪色に染まる。

「どうだ、似合うか？」

トリスタンはちらりとこちらを一瞥すると、似合いませんね、と呟いた。

「そんな事よりこれからどうするんです？　国境に向かっているんでしょう」

「ああ、取り敢えず隣国に行く。あとは商人だな、国籍を売ってもらわないと」

俺は馬車の揺れを堪えながら腰を上げると、椅子となる部分を両手で押し上げる。

黄金の光を放つ〝それ〟にニヤリと悪どい笑みを浮かべる。

「本当にブランドンは良い仕事をしてくれた。おかげで俺の財産を置いて行かずに済んだのだから」

つるりと硬質なそれを指先で撫で、満足した俺は再び椅子を元に戻す。

「そういえば、私に持たせた手紙って結局何だったんですか？」

「ああ、あれはエリック様への思慕を書き連ねた手紙だな。健気な婚約者を最後まで演じるために。……侍女に捨てさせたと言っていたが」

それは残念でしたね、とトリスタンは言うが言葉の割に声がちっとも残念そうではない。

だが、もしその侍女が俺の推薦した使用人であったなら。可能性は低いかもしれない。それでもそうであったなら、俺からの手紙を捨てはしないだろう。

俺の死後その手紙を読み、顔の判別もつかない亡骸に縋り付いてくれれば俺の目的は達成されたと言える。

心残りと言えば、エリックの反応を見る事が叶わない点か。

そしてアンブローズは、俺があの誘拐事件に加害者として関わっていない事を知っている。エリックとの婚約破棄に加え無実の罪に問われたのだ。世を儚んで死を望んだと思うだろう。

その原因の一端に、己が関わっていると知った時。善人である彼は、自分が加害者となる事に耐えられないに違いない。

「なあ、トリスタン。お前は俺の側から離れるなよ」

「……誰と比べているのか分かりかねますが、私は買われた時からあなたの物です。ユリシーズ様こそ、途中でいらないいなんて言わないで下さいよ」

その言葉に、俺は本心からの笑みを返す。

唐突に前世を思い出した俺は、自分が断罪される運命にある悪役令息だと知った。

七日間足掻いてみたものの、断罪イベントは避けられずユリシーズ＝アディンソンとしての俺は死んだ。

それでも俺に全てを捧げるトリスタンと共にあるのなら、ゲームの先にあるこの世界でだって生きていける。

番外編

番外編：トリスタン

その日俺は、彼の犬になった。


人間として生きるには、その環境はあまりに劣悪だった。

数日前俺と同じ檻で飼われている奴隷を買って行った貴族は、今度は壊れるのが早かったと笑いながら再びここを訪れた。

背筋が寒くなる笑みを浮かべながら奴隷を吟味する貴族に、奴隷達は声には出さなかったが恐怖に怯えた。

自分が選ばれるのではないかと。

どうせ買われるなら、奇跡に近い確率であろうと良い主人に誰だって買われたいだろう。

たった数日で奴隷を壊すような人間に、誰が買われたいと思うだろうか。

だけどそいつが選んだのは、奴隷の中でも一番小柄で幼い奴隷だった。

そいつは俺と同じ檻に入れられていた。ただでさえ与えられる飯が少ないのに、気弱な為かよく他の奴隷に奪われていた。

貴族が伸ばした手に噛み付いたのは、我ながら気の迷いとしか言いようが無い。

奴隷に噛みつかれると思わなかったのだろう。

豚のような悲鳴をあげると、貴族は無様に尻餅をついた。いや、これだと豚に失礼か。

檻の中で放置された汚物に尻を汚す姿に、それはもう胸がすく思いだった。

しかしその姿を笑う間もなく、商人の持つ鞭が俺の背中を打ちつけた。

「――!」

客へ手を上げた折檻は三日三晩行われた。

怪我の治療も施されないまま檻の隅に放置された俺は虫の息で、このままだと数日も保たないだろうと自分のことながら静かに思った。

それでもこのまま、死んでいるように生きているよりマシかもしれない。俺の人生のはずなのに、決して俺の自由にならないくらいなら。

諦めにも似た感情が胸を占めるが、次に浮かんだのは強烈な怒りだった。

俺が何をしたと言うのか。何故死ななければならない。誰かに生を縛られなければならない。全てを投げ出して、諦めなければならないのか。

俺は俺の望むように生きたい。

「父上、決めました。あれを下さい」

それは幼い子供の声だった。

嗜める商人の声が聞こえたが、子供はそれを無視し父親らしき男と会話を続ける。男が金を投げ渡すと、商人は顔にいやらしい笑みを浮かべ護衛へ何事か命令を下した。

檻が開けられ、俺は抱え上げられた。

まさか。

俺が買われたのか？

こんな死にかけを買うなんて余程の物好きなのか。

痛みと空腹で霞む視界が途切れる寸前、なんとか捉えられたのは、冷たく輝く銀色だった。


身体を包む柔らかい布の感触に、ふっと意識が覚醒する。

垂れ流した糞尿の臭いも、腐った水の臭いも、皮膚の腐る臭いもない、清潔な香り。嗅いだことなどないが、もしかしたらこれが石鹸の香りというやつかもしれない。

長い時間眠っていたからか、ひどく目が乾燥していた。

霞む視界の端で、キラキラと輝く何かがあった。気を失う前に見た銀色だ。

「目が覚めた？」

声をかけられ、その銀色が初めて人の髪の毛だと気が付いた。

「お前、五日も寝てたんだよ。良かったね、医者はもう心配無いだろうって言ってたし、あとは太って体力つけるだけだ」

そう言って笑った少年は、檻の中で見たどの貴族よりも整った顔立ちをしていた。とは言えこんなに若い、いやむしろ幼い客など今まで見た事無かったが。

ベッドに腰掛けていた少年は手にしていた本をぱたりと閉じると、片手をすっと伸ばしてくる。

反射的に身をすくませるが、伸ばされた手は俺の額にそっと触れた。

温かい。

痩せぎすの俺の体温が低いからか、その手は随分温かく感じた。傷一つない、白く細い指だ。

髪の毛と同じ銀色のまつ毛が縁取る目が向けられ、ぐっと心臓が高鳴るのを感じる。

「ッげほ、」

「怪我のせいで全然熱が下がらなかったんだけど、本当にもう平気そうだ」

額から手が離されると、少年はベッドから腰を上げた。触れていた温もりが離れ寂しさを覚える。

少年は机に置かれていた水差しを持ってくると、小ぶりのそれを俺の口元へ近づけた。

飲めという事だろうか。

透明な硝子でできたそれの値段を考えると恐ろしくなるが、唇に触れるほど近づけられるので大人しく口を開く。

味も臭いも無い、きれいな水だ。乾燥ではりついていた喉が潤い、ほっと息を吐く。

「あ、の、ここは？」

「俺の住んでる家」

簡潔すぎる答えに戸惑う。

しかし質問の仕方が悪かったのだろう。貴族らしき少年に買われたのだから、ここが彼の家だと想像はつく。

「どうして、手当てを……」

「ええ？　そのままだったら死んでただろ。せっかく手に入れたのに勿体ない」

「もったいない……」

「そう。金払ったのは俺じゃないけど、買ったんだからもうお前は俺の物だろ？」

俺のような奴隷でも、勿体ないと惜しんでもらえるのか。

頭が悪く、身体は貧弱で使い物にならない。ただ死を待つばかりだった俺のような奴隷を。

医者なんて立派なものに診てもらったことなんてない。熱が出ても薬代の方が高くつくから、殆どの奴隷は放置されてそのまま死んでいった。

白い包帯の下にどれだけ高額な薬が使われているかなんて、考えるだけで恐ろしい。

「おれ、きっとあんたが望むこと、なにも出来ないとおもう……」

「ふーん」

心底どうでも良さそうな声だった。

俺が困惑に目を瞬いていると、少年は呆れたような表情を浮かべた。ベッドの脇へ本を無造作に投げ捨てると、少年は上半身を倒してくる。

鼻先がぶつかりそうなほど距離を詰められる。

「俺は別に、奴隷が欲しかったわけじゃないんだよね」

「ッ！」

欲しくないという言葉に、心臓が嫌な音をたてる。

動揺に揺れる瞳は、これだけの至近距離だ。隠す事など出来なかっただろう。

「ものすごく複雑な数式を解ける学者も、人の心を動かす詩人も、与えられた命令だけをこなす奴隷も、全部同じくらい俺にとって価値がない」

少年の滑らかな両手が、俺の頬をふっと包み込む。

「俺は、俺の命令を疑わず、俺だけに従順な、俺の為に生きる、俺だけの〝犬〟が欲しかった」

「あんただけの、犬……」

「そう。犬、ペット、愛玩動物。犬を躾けるのは飼い主の役目なんだから、最初からお手やお座りが出来ないからって怒らないだろ？」

今何も出来なくても、出来るようになれば良いと言う。

ただし、もしも俺が彼の望む通りに振る舞えなければ、その時は言葉の通り容赦無く捨てられるのだろう。彼が言う〝価値のない〟存在として。

そんな事、到底受け入れられるわけがない。

「だから教育は与えるけど、中途半端は許さない。もし俺の望む通りの犬でいられないなら、その時は必要ないかな」

「ッ、あんたの犬に、してくれ！　望む通りに絶対してみせる」

この少年に人生を縛られたいと思った。全てを捧げる事を自ら選択したのだ。

俺の言葉は、彼にとって満足できるものだったのだろう。貴族が身につけていた、どんな宝石よりも美しい目をした少年は、花が綻ぶように微笑んだ。

「お前の名前はトリスタン。今日から俺の可愛い犬だ」

俺を買った少年、ユリシーズ様は宣言通り俺に教育を与えた。それは言葉遣いやテーブルマナーに始まり、貴族の力関係、剣の使い方、この国の信仰、果ては商売のやり方と、ありとあらゆるものだった。

時々思いついたように、近場の戦場に放り込まれた時は死ぬかと思ったが。着の身着のまま放られたこと以上に恐ろしいのは、俺がその場で死んでも大して気にもとめないだろうという点だ。多少惜しむ気持ちはあるかもしれないが、出来ないならそれまでという考えをする人だった。

それが三回繰り返された頃、ようやく俺はユリシーズ様が綺麗なだけじゃないと気がついた。我ながら気付くのが遅すぎる。

ユリシーズ様の犬となり、五年が経過した。

そもそも十やそこらの年齢で奴隷を平然と選び、奴隷とはいえ人間を犬呼ばわりするような人物がまっとうな訳がなかった、とこの頃には理解するようになる。

それでもあの聖人のように清廉で整った顔で地獄から救いあげられれば、誰だってあの人の心根まで見た目通りだと錯覚するに決まってる。それに、清潔な衣類に住処、十分な食事が与えられる事を考えれば、死にかけていたあの日と今では比べ物にならない。

俺の何がユリシーズ様の琴線に触れたのかは未だに分からないが、あの日買われて心底良かったと思う。

俺にとってユリシーズ様は仕えるべき主人であり、命の恩人であり、生涯を捧げる神様のような人だ。

「そこで何をしている？」

「ひっ」

だからこそ、あの人を害そうとする人間がいる事が心底許せない。

「ああっお許し下さい、ほんの出来心で！」

少し肥えたその女は、アディンソン家の使用人だ。この国では珍しくない暗めの茶髪で、顔にはそばかすが散っている。

その女の手には、ユリシーズ様の婚約者であるエリック第一王子から贈られた婚約指輪が握られていた。緑色の宝石は、一目で一級品と分かる輝きを放っている。

主人の私物を勝手に触れる事でさえ許されないが、女の態度と台詞が何をするつもりだったか雄弁に物語っていた。

「主人の物を盗もうなどと」

「ひっ、後生ですからこの事は旦那様には知らせないで下さい！」

青褪めた顔で女は縋り付いてくるが、まさかユリシーズ様に知らせないわけにもいかない。ましてや盗もうとしていたものが、婚約指輪とくれば尚更。この国で盗みを働けば重い罰が課せられる。この女もそれを知らない訳がないが、宝石を前に理性を失ったのだろう。

女は俺が見逃す気が無いと分かると、縋り付くのを止め扉に向かって勢い良く走り出した。しかし女がドアノブに手を伸ばすより早く、その扉が開かれる。

開けたのは、この部屋の主であるユリシーズ様だ。

「そんなに慌ててどうした？」

「ひぃぃっ」

「ユリシーズ様」

女が半狂乱になりながら叫び声を上げる。

暴れられてユリシーズ様に怪我を負わされては敵わないので、俺は素早く女を後ろ手に拘束し跪かせる。

女の怯え様は凄まじく、事情を知らない人間がその姿を目にしたらこちらが加害者にしか見えない程だ。そんなに怯えるくらいなら、最初から盗みなど働かなければ良いものを。

まさしく魔が差したとはこういう事か。

「お早いお戻りで。本日は会食のご予定では？」

「ああ、そのつもりだったんだが。エリック様は俺に少しの時間も割きたくないらしい。たいした会話もなくさっさと帰られてしまってな」

ユリシーズ様は室内をぐるりと見回し、机の上に置かれた指輪に目を止める。それだけで全てを察したらしい。なるほど、と小さく呟くとぶるぶると震える女に視線を向けた。

「地下牢に入れておけ」

爪先まで整えられた指先を顎に当ててほんの少し考えるそぶりを見せた後、扉の方を指差し一言命じられる。

その言葉に返事をするより早く、正確には俺の返答を上書きするほどの声量で女は叫んだ。

成人もまだ迎えていない少年に対し見せる怯え方ではない。

俺は抵抗する女を引きずり、命令通り地下牢へ押し込んだ。

前回この地下牢を使ってから、いくばくも経っていない。アディンソン家の使用人は、主人の私物を盗もうと試みる輩が多い。父君が亡くなり、ユリシーズ様が家督を継いだばかりということも理由の一つではあるのだろうが。

盗みを働いた使用人は、毎回ユリシーズ様が手ずから折檻を与える。本来問われるはずの罪と比べれば軽いものではあるのだろう。

それでも折檻されアディンソン家から放逐される使用人たちにとって、ユリシーズ様の所業はひどく恐ろしいものらしい。盗みを働くのは、大体が新人だ。他の使用人に忠告されるだろうに、それでも盗もうと思うのだからこれはもう自業自得だろう。

ユリシーズ様を使用人たちが恐れるのも無理はない。何度も死地を経験してきたのだから、俺が一番実感している。

それでもユリシーズ様に何の嫌悪も疑念も抱かないのは、この五年という期間ですっかり犬根性が刷り込まれたということなのだろう。

ただ問題があるとすれば、俺自身に一つ。

「ふふっ、あは、ははは！」

楽しげに笑みを浮かべるユリシーズ様はたいそう美しい。しかしその振る舞いは、その顔とは異なり儚さのかけらも無い。

何度も鞭を打ちつける音と女の叫び声が牢屋内に響く。痛ましい音は、平生であれば同情に値するのだろう。

しかし無視できない下半身の熱が、ユリシーズ様へ抱く感情が浅ましい劣情だと知らしめてくる。よりによって俺は、鞭を振るい他者を痛めつける主人の姿に興奮を抱いていた。

鞭で叩きたいとも叩かれたいとも思っていないが、ユリシーズ様が使用人に折檻を与える度こうなるのだ。最初は気のせいかと思ったがこれが三回目ともなれば認めざるを得ない。

それでも俺がこんな邪な欲望を抱いているなど知られたくは無いし、まして主人たるユリシーズ様に触れる事などあってはならない。

——あってはならないと、思っていた。


己の欲を自覚してからさらに五年後、まさかこの人を抱く日が来るとは思わなかった。

ユリシーズ様が拐われ、頭から血を流し襲われていたあの日。

俺は初めて、ユリシーズ様を失う恐怖を自覚した。

危険も顧みず命令のままにこれまで生きてきた。だからこそこの先ユリシーズ様が俺より早く死ぬ事はないし、死以外で分たれるようなことがあれば、それはあの人が俺に飽きた時だと思っていた。

その考えが翻されるのは一瞬だった。

意識の無い彼を連れて帰る時、このまま一生目が覚めないんじゃないかと怖かった。

再びその紫色の目に映ることができて、どれほど俺が安堵したか、ユリシーズ様は本当の意味で理解はしていないのだろう。

「なあ、トリスタン。もしかしてエリック様は、お前に嫉妬してたのか。それを拗らせてあんな事に？」

「第一声がそれとは。ご自分の怪我の心配をされてはどうですか」

さもなければこんな軽口たたけやしないはずだ。ユリシーズ様なら分かっていても言いそうではあるが。

ユリシーズ様の唇に触れ、細かい傷がついてしまった手のひらに触れ、誰も触れたことがない内側へ触れ、俺はようやくユリシーズ様が生きている事を実感できた。

俺の知らない所で危険な目に遭うくらいなら、全てを知ったうえで巻き込んで欲しい。たとえそれがどれだけ罪深い事だろうと。腕に掻き抱くこの熱を失うくらいなら、俺はなんだって出来る。

「秘密の話をしよう」

そう耳元で囁かれた命令を実行するのに、少しの躊躇いもありはしない。

静まり返った夜の神殿は、何度も足を運んだことがあるだけに容易く入り込めた。運良く夜の見回りをしていた〝彼〟を背後から襲い、着替えさせた後気を失った状態で塔から突き落とした。

意識のない状態では痛みも感じなかっただろう。声の一つも上がらず、静まり返った森には鳥が鳴く音だけが響いた。

目印に精霊石を欄干に挟み込んだ後、塔を下り死体の顔が判別できない事を確認した。

少し離れた場所に馬車を隠し、その時まで塔のそばで息を潜める。

日が高く登る頃、〝彼ら〟は塔を訪れた。後ろ手に拘束されるユリシーズ様の姿を見た時は、怒りで頭が沸騰するかと思った。

元々婚約者であるエリック王子の事は気に食わなかったのだ。王子として産まれ恵まれた環境で生きながら、何の努力もなくユリシーズ様の相手に選ばれた事が。

そして、選べる立場にいながらユリシーズ様を選ばなかった事を。

それでも精霊石が割れユリシーズ＝アディンソンという一人の人間が死んだ時、あの人は俺だけの神様となったのだ。


馬車を丸一日走らせ街に着く頃には、すっかり日が暮れていた。幸い治安が良く犯罪なんて滅多に起きない街らしい。行き交う住人たちは誰もが穏やかな顔つきで歩いている。

街でも一番評判の良い宿屋を選び、主人に金を握らせれば風呂付きの部屋へ通された。

「へえ、部屋に風呂付きとは評判が良いだけあるな」

「そうですね。ユリシーズ様、お疲れでしょう。冷めないうちに入られては」

「ああ」

ユリシーズ様はふと何か考える動作をすると、悪戯を思いついた子供のような笑みを浮かべこちらへ向き直った。この表情の時は大抵、まともな目にあった事がない。

「お前も一緒に入れ」

「はい？」

そう言うと恥じらいもなく自分で服をさっさと脱ぎ捨て、俺の服のボタンにまで手を伸ばしてきた。

「ちょっ、お待ち下さい！　私まで脱がなくても良いでしょう！　お背中流すだけなら着たままでもっ」

「なんだ、着衣プレイがしたいと」

「ちゃ、何ですかそれ!?」

聞き慣れない言葉だが、言いたい事は分かる。

そしてユリシーズ様が風呂に入るだけで終わるつもりが無いという事も。こうして会話を交わす間に、その手は全てのボタンを外していた。

露わになった腹筋を指先ですっと優しくなぞられ、ぞくりと背中に痺れが走る。

「命令が聞けたおりこうな犬には、褒美をやらないとな？」

そう言って笑みを向けられてしまえば、欲望に抗う術なんて無い。

悪役になるために生まれてきたんじゃないかと思うくらい、この人はあくどい笑みが似合うのだ。

「んん、っふ、は」

「は、ユリシーズ様」

熱の籠った浴室に、互いの吐息が反響する。

固形石鹸を軽く手のひらで泡立て、ユリシーズ様の全身をくまなく洗う。肌を滑る感覚がくすぐったかったのか、重ねた唇の隙間から小さく笑い声がこぼれた。

下腹部から胸元に手を滑らせ淡く色づいた先端を優しく摘めば、肉付きの薄い肩がびくりと反応する。何度も指先を往復させれば段々と色が鮮やかに変わっていく。

清らかで主張を持たなかったその場所が、己の手によって淫らに変化する様は見ていて満足感がある。しばらく胸元へ夢中になっていると、珍しく余裕の無い声が掛けられた。

「……そんなとこ、はぁ、触っても何も出ないぞ！」

涙で潤んだ目で睨まれ、ひどく嗜虐心が煽られる。数日前まで、まさか守るべき主人へこんな感情を抱くとは思っていなかった。

一向に解放する気配が無いことに焦れたのか、肩へ回された腕に力が籠る。

「も、いいから、早くぶち込め！」

「口が悪いですよ、ユリシーズ様。一体どこでそんな言葉を覚えてきたんです」

ユリシーズ様は振る舞いこそ難ありだが、普段の言葉遣いは貴族らしい。

先ほどの着衣ぷれいやら、数日前のユリシーズ様からでは聞かなかった言葉ばかりだ。

「ははっ、言葉では冷静ぶってるが下半身は素直だな」

俺のモノを優しく指先でなぞられ、一層硬く熱を持つ。ユリシーズ様の色気を孕んだ微笑みと、顔に似合わない下品な言葉にひどく唆《そそ》られる。

余裕なんてあるわけが無い。

初めて出会ったその時から、いつだってこの人は俺の物にならないと分かっていた。だから今この腕の中に抱く体温さえ、本当は夢なんじゃないかと思えてしまう。

「……トリスタン、お前余計な事を考えてるな？」

「え、」

胸の内に巣食う不安を見透かされ、ドクリと心臓が脈打つ。ユリシーズ様は時々、俺の心が読めるんじゃないかと思う時がある。今だってそうだ。

「だから早く入れろと言ったんだ。そんな余裕、無くしてやるよ」

両頬を手のひらに包まれ強引に口付けられる。舌先に感じる体温は自分のものより僅かに低かった。

その口付けに誘われるまま、ユリシーズ様の内側を穿つ。濡れた音と肌がぶつかる音が室内に反響する。

体内を暴かれた衝撃を逃すためか、ユリシーズ様の目は固く閉じられている。

「――ッ」

隠された青紫色が惜しく、緩やかに抽挿を繰り返せば、吐息のような声が小さく溢される。

「は、っん」

「ユリシーズ様、っく」

うわ言のように何度も名前を繰り返すと、それが可笑《おか》しかったのかユリシーズ様はふっと笑みをこぼした。

　涙で潤み輝きを増した瞳を向けられ、鼓動がどくどくと早くなる。

　抱き合った状態ではそれさえ筒抜けだろう。

「トリスタン、お前、俺のこと本当に好きだな」

「っくそ、当たり前でしょう！　その腐った性根も、人を犬扱いするところも、賢しらなその思考も、あなたの全てを愛している！」

　何を今更。

　あの日買われてから、俺の人生はユリシーズ様一色だ。

　美しく、残酷で、決して善人とは言えないあなただからこそ全てを捧げたいと思った。

「ふふ、ペットは可愛がるものだ。お前が俺の犬で居続ける限り、俺も愛してやるよ」

「そんなの、一生じゃないですか」

「そうだな。……隣国に着いたら首輪を選んでやる。一生俺の物でいる覚悟をしておけよ」

「ユリシーズ様……っ！」

　一生あなたの物でいる覚悟なんて最初から出来ている。

「あっ、く、んん！」

「ッふ」

　達しそうになり腰を離そうとするが、ユリシーズ様の足が回されそれは叶わない。このままでは中に出してしまうと一人焦っていると、耳元に唇が近づけられる。

「――いいから、中に出せ」

吐息混じりの囁きに、命令のまま熱を放出する。

「ッユリシーズ様！」

「んっ」

自らの精液で滑りの良くなった内部をやや強引に犯せば、ユリシーズ様の唇から溢れる声が高くなる。収縮する中に搾り取られ、最後の一滴まで中へ注ぎ込む。不意に腹へかかった白い液体に、ユリシーズ様も達したのだと気付いた。

後ろだけで達したらしい。

その事実が嬉しくてふっと微笑むと、剣呑な光を宿した目に睥睨された。

「お前、今笑ったな？」

「えっ、いえ、まさか、そんなとんでもない」

「いいや笑った。良い度胸だ」

ユリシーズ様はこれぞ悪役という笑みを浮かべると、俺の背中を手のひらですっとなぞった。

それだけで俺のモノは簡単に熱を持ち始める。単純な俺の反応にユリシーズ様はくっと笑うと、片耳を指先でくすぐりながらベッドへ誘う。

その誘惑に抗う術も、理由も無い。

俺は促されるままユリシーズ様を横向きに抱き上げると、宿の質に見合った、柔らかいベッドへその身体を横たえた。

人間として生きるには、その環境はあまりに劣悪だった。

それでもあなたの犬として生き方を選べるのであれば、無意味に思えた人生にも意味があったのだと、今なら本心から言える。

番外編：アンブローズ

五人兄弟の真ん中に、俺は産まれた。

長閑《のどか》といえば聞こえは良いが、言ってしまえばど田舎に俺たち一家は住んでいた。

一番上の兄は長男らしく真面目な性格で、二番目の兄はどこか飄々とした性格だった。俺が十歳の頃、下二人はまだ四歳と六歳ということもあり、ヤンチャ盛りでよく家の中で暴れていた。

兄弟全員が男だからか、脱ぎ散らかした服や遊びっぱなしのおもちゃで家の中は常に物がごった返していた。俺も片付けを手伝っていたが、不器用がたたってか何故か片付ける前より散らかす結果になっていた。

長兄はそんな俺の不器用さに呆れながら、片付けよりも弟達を見ているように言ってきた。

次兄はあまり構ってくれなかったが、体格に恵まれた彼は水瓶の水を足したり、力仕事をこなしたりしていた。畑仕事の手伝いで一番戦力になっていたのも次兄だろう。

不器用でひょろい俺ではたいした手伝いも出来ていなかった。それが幼いながらに弟達にも分かったのだろう。兄達と比べ、俺の事を敬う気持ちがあまり無かったように思う。

兄二人が弟達に兄ちゃんと呼ばれるのに、俺は何故かちゃんづけで呼ばれていたから。

俺だって役に立って弟達から尊敬されたいのに。

「アンちゃあん！」

「来てぇーっ」

でも、だからって弟たちが可愛くないわけじゃない。むしろすっごく可愛い。短い手足でぽてぽて歩くし、ほっぺたはぷくぷくだ。兄ちゃんって呼んでくれなくても、アンちゃんアンちゃんって懐いてくれるし。

その辺に生えてる花だけど、俺のために摘んできてくれることもある。

「鳥さん見つけたの」

「たっ！」

「鳥さん？」

そう言う弟の小さな手には、羽に傷を負った小鳥がハンカチ代わりの布に包まれていた。

小鳥はぐったりとしていて、一目見ただけでは死んでいるのかと思った。でも弟の手から受け取った小鳥は温かく、小さいが鼓動も伝わってきた。

「この子どうしたの？」

「木の下で見つけたのー」

「そっかあ、巣から落ちちゃったのかも。怪我してるから手当てを……」

そこまで言って、ふと考えがよぎった。

いつもならこんな事、真っ先に長兄へ相談するだろう。小鳥の怪我の手当ての仕方や、面倒の見方も兄なら知っているはずだ。

でもこれは俺が弟達に相談された事だ。ここでこの小鳥を元気に出来ればきっと弟達は尊敬の目で見てくれるはずだ。

弟達に俺がなんとかすると伝えると、部屋に戻り空いている籠を引っ張り出した。小鳥にはやや大きいその籠に古くなった服を数枚詰めクッションの代わりにする。

それから一番上の兄の小ぶりな本棚へ向かい数冊の本を抜き取ると、治療の仕方が書かれているページを開いた。俺たちが走り回ってあまりに怪我をするからと、簡単な治療法が書かれた本だ。本は貴重品だが、たまたま手に入れる機会があったらしい。

兄は話してくれなかったが、たまたまその時の様子を見ていた近所のおばさんの話によると、王都の商人を助けた時のお礼の品だと言っていた。

本と睨めっこしながらなんとか治療を終えると、ほっと一息吐く。包帯によって羽が安定した小鳥の様子は落ち着いているように見える。小鳥用の水を用意すると、意外に警戒心もなく器に口をつけていた。

これなら大丈夫だろうと俺は安心し、時間も遅かったのでその日は眠りについた。

だけど朝起きると、小鳥は冷たくなっていた。

掌で恐る恐る小鳥に触れると、想像した柔らかさは指先に感じられなかった。羽根のさらりとした感触の下は冷たく、小さな命が失われている事実を俺に突きつけてくる。

俺が殺した。

脳裏にその思いが巡る。俺が上手に手当てをしてやれなかったから。これが兄であればきっとこんな風にならなかったに違いない。昨日の時点で素直に頼っていれば小鳥は死ななかった。

一つの命を奪った罪悪感が胸を占めるが、それ以上に弟たちへ伝える言葉で頭がいっぱいだった。

きっと弟たちは小鳥を助けられなかった俺に対し失望するだろう。

――やっぱりアンちゃんじゃ駄目だね。

言われてもいない妄想で、弟たちがそう蔑む。

違う。がっかりしているのは弟たちじゃなくて、俺自身だ。俺が一番、何にも出来ない自分に打ちのめされている。

そっと小鳥を籠から持ち上げると、ハンカチで包み込む。〝それ〟は命が宿っていたとは思えないほど軽かった。

小鳥をどうするか。知られるのは恐ろしい。だから知られるより先に隠さなきゃ。見つからない場所へ隠して。

それで二人には、もう飛び去ったと伝えよう。

家の裏手の木の根元。あそこなら木が沢山植わってるし、見つからないはず。

俺は急いで裏手へ回ると、木の根元へ膝をつく。そっとハンカチを置き、根元を掘り出す。中々思うように掘れない土の固さに焦れるが、早く埋めないとこの事が誰かにバレてしまうかも。

「アン?」

「!」

聞き覚えのある声に、びくりと肩を振るわせる。背後を振り向かなくても分かる。これは長兄の声だ。俺は自分の行動がバレた事への恐怖で微動だに出来なかった。俺が動かなくても、傍に置かれた小鳥の死骸は無くならない。

それでも優しい兄に小鳥を殺した事実を知られる事が何より恐ろしかった。

「こんな所で何して――……」

向けられた言葉が不自然に途切れる。

俺はさらに身体に力を込めると、瞼を固く閉じ怒られる準備をした。

「アン、……アンブローズ」

「兄ちゃ、」

「スコップを持ってこようか」

しかし予想に反し俺の名前を呼ぶ声は優しかった。そして土まみれの俺の手をそっと手で包み込むと、宥めるような声でそう言った。

地面に向けていた視線を恐る恐る上げれば、そこには声と同じように優しい表情で微笑む姿があった。

「優しいね、アンブローズの所為じゃないから気に病む必要は無い」

「っでも」

「だから心を込めて弔ってあげるんだ。出来るね？」

その言葉にチビたちから話を既に聞いていたのだろうと察した。それでも口を出さずにいてくれたのは、俺の為だったんだろう。

見透かされていた劣等感に、無意識に頬が熱くなる。

俺の所為じゃないと言いながら、その目が憐れんでいるように思えるのは俺の気の所為なのだろうか。

「うん……」

「よし、じゃあ一度家に戻ろう。あとは花も摘んでこようか」

そっと俺の手を引く長兄の姿は、優しいはずがどこか寒々しく感じた。それでも掌に感じる温かさに、俺はほっと安堵したのだ。


それから数年後、長兄が結婚した。

かねてより兄に思いを寄せていたと言う村長の娘の願いにより、二人の結婚が決まり式はすぐに執り行われた。

式が終わると長兄はすぐにこの家を出た。村長の娘と結婚した以上、後を引き継ぐのは兄の役目となるのだろう。身なりを整えた長兄の姿は、まるで物語に出てくる王子のように輝いていた。

荷物をすっかりまとめ家を出る準備を終えた兄に、母や弟たちは涙を流して名残惜しそうにしていた。そんな姿に長兄は「今生の別れでもあるまいし、いつでも会える」といつものように優しく微笑んでいた。

「アンブローズ」

「兄さん」

「〝兄さん〟だって！　昔はお兄ちゃんって可愛く呼んでくれたのにな」

「それって俺が六歳くらいの時の話だろ、何年前の話だよ」

「言葉遣いもすっかり雑になって、一体誰の影響だろうね」

態とらしく嘆く仕草を見せる長兄に呆れた視線を向ける。

確かに一人称は僕から俺にしたし、なよなよした口調は次兄に馬鹿にされてから変えるようにした。それに一番反応したのは長兄だった。

いつまでも弱々しく頼りない弟。長兄にとって俺はそんな存在であって欲しかったのだろう。直接言われたわけじゃない。

それでも、あの日一緒に鳥を埋めた日から、ふとした瞬間兄の目に浮かぶ憐憫の情に気付かずにはいられなかった。

弱く守るべき対象として扱う事に、優越感を抱いている事は想像に難く無かった。

長兄の俺への態度は、あの日から僅かに変化したのだ。その変化は微々たるもので、母や弟たちが気付く事は無かった。

ただ唯一、次兄だけがその僅かな変化を感じ取っていたように思う。その次兄は、長兄の結婚が決まった数日後、たまたま村に立ち寄った商人たちと意気投合し彼らと共に村を出た。

商人を目指すのだと宣言し、最小限の荷物を持って姿を消した。あまりに突然の事で悲しむ暇も無く、しかし次兄らしいと笑ってこの件は終止符を打つ事になる。何より村長の娘との式の準備やらで忙しくなり、次兄に構っていられなかったという事もある。

それに家族の中で一番体格も良く、体力もある次兄ならどこででも生きていける確信があった。ある種の信頼とも言えるだろう。長兄も同じ考えなのか「バートは気まぐれな奴だから」と笑って済ませていた。

「じゃあそろそろ行くよ、元気で」

身長の割に大きな掌が頭を撫でる。少し癖のある髪をかき混ぜられればあっという間に鳥の巣になるが、今はそれも気にならなかった。

兄たちがいなくなり寂しい思いはある。

しかしそれ以上に、兄にも弟にもなりきれない自分の立場から解放される事への喜びが強かった。

家族の皆が涙を流して長兄の後ろ姿を見送る中、俺だけは泣いていなかった。そんな俺はもしかしたら薄情なのかもしれない。

それでも徐々に小さくなる後ろ姿に、知らず口角が上がるのを堪えきれなかった。

「母さん、俺ももっと家の事手伝いたい。兄さんがやってた仕事とか教えてほしいな」

「あら、そう？　でも大丈夫よ。アンは力が無いし、計算も得意じゃないでしょう？　二人がやってた仕事よりもっと向いてる事を手伝ってほしいわ」

「えっ、でも……」

「大丈夫よ、村長さんも今後気にかけてくれるみたいだしアンは無理しなくて良いの」

「無理なんて……」

涙を拭いそう言う母は、兄がいなくなろうと俺はいつまでも庇護される立場の弱い人間だと言っていた。今はまだ体格も華奢だが、もう数年も経てばきっともっと逞しくなる。力仕事だって積極的にやれば身体だって鍛えられるのに。

誰かの役に立ちたい。誰かに必要とされたい。そう思う事さえ今の俺には不相応な願いなのだろうか。

その考えが変わったのは、その日の夜の事だった。

「アン、一緒に遊ぼうぜ！」

「カードゲームしようよ」

「呼び捨てにするなよ……それどうしたんだ？」

年齢が上がるにつれ、弟たちは俺の事をアンちゃんとは呼ばなくなった。それが嫌で納得していないのに、何度言っても呼び捨てにされるのだ。

弟たちが持っている紙の束は初めて見るが、ゲームとつくくらいだからこの紙で遊ぶんだろう。

「母さんには内緒な！　家出てく前にバート兄さんがくれたんだよ」

「え？　俺は何も貰えなかったけど」

「兄さんが出て行く所を見掛けてさ、口止め料にもらったんだ」

「いいよな！　今頃きっと王都だよ。王都ってあれだろ？　お姫様とか王子様とか住んでるんだろ」

配られたカードに視線を向けていた俺は、その言葉に動きを止める。

——王都。

そうだよ、こんな田舎だから俺の事を必要とする人間が少ないんだ。

王都ならきっと人がすごく沢山いる。困っている人だって沢山いるはず。

（……王都へ行こう）

家族に言えば反対されるかもしれない。ちゃんと王都に辿り着けるようお金や必要な物を準備して。

手にしたカードに皺が寄らないよう気をつけながら、その晩俺は一人決意した。


それから一年が経った頃、俺はあの家を出て王都に辿り着いた。道中色々困る事もあったけど、こうして無事に王都に着いた事で俺の中に少しだけ自信が生まれた。卑屈で劣等感に満ちた自分を、この街でならきっと変えられる。

「わ、っすみません！」

「ッ！」

不意に背中へぶつかられよろめく。王都の風景をこの目に焼き付ける為人混みで立ち止まっていた所為だ。通行の邪魔をしていたのだと気付き、謝りながら後ろを振り向いた。

「……え、」

そこには王子様がいた。

いや、流石の王都でもこんな場所に王子様がいるわけない。

金色の髪も鮮やかな宝石みたいな目も、どこか高価そうな着ている服も、どこからどう見ても王子様にしか見えないけど。

「エリック様、どちらへ行かれるのですか！」

「まずい、こっちへ！」

「ええ!?」

そうして護衛からの逃走劇に巻き込まれたのが、本当にこの国の王子様だったエリックとの出会いだ。

エリックが与えてくれるものは、俺にとって初めての事ばかりですごく楽しかった。

見た事のないような綺麗な宝石も、食べた事のない貴重な食べ物も、ふかふかのイスで見る観劇も、どれも輝いていて新鮮だった。

そして何より、自分が与える側の人間になれた事が何より嬉しかった。

エリックに貰った宝飾品を売ってそれで貧しい人たちにご飯を配れば、エリックには優しい子だねと言われ、貧しい人たちにはすごく感謝された。

必要とされたいという願望がこれまでに無いくらい満たされた。


それがまさかこんな結末になるなんて想像していなかったんだ。

「死んだ？　……だれが」

それこそ死人のように顔を青ざめさせたエリックは、定まらない視線でユリシーズさんの死を告げた。二人の思い出の場所である塔の頂上から身を投げたのだという。

その話を聞いて複雑な感情が胸に芽生えた。

ユリシーズさんはエリックの元婚約者で、かつて俺の事を虐めていた人だ。エリックからは良くない話ばかりを聞いていたし、その為人に疑問を抱くことは無かった。

――あの日、貧民街で攫われ、悪い人たちから俺を庇ってくれた時までは。

俺が襲われそうになった時、身を挺して守ってくれたひと。儚い見た目とは裏腹にその姿は強く凛としていた。綺麗な顔が血に汚れて、ひどく痛々しかった事を覚えている。

きっともっと早く出会えていたなら、俺はあの人に憧れていたのだと思う。

それでも結果的にエリックを奪う形になったんだから、何かを言う権利は俺には無いんだろう。

きっと何度過去に戻っても、俺は何度でもエリックと結ばれたいと願う。エリックと出会う前の自分には、もう戻れない。施しを与える事への喜びも、必要とされる事で満たされる自尊心も、もう忘れる事は出来ない。知る前の自分にはもう戻れない。

「エリック、今は辛いだろうけど俺が一緒にいるから」

「……アンブローズ」

俺の為に王位を手放し周囲からは愚か者のレッテルを貼られたエリック。この人が縋る相手はもう俺しかいない。

かつて俺が死なせてしまった小鳥と重なる銀色の麗人を思い浮かべながら、俺はエリックの背中に腕を回し、ぎゅっと力を込めた。

最期までユリシーズさんを死に追いやった罪は背負って行く。それでもこの先の未来には、俺を必要としてくれるエリックの姿がある。

以前より少し痩せた愛しい人の胸に顔を埋めると、俺は兄を送り出したあの時のようにそっと口角を上げた。

第二章　聖者の精選

爽やかに晴れ渡る雲ひとつない空。

ほどほどに整備された道の脇には草木が生い茂り、風に吹かれてはざわめきを立てる。丸一日馬車を走らせ、馬を休める目的で街に訪れた際買ったクッションは、馬車の揺れから俺の尻をこの上なく守ってくれている。馬も俺たちも十分休息を取れた頃、街を出て再び隣国へ赴くべく移動を再開した。


己の死を捏造し、王都を出て四日後の事である。


馬を走らせるに足る舗装された道を選び大きく迂回した為、いくらか時間は掛かったが、国境はもう目前だ。隣国の辺境伯、ハミルトン家が治める土地である。ここ数日は断罪回避に追われていた所為で情報収集が疎かになっていたが、最近当主を息子が継いだと耳にした。齢は俺とそう変わらない、二十そこそこだったか。

「ユリシーズ様、そろそろ到着しそうですよ。景色をご覧になりますか？」

「そうだな、ところでトリスタン。その名前で呼ぶな」

「失礼しました、ではユーリ様、と」

ユリシーズという名前はそこまで珍しくはないが、名前がきっかけで正体に疑問を抱かれるとも限らない。

本名を考えるとユーリという名も安直ではあるが、あまりにも違う名前だといざという時反応出来なくなる可能性もある。

無いとは思うがトリスタンが万が一口を滑らせたとしても誤魔化しが効く。

スムーズに開かない窓に力を込めながら無理矢理開けば、ほんのり冷えた風が頬を撫でる。

風の勢いは微風といったところか。

柔らかな風が俺の〝茶色い〟髪をふわりと浮かせる。

鏡が無い為今は己の姿を確認できないが、宿で確認した感じではまあ似合わなくはないといったところか。十九年間銀髪として生きてきたのだから、違和感は並一通りのものではなかったが、初めて俺の顔を見る人間なら疑問は抱かないだろう。自然に馴染むように染められて俺としては満足している。

トリスタンはこの染められた髪を見るたび嫌そうな顔をするので、気に入っていないようだが。

とりあえずは髪質に影響しない為、妥協しているように見受けられた。

まあ髪に優しい分水で落ちるという難点があるのだが。それも染料さえあれば色々な色に染められるというアドバンテージになる。

因みに溶かした硝子に染料を練り込めば、完成した後水につけても色素が溶け出すなんてことは無いらしい。

ただこの染料は、金や銀など輝くような色の物は存在しなかった。鈍い銀に近い灰色なら存在したが、輝きを纏わないその色を銀と言い張るのは少々難しい。俺に成り代わる死体を、何も〝彼〟に拘らずこの灰色で染めても良いかと一瞬思ったが、死体を水で清める際着色が落ちでもしたらそれこそ俺の計画は水の泡になる。

仮に今後本物の銀髪と遜色の無い金や銀の染料が出てこようと、それで髪を染める事自体国が認める事は無いだろう。

茶色は平民の髪の色。金や銀は貴族や王族の色だ。平民がその色に染める事が不敬だとされるに違いない。

そう取り留めのないことに思考を泳がせながら心地よい風に目を閉じていると、不意に馬車が止められる。

先程トリスタンと声を交わした時とそう景色は変わっておらず、馬車を止めた理由が目的地へ到着したからではないと分かる。

思わず声を掛けようとするが、それより早くトリスタンは腰に帯びた剣を抜いた。

カチリと金属の擦れる音が小さく聞こえる。

「ユーリ様、窓を閉めていただけますか」

殺気を帯びた気配は、剣を構えたトリスタンだけのものではない。

運動神経が死滅している俺だが、気配には敏感な方だ。トリスタン程の手練れに気配を消されれば流石に気づく事は難しいかもしれないが、今〝こちら〟に殺気を飛ばしているのは恐らく三流以下。一瞬王都からの追手かとも思ったが、この気配はおそらく違う。

窓を閉める際隙間から見えた、生い茂った草木の揺れから察するに人数は恐らく十人そこそこ。恐らく賊か何かだろう。

トリスタンならこの程度の人数問題にもならない。俺は柔らかなクッションの上に腰を下ろすと、剣戟の音を聞き流しながら壁に背をもたれ掛けた。

金属同士がぶつかる音は、どこか懐かしさを感じさせる。俺自身は剣を持たない為、そうそうこんな音を聞く機会は無いはずなのだが。

はて、なぜ懐かしく感じるのかと考えるとその答えはすぐに見つかった。

あれは七年前、俺が十二の歳の頃。

水面下での動きはあるにせよ、今では隣国の侵攻は沈着状態になっている。第一王子と件の塔に登った時も既に侵略の手は休められていた。ただこの数年間のうち、再度小競り合いを仕掛けられた時が何度かあった。戦争と呼ぶには規模が小さく、隣国にしてみればほんの少しちょっかいをかけたに過ぎなかったのだろうが。その〝ちょっかい〟も、俺が齢十二から十四の二年間で三回起こっただけで、それ以降争いらしい争いは起こっていない。

それは俺にとっての初陣であり、またトリスタンにとっても初めての戦場だった。

貴族令息が箔をつける為名ばかりの指揮を取ることなどよくある事。特に俺の出番なんてものもなく、その時は暇を弄んでいた。だからこそ思いつきでトリスタンを戦場に放り込んだ。痩せ細って死にかけていたかつての奴隷は、十分な食事と休息により満足のゆく仕上がりとなっていたから、暇つぶしとほんの少し試す意味を込めて。この程度で命を落とすならそれまでだし、それでもなお俺の元まで帰ってこれたなら褒美の一つでもやろうと思って。

結果、トリスタンは俺の元へ帰って来た。

血や泥に塗れ、怪我を負いながらも五体満足のまま。死体から奪ったのか、殺した敵から奪ったのかは定かでは無いが、見覚えのない防具や剣を身に纏った状態で。ギラギラと殺意と恨み、困惑を携えた瞳に射抜かれた瞬間の愉悦は今でも容易く思い出せる。

そして分かりやすい表面的な感情の奥に渦巻く、捨ててくれるなと訴えかけるような懇願に気付いた時の悦びと言えば筆舌に尽くし難いものがあった。その時向けられる感情が癖になりその後二回、戦場に向かわせたのだが、俺が飽きるより先に隣国による侵攻が止まったのだ。

良い暇つぶしが出来たと思っていた為、残念に思ったのをよく覚えている。

道理で懐かしいわけだと一人納得していると、不意に馬車の窓がコンコンと軽く叩かれた。

「敵は」

「差し支え無く」

ギッと音を立て馬車の扉が開かれれば、風と共に濃い血の匂いが漂う。

差し出された手を取り馬車を降りれば、予想通り十数人、正確には十三人もの人間が地面に倒れ伏している。否、トリスタンがもう片方の手で引き摺っている男を含めれば十四人か。けして少なくない数のそれらは、見慣れぬこともありなかなか壮観だった。

「この数を相手に無傷とは。従者生活で腕が鈍ってやしないかと思ったが」

「鍛錬は欠かしていませんので」

「残念だ、もしそうなら再度叩き直してやろうと思ったのだが」

「期待に添えず申し訳ありません。ところでこの者ですが、いかが致しましょう」

分かりきった事を。そのために一人だけ残しただろうに。

「情報を引き出せ」

「仰せのままに」

トリスタンが手を離せば、支える力を失った男の身体がドサリと地面に打ちつけられる。衝撃にうめく声で、なんとか男がまだ生きている事を伝えてくる。一度鞘に収めた剣には触れず懐に手を伸ばすと、トリスタンは肘から手首程度の長さの短刀を取り出した。

地面に倒れる男の髪を掴み直しぐっと引き上げると、露わにされた喉元に刃を翳す。小さく漏らされた悲鳴は恐怖に引き攣れていた。

「おい、貴様。一体何が目的で俺たちを襲った？」

「ひぃぃっ、や、止めろ！」

男は喚き散らし逃げようとするが、手足に力が入らず立ち上がれないのかその抵抗は芋虫のように蠢くばかりだ。ちらりと男の手足に視線を向ければ、容易くその理由に合点がいった。なんて事は無い。こちらへ引き摺られてくる前に、既に手足の腱を切られていただけの事だ。

「た、助けてくれっ！　死にたくない！」

「おい、そう言ってるが？」

「はあ、せめて表情を繕ってはいかがですか」

トリスタンはこちらをチラリと一瞥すると、仕方無さそうに溜息を吐く。

「それで、もう一度聞く。なぜ俺たちを襲った？　目的は何だ」

「かっ、金だよぉ！　金に決まってんだろ⁉」

頭のテッペンから足の先まで一通り視線を滑らせる。血で濡れて分かりにくいが、確かに男の格好は襤褸《ぼろ》く古びていて暮らしに困窮していた事は想像がつく。こう言ってはなんだが、俺たちの乗っている馬車は決して金を持っている様には見えないだろう。目立たず使い古された市民向けの馬車を用意したのだから当然だ。そんな馬車を襲撃した所で手に入る金などたかが知れている。逆に娯楽として旅人を殺す事が目的だったと言われた方がしっくり来る程に。

それと気になった点がもう一つ。

こいつらが金目的の賊だとして、この十四人の中に首領らしき人物がいない事が気にかかる。それこそまるで寄せ集めであるかのように。

「おい、こいつらの戦い方を見てどう思った？」

「そうですね、一言に賊と言うには襲い慣れていないと感じました。武器を持っただけの一般人に近い印象かと」

「なるほどな」

俺は一歩男に近づくと、トリスタンに目配せをした。その意図が正しく伝わったのだろう。大口を開き荒い呼吸を繰り返す口へ、トリスタンは躊躇いなく短刀を差し込んだ。口内を傷付けないギリギリの深さと角度で短刀を止めて。

「うごぉっ!?」

男は目を見開くと、喉奥を刃で貫かれるのでは無いかという恐怖に身体を小刻みに振るわせ、どっと汗を流した。

「さて、教えてもらおうか、何故金が必要だったのか」

「ふがっ、うごぉ！」

「答えられないか。……おい」

俺の言葉に従い、トリスタンの手に力が僅かに込められる。地面と並行に向けられた刃が、口角にピタリと合わせられる。

俺たちの意図が伝わったのだろう。男は身体の振るえをガクガクと激しくし、目を大きく見開いた。

「いっ、言ふがらぁっ！　止めへくれ！」

男が口を動かした拍子に、僅かに口内が切れたのか口元から少量の血が流れる。男の態度に納得し、俺はトリスタンに目配せすると口元から短刀を引かせた。

「がはっ、ど、奴隷だよ！」

「奴隷？」

「この先の領地を治める辺境伯！　ハミなんとかっていう奴だ！　この先へ進むには奴隷を用意して、ある条件を満たさないと進ませないって言うんだよぉ！」

ハミなんとかというのは、ハミルトン辺境伯の事だろう。恐らく最近跡を継いだ息子の事を指している。

「それなら金が目的というのは嘘か」

「は、半分は嘘じゃねえよぉ、俺たちもお前たちと同じ元々ただの旅人だったんだ。奴隷なんて普通じゃ連れてねえ。進めねぇっていうなら諦めて帰ろうとしたさ」

男はその時の事を思い出しているのか、顔を怒りに赤く染め目を充血させると、血と唾を飛ばしながらカッと目玉が落ちそうなほど目を見開いた。

「それをあの野郎！　あろう事かこの土地を踏んだならそれ相応の対価を払ってもらおうとか抜かしやがった。それで有金全部巻き上げて俺たちは捨てられたんだよぉ！　進めねぇ、帰れねぇ、それならもう他所《よそ》から奪うしかないじゃねぇか！」

涙を溢しながら男は堪えきれず嗚咽を漏らすと、徐々に身体から力を抜いた。もう用は無いとばかりに男の髪から手を離せば、重力に沿って男の顔が地面に落ちる。相変わらず弱々しくも嗚咽は続いているので、男が死んだわけではない。

「さて、事情は分かったわけだが」

こいつらの動きに統制が取れておらず、また素人の振る舞いだった事にこれで理由がついた。元旅人だった男たちは同じ理由で全てを失い徒党を組んだ。そして旅人である俺たちから少なくても構わないからとにかく金を巻き上げ、そのまま奴隷と称しこの先へ進むつもりだったらしい。

先代ハミルトン辺境伯の悪名を特に聞いた覚えは無い。どうやら後継者たる現辺境伯は、とんだ

〝悪役令息〟だったらしい。俄然興味が惹かれるというもの。

「どうされますか、ユーリ様」

「当然進むに決まっている」

ここで引けるわけがない。そもそも俺たちは隣国へ入りたいのだからどのみちこの道を逸れるわけにはいかない。トリスタンはこの先の言葉に想像がつくのだろう。

「はあ、でもこの先に行くには奴隷が必要なのでしょう」

「それならお誂え向きの奴がいるだろう」

倒れ伏した男の腰を探れば予想通り、ありふれて面白みの無いデザインの首輪と鍵が一つずつ。こいつらが俺たちに付けるつもりだった物だろう。それなら〝コレ〟を予定通り使ってやろうではないか。

トリスタンは嫌そうに眉根を寄せると、仕方ないとばかりに小さくため息を溢した。

◇　◇　◇

襲撃された場所からしばらく馬車を走らせると、漸く目的の場所が見えて来た。高い壁に覆われた、ハミルトン辺境伯の領地だ。

中に入る為の門には制服を着た門番が二人立っている。俺たちの他にも旅人らしき人物がちらほら見受けられるが、皆一様にそちらの方へと足をすすめているのであそこが入口で間違いないだろう。トリスタンは馬に軽く鞭を打ち、同様に馬車を進めた。街に入る為にもっと入口には列ができているかと思ったが、人の流通自体はそう多くないらしい。現在の時間は夕方と言うには早い程度なので、まだ人が少なくなる様な時間でもない。

　俺たちの前にいた旅人は五人。一人で旅をしている者が二人と、残りの三人で一組のようだ。門番は最初の二人をさっさと誘導し中へ通すと、俺たちの前の三人組に話しかけた。会話までは聞こえないが、門番は頷くと最初の二人と同様に三人を中へ通す。

　次はいよいよ俺たちの番だ。

「ようこそ、この街へは何をしに？」

「……」

　門番は話しかけるが、トリスタンがその言葉に返事をする事は無い。当然だ。元々トリスタンにはそうするように言ってある。俺は自分で窓を開けると、門番に声を掛けた。

「こちらへは商売に来た」

「商売？」

　ちらりと俺の方へ向き直った門番が俺の顔を確認すると、小さく目を開く。門番に悟られない程度にトリスタンの空気がピリつくが、俺が視線を向ければ大人しく気配を収めた。警戒する事は無い。この男の顔に見覚えはないし、敵意も無い。単純に俺の顔に驚いただけだ。銀髪から茶髪に染めようと、顔は特に変わっていない。初対面の相手に顔の良さで驚かれるのは慣れている。

「ああ、その証拠にほら」

俺はトリスタンを指で呼び寄せると、ローブに隠れた首元を門番に見えるようぐっと広げた。トリスタンの首には、先程男から奪った首輪が付けられている。門番はそれを見て俺が何の商売をしに来たのか思い至ったのだろう。

「なるほど、ところで商売と言うには〝商品〟がないようですが？」

「それはこちらで入手するつもりだ。コレは俺の物なので商品として手放すつもりはないしな」

「さようですか」

今度こそ納得したのか、門番は俺たちを門の中へ通した。


ようやく門をくぐれた事は良かったものの、話はこれで終わりではない。むしろここからが本番といったところだろう。

なんせ襲撃してきた男の言葉ぶりから、奴隷を連れている事は他所者がこの街に入る為の最低条件だ。その証拠に、門番と同じ制服を身に纏った別の男が俺たちの方へ近づいて来た。

男に促されるまま後を追えば、詰所のような場所へ案内される。ここから先馬車は降りなければならないらしい。俺はクッションに覆われた椅子を名残惜しくひと撫ですると、大人しく馬車から降りる。トリスタンも相変わらず無言のまま俺の後ろにそっと付き従った。

「さあ、案内してもらおうか」

「焦る必要はありません、目的の場所までそう時間はかかりませんから」

男が詰所の扉を開けば、中にはカウンターと簡素な椅子があるばかり。窓は無く、奥に続く扉も特に見受けられない。

男はカウンターの奥へ進むと、床に膝をついた。ぱっと見目立たないが、一つだけ僅かに木目の異なる床板がある。そこを男が指で強く押し込むと、パカリと軽い音を立て小振のレバーが姿を現した。レバーを引くと、床板が僅かに浮く。指をかける場所があるらしく男が両手をそこにかけぐっと持ち上げれば、地下へと続く階段が現れた。

隠し扉か。ハミルトン辺境伯は随分遊び心がある人物らしい。

「どうぞこちらへ」

「ああ」

カツン、と靴音を立て先導する男の後ろに続く。

音の響き方からして階段はさして深い所まで続いてはいないようだ。男の言う通り目的地までそう時間はかからないらしい。俺の後ろには相変わらずトリスタンが控えているが、本当なら俺の前を歩きたいのだろう。何か罠があるとも限らない。

警戒心をうまく隠してはいるが長い付き合いだ。トリスタンの本音なんて容易く想像出来る。それにローブで隠れてはいるが、その下で腰に携えている剣の柄には、利き手が伸びているのだろう。ローブの僅かな揺れでそれは伝わってくる。とはいえ先日の砦で襲われた時と違いトリスタンと共にいる以上、俺に身の危険が迫る事は無い。

信頼というより、これは確信だ。

トリスタンの腕なら、男が突然俺に向かって剣を抜いたとしても壁と俺の体の隙間から剣を通し男を絶命させる事が出来る。トリスタンなら目を閉じていても容易な事だろう。

「お待たせしました」

階段を降りて行った先には木製の扉が一つぽつんと存在していた。目的の場所はこの扉の先という事か。

幸い扉の前は空間を少し広めに作ってあるらしく、俺たち三人程度なら立つスペースがある。

「私は地上へ戻りますので、どうぞお進み下さい」

てっきりこの先まで案内されると思ったが、ここで終わりらしい。男はさっさと階段を上がって行った。暫く扉の前で待っていると上の方でバタンと音が聞こえてきたので、恐らく隠し扉を閉めたのだろう。

「ユーリ様、どうします？」

「決まっている。先に進むぞ」

「では私が扉を開けましょう。あなたは下がっていて下さい」

俺はおとなしく三歩後ろに下がる。トリスタンは剣の柄を握りながら扉に背中を付けると、左手で扉の取っ手へと触れた。

ぐっと力を込めれば、暖色の光が扉の隙間から漏れ出す。

それと同時に扉の先の喧騒がどっと溢れ出した。鈍い音を立て扉を開ききれば、その先には半分ほど予想していた通りの光景が広がっていた。

「これは……」

「ああ、奴隷市場だ」

街に入る条件に奴隷を連れている事というぐらいだ。奴隷市場くらいあると思っていた。流石にここまで規模が大きく、それも地下にあるとは予想していなかったが。オレンジを帯びた明かりは本来なら温もりを感じさせるはずだが、無骨な檻や補強目的のゴツゴツとした石が床や壁を覆っており寒々しい印象を与える。

トリスタンのように首輪を付け主人の後ろに侍る者、加えて鎖に繋がれ四つん這いで這っている者、檻の中で客を手招きする者。

扉を開けて見える範囲でも様々な人間がいる事が分かる。

ただ言えるのは、現時点でそこまで劣悪な環境ではないという事だ。俺がトリスタンをかつて買った場所と比べれば雲泥の差だろう。実際の所は知らないが表面上はよほどこちらの方が清潔でマシと言える。

「行くぞ」

「はい」

扉を開けたまま固まっていたトリスタンの脇をすり抜け先へ進めば、我に帰ったトリスタンは俺の後ろを大人しくついて来る。

ぱっと見この場所で主人の前を歩いている奴隷は見当たらないので正しい判断だろう。

「迷いなく歩かれてるようですが、この先に何があるかご存知なんですか？」

トリスタンが周りに聞こえない程度の小声でそっと話しかけてきた。主人に自分から話しかける奴隷はまずいないだろうが、この喧騒では誰にも聞かれまい。俺は前を向いたままトリスタンの質問に答える。

「さあ、知らないな。ただ分かるのはこの先へ進まなければ地上には戻れないという事か」

予想では俺たちの前に門を通された旅人二人。こいつらは先程の襲撃者と同じように身包み剥がされ街から追い出されているだろう。

そしてその後の三人組は恐らく俺たちと同様に地下へ案内されたのではないだろうか。扉付近にその姿がないという事は、街に入る条件を満たす為先へ進まなければならないという事だ。

その条件が何なのか、なんとなく予想はつく。

「言うなればここは、ハミルトン辺境伯にとっての〝遊技場〟といったところだろうさ」

奴隷に対してさして忌避感など持たないが、俺とは趣味が合わないらしい。現時点での件の彼への印象は、秘密基地を作り閉ざされた空間で玉座にふんぞり返る、悪趣味な王様もどきと言ったところか。

暫く歩いて行くと、喧騒がさらに煩くなる。人の流れがあったこれまでの道と違い、人だかりができている。ここが最奥なのだろう。

無駄に体格の良い男たちが密集している所為でこの先の様子を伺えない。

「おい、見えるか？」

トリスタンも背は高い方だが、この場はもっと体格の良い男たちばかりだ。トリスタンでも難しいかもしれない。

「……なんとか。男が二人、武器を持ち戦っているようです。ここは……闘技場でしょうか？」

「その二人、片方の男に見覚えはないか」

「見覚えですか？　そうですね、私たちの前に街へ入った三人組……その中の一人の顔に似ているようですが」

「そいつ、首輪を付けているんじゃないか」

「見え難いですが、おっしゃる通りです。まさか」

「ああ、多分当たっているだろうな」

この街へ入る条件は奴隷を連れている事。そしてもう一つの条件はおそらくこの闘技場で勝つ事だろう。

これらの条件を満たせない場合、この地下に留まるか、金銭を奪われ外に放り出されるか。どちらにせよ地上で真っ当に暮らす事は出来ないだろう。

「私が見た時、彼らの首には特に何もつけられていませんでした」

「だから三人に選ばせたのだろうな」

全てを諦めるか、仲間を売って奴隷と称しこの場所へ行くか。

「まあ結局これは予想でしかないのだが。それよりこの人だかりだ、前に進もうにもこう密集していては難しい」

俺の体格ではこいつらの筋肉を掻き分けて前へ進む事も出来ない。そろそろ暑苦しい男どもの後ろ姿に飽きてきたところだ。

この試合にきりがつく頃、何かしらのアクションを取りたいのだが。

「おい、決着はつきそうか？」

「ええ、そうですね。今のところ先程の旅人が劣勢の様ですが――あ、」

トリスタンが声を小さく上げると同時に、周囲の男たちがわっと沸き立つ。どうやら勝者が決まったらしい。

「優勢だった黒髪の男が勝ったようです」

「そうか。それにしても随分と盛り上がっている。こいつらは金でも賭けてるのか？」

俺の言葉に反応したのか、前に立っていた大柄な男が不意に俺たちの方へと向き直った。顔に傷のある粗野な外見の男だ。

「よぉ、お嬢さん。この場所は初めてか？」

「……ああ、そうだ。よく分かったな」

お嬢さんと言われ、一瞬思考が止まる。

こんな事で怒りはしないが、俺に向かってこんな風に軽口を叩いて来る相手はいなかったため理解に時間が掛かった。男に悪気は感じないので、普段から誰に対してもこの態度なのだろう。

「まあな。ここでそれなりの時間を過ごせば顔見知りも増えるってもんよ。へへ、それにあんたみたいな別嬪、一目見たら忘れるもんか。ここいらじゃそうそう見かけない一級品だ。俺ぁどうやらまだ神に見放されて無いらしい」

「その様子だと負けたのか？」

「聞き難い事を聞いてくれる嬢ちゃんだ。そうだよ、大穴狙いで新顔に賭けたらこのざまさぁ」

新顔と言うのは先程負けた旅人の事だろう。大穴と言うくらいだから、相手をしていた黒髪の男はよくこの闘技場で戦っているのだろう。

「黒髪の方、強いのか？」

「お嬢さん、何もしらねぇのか？　あいつ――、ブルーノはハミルトン辺境伯の〝犬〟だぜ」

ハミルトン辺境伯の犬、ブルーノ。

こんなにすぐ辺境伯に近い関係の相手と会えるとは。俺の方こそ運に恵まれているらしい。是非ともその姿を拝ませてもらおうじゃないか。俺は挑むように男に視線を向けると、ニヤリと挑発的に笑ってみせる。

「なるほど、あんた、もっと儲けるつもりはあるか？」

「なんだって？」

「俺に有金全部を賭けるなら、必ず勝利を約束するが」

俺の言葉に男は呆気に取られた表情を浮かべると、その後豪快に笑い出した。

「ガッハッハ!!　いいぜ、気に入った。どうせこの試合の後で新顔に賭ける奴なんてそうそう居ねぇ。面白いじゃねーか」

「交渉成立だ」

男は豪快に己の膝を叩くと、懐から重みのある袋を取り出した。ジャラリと音を立てるそれは、おそらく金貨だろう。

「この俺に賭けさせるんだ、負けたら承知しないぜ？　そっちのニイさんが戦うんだろう」

「ああ、そうだ」

男はトリスタンに値踏みするような視線を向けてから、人がいなくなった闘技場に向けて金貨の入った袋を投げ入れた。

決して少なくない金額のそれに、金貨の持ち主を当然この場の誰もが気にしただろう。ざっと多くの視線がこちらへ向けられる。

「おい、次はこいつらだ！　俺は有金全部賭けるぜ」

男の言葉に騒めきが広がる。

「お前ら道を開けな、これじゃ主役が通れねぇからよ」

人だかりがざっと左右に分かれる。そう広くない空間なので出来た道は人一人分だが、俺たちが通るには十分だ。おかげで黒髪の彼の姿を漸く拝むことが出来た。体格はトリスタンより少し勝る程度。

褐色肌がエキゾチックで、髪と肌の色が濃い為青い目がより際立って見える。白い肌が主流のこの辺りでは珍しく、随分と目立つ外見だ。ブルーノはトリスタンの顔を見ると、はっと表情を動かした。そしてその唇が小さくトリスタン、と呟く。どういう縁かこの男、トリスタンと知り合いらしい。

ブルーノの唇の動きはトリスタンにも見えていただろう。しかし当の本人は首を捻っている為どうやら記憶にないらしい。

「向こうはお前の事を知っているようだが？」

「さあ、存じ上げませんが。そのようですね」

トリスタンはバサリとローブを脱ぎ地面へ放ると、腰に帯びた剣を片手で抑えながらブルーノへと近付く。

トリスタンが闘技場——と言っても軽く段差があるだけで、大きさはボクシングのリング程度の広さだ。闘技場と言うには粗末な見た目だろうか。——の中央まで進み出る間に、俺は開けた道を通り観客席の一番前まで進む。

因みに金を投げた男は俺の横に立ち腕を組んでいる。

「嬢ちゃん、ここは初めてだろう。ルールは分かってるのか？」

「さて、でも何となく予想はつきます。地上に戻るためには、彼に勝たなければならない」

「半分当たりだ。全員がブルーノと対決してたら誰も地上には戻れない。相手が誰でも良いから一勝する。それがここのルールだ」

シンプルで分かりやすい。男の言い分から察するに、今まで彼に勝ったことのある者はいないのだろう。辺境伯の犬が、いかほどの腕を持っているのか試させてもらおうじゃないか。

「トリスタン、分かってるな」

「お心のままに」

求めるのはギリギリの勝利。あまりに圧倒的に勝ちすぎても悪目立ちする。かと言って負けては元も子もない。一言に込められた意味をトリスタンなら正しく察する事が出来るはずだ。相手の技量は分からないが、トリスタンが負けるとは思わない。見事に演じきってみせるだろう。

段の上で剣を構えた両者の姿を見て、おや、と気付く。二人の構えが非常に似ていたからだ。トリスタンは覚えていないようだが、やはりこの二人には何かしらの関わりがあるらしい。

「初めの合図は嬢ちゃんがするんだ」

「ええ」

周りの男たちが、二人の様子を固唾を飲んで見守る。野次も喧騒もいつしか止んでおり、辺りの空気が緊張感に包まれる。俺は瞬きをすると、唇を湿らせ開始の合図を口にした。

「――始め」

速い。まず抱いた感想はそれだった。二人の距離が一瞬で詰められ肉薄する。ギンッと硬質で鈍い音を響かせ二振りの剣がぶつかり合った。激しい剣戟は止むことなく、目にも止まらぬ速さで火花を散らせる。

「こりゃあ嬢ちゃんのところの犬っころ、随分やるねぇ」

「ブルーノ、彼は一体何者なんです」

動体視力は悪くない方だと思っていたが、流石に二人の剣筋は追いきれない。トリスタンも化物だが相手も相当なものだ。しかしトリスタンからこんな相手の事は聞いたことが無い。

「さあ、奴の正体は謎に包まれてんだ。分かるのはただ辺境伯に仕えているという事だけ」

辺境伯とどういう経緯で知り合ったのか、どこで産まれ育ったのか、どういう経緯でこの強さを得たのか。この街に住む誰もが知らないと言う。

「なるほど」

「俄然興味が湧いてきたって顔をしてるぜ」

なんせ時間はたっぷりある。興味の惹かれたことに首を突っ込むのは、自由な身の上だからこその醍醐味だろう。国の頂きから城下を見下ろす爽快感と、全ての柵から解放され自由に動ける開放感は比べる事が出来ない。それにこの与えられた〝自由〟はまだここ数日の事で比較するにはあまりにも期間が短い。

この先どう生きるかなんて、今すぐに決める必要は無いのだから。ただ、権力は持っているに越した事は無いのだろうが。

「おいおい」

男がポツリと声を漏らす。二人の姿に視線を向け直せば、勢いは衰える事なく凄まじいスピードで剣を打ち合っている。

トリスタンの表情に油断は無く、至って真剣そのものだ。ブルーノの方も同様に、しかし額に汗を流しながら剣を奮っている。

「終わりが見えねぇぞ、こりゃ」

そう思ったのは隣に立つ男だけではなかった。シンと緊張感に包まれていた辺りの空気は、騒めきを取り戻し困惑に満ちている。かつてブルーノとこれ程までに渡り合った相手がいなかったのだろう。打ち合いがさらに激化する。緊張感に満ちた空間はシンと静まり返り、剣戟の音だけが響く。どれほど続いただろうか。この戦いに終止符を打ったのは衝撃に耐え切れなかった、彼らが手にする剣の方だった。

互いの剣がぶつかり合った時金属の弾ける音がし、両者の刃が宙を舞った。トリスタンの剣の刃は天井へ突き刺さり、ブルーノの剣の刃は石製の壁へと突き刺さった。しかしここで勝負は終わらない。剣が折れた為に生まれた隙を、トリスタンが見逃す事は無かった。

例え刃が折れようと勝敗はついていない。トリスタンが剣の柄でブルーノの手元を弾き上げれば、衝撃に緩んだ手から剣がこぼれ落ちる。弾かれたそれが地面に落ちる音を聞きながら、俺は周囲に悟られないようほくそ笑む。

剣を交えていた二人は無言のまま息を整える。その沈黙を破ったのは固唾を飲んで観戦していた者達だった。

わっと歓声に沸き立つ。二人を褒め称える声に指笛や金貨が投げられる音。一気に賑やかさを取り戻した空間は、俺たちがこの場に訪れた時以上の盛り上がりを見せている。

「すげぇ！　マジで俺の一人勝ちだ、嬢ちゃん感謝するぜ！」

因みにこの場で一番盛り上がっているのは、トリスタンの勝利にただ一人賭けていたこの隣の男だろう。バシバシと背中を叩かれ、力強いその手の勢いに咽せそうになりながら俺はある人物へ視線を向けた。この場の熱量とはかけ離れた、冷えた空気を携え射抜くような目をブルーノへと向ける青年へ。その目には覚えがある。

粗相をした駄犬へ向ける、非難するようなそれ。ああ、そうか。お前がこいつの飼い主だな。

俺は隣の男の腕からするりと抜けると、目的の青年へと近付く。この場に馴染むよう質素な服装を身に纏ってはいるが、深く被ったフードの隙間から覗く肌の質は隠せない。丁寧に時間を掛け、整えられた貴族のものだ。

「！」

青年の黄色い目と視線が交差する。

周囲の視線は全てがトリスタンとブルーノに集中している為、俺が青年の元へ歩いて行った事に気付く者は少ない。それこそ隣にいた男と、舞台の上の二人くらいだろう。

ブルーノは精巧な顔立ちに僅かな焦りを浮かべているが、トリスタンが握手を求めさりげなく拘束する所為でこちらへ来る事は叶わない。

「君は？」

「お初にお目に掛かります」

――コンラッド＝ハミルトン辺境伯。

喧騒に満ちているとはいえ、正体がバレるわけにはいかないだろう。彼の名は、ローブ越しの耳元で囁く程度に控えておく。ローブに覆われた肩が小さく揺れる。こちらが正体を知っている事が意外だったのだろう。黄色い目で睨め付けられるが、この程度の敵意は向けられ慣れている。

「お会い出来て光栄です」

「さあ、何の事かな」

どうやらシラを切る事にしたらしい。俺はそれでも構わないが、あんたの飼い犬はそうはいかなかったようだ。首元にすっと短剣が翳される。先程まで闘技場に立っていたブルーノがいつの間にか俺の背後に立っていた。トリスタンの拘束を抜けられるとは思わないので、俺の考えを読んで敢えて解放したのだろう。その刃が俺の皮膚を傷つける事はなかったが、向けられる殺気がこの青年こそブルーノの主人であると知らしめている。敵意がない事を証明すべく両手を顔のサイドに上げれば、ようやく短剣が下ろされた。

青年、否。コンラッドは自分の正体を誤魔化せないと悟ったのだろう。小さく舌打ちすると「ついて来い」とだけ呟きローブを翻した。

トリスタンも俺の後ろを大人しくついてきている。

今回の戦いの主役二人がさっさと退場してしまった為、周囲の熱気には戸惑いが混じり始めている。まあ、この後の処理は今回大儲けした先程の男がなんだかんだ纏めてくれるだろう。それにあの男とはいずれ再会するような気がする。

俺たちが入ってきた入口とは反対の、闘技場を越えさらに奥へ進む。行き止まりだと思っていたが、人混みに隠されていただけだったらしい。コンラッドの身長に合わされた、人一人が通れる程度の狭い道が通じていた。

コンラッドは俺より僅かに背が高いので問題ないが、トリスタンやブルーノは背を曲げなければ通れないようで随分窮屈そうだ。後ろにいるトリスタンの様子が見えないのが残念だが、おそらく嫌そうな顔をしているだろう。服と壁が擦れる音が聞こえて来る。

明かりの無い平坦な道をひたすら進む。壁に触れる指先が僅かな引っかかりを感じるが、まだ道は先へ続いているようだ。

十分ほど歩き続けると、ようやく開けた空間へ出る。久しく感じる明かりが目の奥に小さく痛みをもたらした。目を細め明順応を待つ。

どうやら井戸のような丸く縦長の空間で、側面の壁に梯子が設置されているようだ。コンラッドは梯子に手を掛けると、躊躇いなく登り始める。

「ユーリ様、例えあなたが手を滑らせ落ちようと私が支えますのでどうぞご安心ください」

こそっと声を潜ませてトリスタンがそう言って来る。大きなお世話だと言いたい。

さすがにそこまで運動音痴ではないと思っているが、剣を振ってすっぽ抜かせた前科がある為否定は出来ない。トリスタンの言葉は保険程度に思っておこう。俺は慎重に梯子に手を伸ばすと、上を目指し始める。

上からガコンと音が聞こえて来る。コンラッドが出口となる扉を開いたのだろう。梯子を登るにも腕が疲れてきていたところだ。ようやく陰気な地下から抜け出せる気配に人知れず息を吐く。

梯子を登り切った先は、どこかの屋敷の中だった。毛足の長いカーペットが敷かれた床に肘を付き身体を持ち上げる。さして汚れてはいないが、無意識に腕の辺りを払いながらさりげなく室内を見渡す。部屋を飾る調度品は無く、質素なベッドと机がセットされたこの部屋は、おそらく使用人部屋と言ったところだろう。それにしても生活感は無いので、今は使われていないのかもしれない。

この華やかなラグは、おそらく地下へ降りる出入口を隠す為のものだろう。

「ここに闘技場を作って以来、ブルーノを負かしたのは君たちが初めてだよ」

不意に向けられた言葉に意識を戻す。

「とてもただの奴隷とは思えない。どんな修羅場を潜ってきたのか」

コンラッドはフードに手を掛けると、躊躇いなく後ろへ下ろした。

――ピンクの髪。

まるでどこぞのゲームキャラクターのような色だ。金や銀でも十分派手だが、いくらこの世界がファンタジーでも流石に見ない色である。

まさか俺と同じように、この国を舞台にしたゲームでも存在するのだろうか。俺が知らないだけかもしれないが、ピンクの髪をした悪役が出て来るゲームなんてものは記憶に無い。

「どうした」

「いえ、あまりにも綺麗な髪をされていたので。不躾な態度お許しください」

俺は記憶の片隅から掘り起こした、この国に倣った礼の姿勢を取る。まさか隣国の人間にこの姿勢を向ける日が来るとは思わなかったが。なんせ隣国と俺のいた国は仲が悪い。幼少期に教えられた隣国のマナーをこうして実際に振る舞う日が来るなど、あの時は思いもしなかった。

かつて友好の証に政略結婚が行われ、王族の末席に位置する姫が一人嫁いできた事はあるが、それも長くは続かなかった。白い結婚の末、姫は家臣へと下げ渡された。その事実を知った隣国は激怒し、再び両国の間に開戦の火蓋が切って落とされる。隣国が激怒した理由の一つは、この国の宗教観にあるのだが、ここでは一旦置いておく。

コンラッドは満足そうに頷くと、肩ほどで切り揃えられた己の髪を指先で弄んだ。

「僕の髪に見惚れていたという事かな。いいさ、許そう」

彼にとっての自慢なのだろう。俺も自分の銀髪はそれなりに気に入っているのでその気持ちは分かる。今すぐには無理でもいずれは地毛の色で過ごしたいものだ。ブルーノが開いていた隠し扉を元に戻すと、コンラッドはこの部屋にある本来の扉へと歩き出す。それにブルーノ、俺、トリスタンの順で後ろへと続いて歩く。

否、正確には歩き出そうとした。廊下へ出たコンラッドはピタリと動きを止めると、急に振り向きブルーノの頬を勢い良く叩いた。

「誰が二本足で歩いて良いと言った？　お前は犬なんだから四本足で歩かなきゃ駄目だろう」

「大変申し訳ございません、主」

武に優れている訳でも無いコンラッドの平手打ちにそこまで威力は無かっただろう。僅かにブルーノの頬は赤みを帯びてはいるが、口内を切った様子も無い。廊下を歩く使用人たちが平然と業務を続けている姿を鑑みるに、おそらくこのやり取りは日常茶飯事なのかもしれない。

待て、俺たちは二人の主従プレイにでも付き合わされているのか？　四つん這いになって歩く男の尻を眺める趣味は、流石の俺でも持ち合わせてはいないのだが。トリスタンも同様の意見だろう。頬を引き攣らせている様子が見える。

「ああ、これは躾の一環だ。なんせ君のところの奴隷に勝てなかったんだから、当然の罰だよね」

大人しく四つん這いになったブルーノを満足げに眺めると、そう言って再び歩き出す。口を出す権利は俺たちには無い為、仕方無く二人の後ろを着いて行く。片手で顔を覆っているトリスタンの気配が後ろから伝わって来るが、俺も同じ意見だ。

◇　◇　◇

「詳しい話は夕食の時に。それまでここで寛《くつろ》いでいてくれ」

　コンラッドはそう言うと、ブルーノを床へ這わせたまま部屋の外へ出て行った。

　案内された場所は、ごく普通の客室だった。かつての俺の屋敷のような豪奢な感じは無いが、その分センスの良いまとまった雰囲気がある。

　俺の場合我ながら派手だが悪趣味と紙一重だった自覚があるので、こうして客室がまともだった事が意外だった。とは言え調度品の質は公爵家と伯爵家では比べ物になるわけもなく、ソファのスプリング一つとってもやや質が劣る。しかしカーテンに施された刺繍の柄は隣国ならではで、国境を越えた実感が湧いて来る。さりげなく敷かれたカーペットの柄なんかは、隣国と不仲な生国では決して手に入れられない代物だ。

　商人であるブランドンなら商品としては取り扱っていたかもしれないが、俺も敢えて欲しがる事はしなかったのでこうして見るのは初めてだ。

　精緻に織られた柄が隣国の技術の高さを伝えて来る。最近流行し出した硝子細工の染料は、元々隣国が壁紙を着色する為に生み出したものだと聞く。硝子細工に取り入れ出したのは別の国なので隣国にしてみれば技術の逆輸入になるのだろうか。この部屋の壁紙もぱっと見は白だが、よく見ると淡い桃色をしている事が分かる。

「それでユーリ様、今後はどうされます？」

トリスタンの言葉に僅かに悩む。

無事に入国できたのだから、別にこの街を離れても構わない。留まるメリットが無いのならこの場に固執する理由も無い。しかし彼、コンラッド＝ハミルトン辺境伯。ただの悪役令息というわけではないような気がする。なぜそう思うのか、これは俺のただの勘だが、何か愉快な事が起きるような気がするのだ。

「そうだな、とりあえずトリスタン」

「はい」

「かがめ」

俺の命令に従い、トリスタンは片膝をついた。これだと逆に位置が低い。俺はトリスタンの首輪を片手でぐっと引っ張ると、少しカサついた唇に軽く噛み付く。

「！」

トリスタンは目を小さく見開くと、扉へ視線を向けてからそっと口を開いた。唇の隙間から舌を差し込み、差し出されたトリスタンのものと絡める。

「ふ、っ」

「ユーリ様、」

引き寄せていた首輪から手を放し、トリスタンの首へ両腕を回す。腰に回されたトリスタンの手の熱を感じながら、誘導されるままソファへと腰を下ろす。

「は、んん」

背もたれに押しつけられ、トリスタンとの距離がより近くなる。ほんのり香る血の匂いは、今朝絡んできた賊のものだろう。あれだけ動いたというのに、そこまで強く汗の匂いは感じない。それが僅かに残念で、シャツの隙間から手を差し込み背骨を辿るように手を這わす。くすぐったかったのか、トリスタンの鼻からふっと息が漏れる。

「おい、」

「すみません、くすぐったかったもので」

「っ、ん」

仕返しとばかりにトリスタンの手が服の上から背中をなぞる。ぞくぞくと背筋に走る感覚に息を詰めると、トリスタンは悪戯が成功したような表情を浮かべた。

「お前、は、っ」

「ユーリ様は敏感でいらっしゃるので、くすぐったいだけでは済みませんよね」

ローブを纏ったままの所為でトリスタンの手が見えず、次にどう動くか予想がつかない。翻弄されるだけなのも癪に触る。俺はトリスタンの股間に膝を当てると、僅かに力を込めた。硬い熱の塊が膝に伝わる。素直な反応に気分を良くし、首へ回したままの腕に力を込め抱き寄せる。

「ッ、」

「お前、少し性格が悪くなったんじゃないか」

「そう思うのなら、あなたに似てきたんでしょう？　私はあなたの飼い犬なんだから」

「言うようになったじゃないか」

俺はローブの前を肌蹴ると、トリスタンの背中に掛かるようバサッと回す。僅かに視界が暗くなるのを感じながら、トリスタンの耳元にそっと口元を寄せる。

「それで、あいつらは？」

「扉の外に」

予想通りのトリスタンの返答にふっと笑みを溢す。この場に俺たちを残し、どういう動きを取るか確認したかったのだろう。それがいきなり俺たちがおっ始めたのだからさぞかし驚いたに違いない。コンラッドが俺たちを屋敷に招いた理由はなんとなく想像がつく。

地下で価値を示したものなんて、トリスタンの〝強さ〟くらいしか無いのだから。目的が俺の予想通りトリスタンにあるのなら、俺たちの関係性がただの奴隷と主人なのか、はたまたそれ以上のものなのかコンラッドは知りたがっただろう。トリスタンを手に入れる為にどれだけの交換条件を提示するか、その為に。

そして俺の答えは〝ただの主従では無い〟。

「……先程の褒美がまだだったたな」

「褒美をもらうような事はしていませんが」

「可愛くない事を言うな、外の奴らにしっかり伝わるよう執着を示してくれよ？」

トリスタンを覆っていたローブを外し、床に落とす。それが合図だと伝わっただろう。トリスタンは仕方がないという態度を取ってはいるが、その目の奥には偽り無い欲望を携えている。トリスタンは胸元のボタンを二つほど外すと、俺をソファへと押し倒した。

再び近づいてくるトリスタンの顔を眺めながら、視界の端に映った安っぽい首輪の姿に、似合うデザインのものを改めて見繕おうと心に決める。

「ん、ふ」

唇が重なり、大袈裟に水音を立てる。おとなしくトリスタンにリードを譲れば、やや強引に歯列を割った舌が口内に侵入してくる。最近でこそ軽口を叩くようになったが、真面目そうな態度と顔は相変わらずだ。そのわりにこの男、最初から口づけは強引なところがあった。数日前の事とはいえ、随分懐かしく感じる。

「は、っん」

「考え事とは余裕じゃないですか」

「ふは、まぁな」

唾液でしっとりと濡れた唇を舐めれば、トリスタンは獲物を狩ろうとする獣のようにすっと目を細めた。ボタンを外す為シャツに伸ばされた手は、しかしその直前でピタリと動きを止める。

「……扉の前の気配が消えました」

その声には僅かな落胆が込められていた。

俺は唇を拭い上体を起こすと、トリスタンの頬に軽く口づけソファから立ち上がる。

「俺たちの関係性に納得したらしい」

「そのようですね」

「不服そうだな」

「それはもう」

扉へ近づけば、分かりにくいが覗き穴が付けられている事に気付く。立ったまま扉を開閉するくらいでは目につかない絶妙な高さの位置にある。ほんの小さな穴に硝子が嵌め込まれており、部屋の中央付近が伺える様になっている。違和感を覚えるほどでは無いが、どうりで家具の位置が中央に寄せられているわけである。

「どうやら辺境伯は出歯亀が趣味らしい」

「は、デバガメ、ですか」

「気にするな、こちらの話だ」

俺は覗き穴を確認すると立ち上がり、今度は一人掛けのソファへと腰を下ろす。スプリングが小さく音を立てた。

「夕食の際詳しい話をしてくれると言うんだ。それまでゆっくりしようじゃないか」

どこか恨みがましそうなトリスタンの視線を流しながら、俺はソファの背もたれへと体重を預けた。これ以上するつもりは無いと伝わったのか、トリスタンも対面のソファへ腰を下ろした。

「ハミルトン辺境伯についてどう思った？」

「え？　そうですね、自分の楽しみの為に手段を選ばない方、とかでしょうか」

トリスタンの言葉に頷く。

地下に大きな空間を作り奴隷を戦わせる。勝てば地上へ戻る事ができ、晴れてこの街の住人となる。しかし負ければ地下から出る事は叶わない。そして地下の住人、主に奴隷と主人を構成しているのはこの街の現状を知らない旅人達。トリスタンの言った通り、コンラッドの目的は奴隷が戦う姿を見る事だろう。単純に楽しむ事を目的としている可能性は大いにあり得る。

「何か気になるんですか？」

「ああ、コンラッド＝ハミルトン辺境伯が領主を継いだのは割と最近のはずだろう。短い期間であれだけの規模の地下施設を作れるだろうか」

どちらかと言うと、元々あった空間をコンラッドが利用したような印象を受ける。仮に非常用の脱出経路だとしてもどうにも規模が大きいように思う。それに加え、前領主の存在も気になる。

「確かにそうですね、まるで何かを隠す為に用意した場所だ」

「隠し場所、か。例えば財産、金塊とか？」

「はは、ユーリ様のようではないですか」

トリスタンは笑った後何かにはっと気付くと、神妙な表情を浮かべ上体を前のめりにした。

「金塊、と言えば。今更ですがアレは良かったのですか？　預けてしまって」

アレと言うのは他でもない、馬車の事だろう。良くはないがあの場面ではああするしか無かった。ほんの僅かでも離れ難い、それこそ俺の大事な財産である。

「あの門番が信仰深い事を祈るさ」

「信仰、ですか」

俺は色も長さも変わった己の髪を指先で弄びながら、夕食の時間を待った。

二時間ほど経つ頃、扉越しに声が掛けられた。トリスタンが扉を開ければ、そこにはブルーノの姿があった。動きやすいラフな格好から、執事のようなフォーマルな服装へ変わっていた。案内されたのは館の大きさに見合った広さの食堂だ。貴族らしく長いテーブルの両端に、向かい合った状態で椅子がセットされている。

ブルーノに椅子を引かれ、腰を下ろす。対面するコンラッドもまた貴族らしい服に着替えていた。白地に青のストライプ柄のシャツにベストとジャケットを合わせ、華やかなフリルタイが首元を飾っている。可愛らしい印象を与える装いは、ピンクの髪色とよく似合っていた。

俺が席につくと、すぐに温かなスープが机に置かれる。柔らかな黄色をしたまろやかなスープだ。コンラッドはコップに注がれた水を一口飲むと、机の上で両手の指を組み合わせ、椅子の背もたれ部分へと背を落ち着けた。にやりと笑みを浮かべる様子は悪役令息の名に相応しい。

「ようこそ、改めて僕の名はコンラッド＝ハミルトン。君は？」

「お招きいただき光栄です。私はユーリと申します。家名を持たないしがない商人です」

「そうか」

門番達から既に話は聞いているのだろう。コンラッドは俺の仕事について掘り下げようとはしなかった。俺としてもその対応はありがたい。深く設定を決めてるわけでもないし、この街を出た後は商人を名乗る予定も無い。

「この街に来てさぞかし驚いた事だろう？」

「そうですね」

「聞きたい事があるんじゃないか」

「では……あなたは強者を集め一体何をするつもりなんです？　いや、何を起こそうとしているのです？」

「いきなり本題だな。まぁ、長い前置きは僕も好まないから構わない。何、たいした事はない、ただの趣味だ」

「そうですか、私はてっきり〝革命〟でも起こすつもりなのかと」

「革命？」

そちらに本音で語るつもりがないのなら、こちらもそれ相応の対応を取るだけ。革命と言えば聞こえは良いが、考えられるのは王家転覆あたりが無難か。よく物語なんかで出てくる辺境伯と言えば、左遷された人間が飛ばされる田舎のイメージが強い。確かに王都から離れている事は事実だが、コンラッド辺境伯は実際にはかなりの資産を有する、王家からの覚えがめでたい家だったはずだ。小競り合いの続く隣国との境界が武装していないわけもなく、それなりに金を注ぎ込まれている領地だった。

そもそも俺たちのように身分の不確かな旅人やら商人やらが、簡単に街に入れる方がおかしい。コンラッドはおそらく誰でも良かったのだろう。いや、むしろ不確かな方が都合が良かった。

「ははっ！　革命なんて面白い事を言う」

「そういえばこの国は変わった信仰を持つ者が多いと聞きます」

突然話が変わったからか、コンラッドの表情が訝しげなものになる。コンラッドは机の上で組んでいた指を外すと、椅子の肘置きに肘を立て頬杖をついた。

「それが？」

「――精霊信仰。この世の幸福は全て精霊により与えられた物であり、精霊を讃え、敬わなければならないとか」

別に隣国の宗教観に興味など無かったが、精霊石を父が手に入れた時確かそのような事を言っていた。その時俺は当時まだ贈られていた第一王子からのプレゼントを眺めながら、話半分で父の言葉を聞いていた。ブランドンが精霊石は精霊のベッドのようなものだと言っていたが、この国では考え方が異なる。精霊を閉じ込め自由を奪う精霊石は禁忌とされ、売買が禁じられている。

精霊とは尊い存在なのだ。しかし今俺が言いたいのはそこじゃない。

「そして精霊の愛し子と呼ばれる人間がいると聞いた事があります。その愛し子の特徴は、稀に見る美しい髪色をしているとか」

愛し子の特徴とコンラッドのピンク色の髪、この二つから導き出される答え。

それはコンラッドが精霊の愛し子であるという事実。

「あなたは精霊の代行者として、王家を粛正するつもりだ」

皮肉めいた笑みを消したコンラッドは、左手で持っていたグラスを机に置くと、スプーンを取りスープに手を伸ばした。

「面白い仮説だ。ただその考えは成り立たない」

「それは残念です。因みに理由を伺っても？」

「僕の婚約者はこの国の第一王子だ。粛清も何も、今後は僕自身が王家の一員となるのにその必要があると思うかい」

背もたれから背を浮かせたコンラッドは、貴族らしい振る舞いで音一つ立てずスープを飲んだ。静かに口元を拭うと、にこりと俺たちに向かって微笑む。

「ただ読みは悪くなかったよ、確かに僕は精霊の愛し子。だからこそ第一王子の婚約者になれたとも言う」

指先で癖のある髪の毛を弄ぶ。中指に絡ませた髪がするりと指の間を滑った。

「教会に所属する話も幼い頃はあったけど、婚約が決まってからは断るようにしているんだ。でも僕の肖像画は飾られてるから、記念に今度見ておいでよ」

ここまで言い切るという事は、第一王子の婚約者である事も愛し子である事も確かなんだろう。コンラッドの言う通り、次期王となる第一王子の婚約者ならわざわざ王家を敵に回す必要も無い。ただやはり引っかかるのは地下施設の存在だった。

「ええ、ぜひ」

「うん。ああ、スープが冷める前にどうぞ召し上がれ」

促されスプーンを手に取る。貴族らしい振る舞いにならないよう気をつけながらスープを掬う。手入れの行き届いた銀製のスプーンは輝きを失わないまま、まろやかな色のスープを受け止めた。

「ところで僕、実は王家に嫁ぐに当たって強い人を集めてるんだ。ほら、護衛はやっぱり実力を実際に見て決めたいじゃない」

口元に運んだスプーンをピタリと止める。

「だから君のすごく強い奴隷、トリスタンって呼んでたっけ。その人も僕、欲しいなぁ」

トリスタンの腕が俺の手首を掴むのと、食堂の扉が開け放たれたのは同時だった。

勢い良く扉を開いたのは俺たちを地下へと案内した門番だった。突然の闖入者にブルーノが諫めようとするが、コンラッドは軽く手を上げその態度を許した。門番はチラリと俺たちに視線を向けると、コンラッドの元へおずおずと近付き耳元で何事かを囁く。僅かに目を見張った後、コンラッドは門番の手に何かを握らせると退出するよう促した。

一連のコンラッドの振る舞いに戸惑っているのはブルーノだ。普段であれば先程のような行動を許しはしないはずだ。それなりの繋がりがあるのは確かなのだろうが、コンラッドは貴族で門番は恐らく平民だろう。貴族の部屋、それも食事中に許しも無く入室するなんて罰せられても文句は言えない。かつての俺ならその背に鞭を百回は食らわせていた事だろう。

だからこそブルーノが困惑している反応こそ正しい。主人のらしくない行動が周囲にどんな影響を齎すのかは、俺が身をもって体感してきたのだから。記憶を思い出した日のトリスタンや使用人たちの困惑する姿は今でも思い出して腹を抱えて笑いたくなるほどだ。流石にあの時はそれどころでは無かったが、今となっては良い思い出と言えるのだろう。

「……ああ、スープが冷めてしまったね」

「私は気にしませんが」

「いいや、新しいものを出させるよ。うちの自慢の料理人が腕を振るって作ったスープだ。もっともおいしく感じる状態で提供したい」

そこまで言われてスープを口にする者はいないだろう。俺はトリスタンに視線を向け掴んでいる手首を解放させると、大人しくスプーンを置いた。それと同時にワゴンを押した使用人が室内に入ってくる。

すっかり皿まで冷えたスープは呆気なく下げられた。その代わりすぐさま温かな器が運ばれてきた為、俺はコンラッドが手をつけるのを確認してからスプーンを手に取り、今度こそスープを口にした。穀物をとろとろに煮てミルクを足したスープは予想通り舌触りもなめらかで、鼻から抜ける甘やかな香りは素材の味を引き出しているからこそだろう。辺境の地と言えど食糧の流通に問題は無く、十分に行き渡っている事が伝わって来る。

いくつかの料理を経てメインへと辿り着く頃には、腹具合も随分くちくなっていた。この国ならではなのか、俺のいた国とは異なりメイン料理が運ばれて来るまで随分品数が多かった。一品一品は大した量でも無いが、最近移動ばかりで食事量が減っていた事もありなかなか胃が苦しくなって来る。とは言えよく煮込まれほろりと口溶けるような小さい肉程度ならなんとかおさまるだろう。デザートと食後の茶があれば若干怪しいが。

最後の一口を飲み込んだ事を確認すると、コンラッドは口を開いた。

「先程の件はほんの冗談だ。主人のいる奴隷を取ったりはしないさ、君とはぜひ良好な関係を築きたい」

「存じておりますとも。コンラッド伯爵のような尊い身分のお方には、たかが一介の商人が所有する奴隷は相応しくありませんから」

俺の言葉にコンラッドの眉がピクリと反応する。俺はそれに気付かないフリをしつつニコリと微笑んでみせる。

コンラッドの僅かな表情の変化は誰にも気付かれる事は無かった。使用人は皿を下げると、新たにデザートを運び机へと並べた。デザートは細身のカクテルグラスに美しく飾り立てられたクラッシュゼリーだった。ゼリーの上には小指の爪程の大きさにカットされたレモンと一枚のミントが乗っている。

「謙遜は不要だ。僕のブルーノと互角に戦えるくらいなんだから誇って良い。一体彼をどういう縁で手に入れたのかな」

「よくある話です、死にかけて安く売られていたところを私が拾った。それだけですよ。良い買い物でした。こう見えてこれは何かと筋が良い」

ゼリーをデザート用のスプーンで掬い口に含む。白ワインからアルコールを飛ばしたゼリーのようだ。道理で透明なわけである。芳醇な香りが鼻から抜ける。レモンとミントが爽やかさをいっそう増していた。これなら食べきれそうだ。デザートがクリームたっぷりのケーキでは無かった事は幸いだった。さもなければ食べきれなかっただろう。

「そう、君は彼を〝これ〟と言うけど、実は奴隷以上の感情を持ってるんじゃない?」

最後の一口を口へ運ぶ。空のグラスを眺めると、一仕事やり遂げたような達成感だった。俺は軽く口元を布で拭ってから、どこか甘酸っぱさを想像させる黄色い目を見つめ返す。

「まさか。何をもってそう思ったのでしょう。私は商人ですから、必要以上に重い荷物は持たない主義なんです」

「持った時に重いと感じるのは君がその荷物を大事だと既に思ってるからだろうけど。でも奴隷は奴隷同士で交配するものだもの、取り敢えずは君の言い分を信じるよ」

コンラッドは手にしたスプーンから手を放すと、ブルーノに一声かけてから椅子から立ち上がる。

「宿は決まってないよね」

「あいにくこの街に来たばかりですので」

「それなら暫くこの屋敷に留まると良い。なんなら僕を相手に商売をしてくれても構わないよ」

ブルーノを後ろに侍らせたコンラッドが扉へ近付けば、両サイドに控えていた使用人がさっと扉を開く。ぎぃっと僅かに軋む音が聞こえた。

「君の馬車は厩の方に停めてある。馬の世話は手配しよう」

「ありがとう存じます、コンラッド伯爵」

完全に扉が閉まり、コンラッドの姿が見えなくなった事を確認し俺も椅子から立ち上がる。室内にいる他の使用人たちからのアクションが何も無いという事はここから先は自由にして良いという事だろう。コンラッドはこの屋敷に留まると良いと言っていたが、つまりそれはこの場に留まれという命令に等しい。それに従う義理も無いが、〝売られた喧嘩〟は買うべきだろう。

「行くぞトリスタン」

「部屋に戻られますか」

「いいや、厩だ」

深い色の絨毯が敷かれた廊下を進む。チラリと窓の外を見れば、丁寧に作り込まれた庭が見える。ぱっと見様々な花が咲き乱れているが、中でもメインは薔薇のようだ。アーチが三つあり、ピンク、白、黄、三色の薔薇をそれぞれ纏わせている。

薔薇を見ると同時に思い出すのはアンブローズの事だ。俺が運命を捻じ曲げた、ゲームの主人公。無垢でお人好しで、そして無知で憐れな男の事。真っ直ぐで直向きな性根は苛立ちを覚えるほど俺との相性が悪かった。第一王子の事などなくとも、アンブローズとは分かり合えなかっただろう。

「ユーリ様？」

「何も。立派な庭だと思っただけだ」

この世界でも薔薇はポピュラーな花だ。異世界だろうとゲームと同じ世界だからか、ふとした時前世を思わせる要素と出会う。

「でもユーリ様の好みでは無いですよね。薔薇、お嫌いでしたでしょう」

「匂いの強い花は嫌いなんだ、厄介な虫が付くだろう？」

俺はトリスタンの言葉に、そう言って微笑んだ。

程なくして厩に到着する。俺たちの事は既に周知されているのか、場所を使用人に尋ねればすぐに案内された。柵に繋がれた馬は至って元気そうでトリスタンは鼻を優しく撫でてやっている。俺はその様子をちらりと見てから馬車の扉を開くと、椅子の中身を確認する。

「まったく手癖の悪い連中だ」

「どうでした？」

「予想通りだな」

もぬけの殻になった椅子の中を見て溜息を吐く。

「対策しておいて正解でしたね」

馬を撫で終えたトリスタンが俺の後ろから椅子の中を覗き込む。俺は小さく頷くと、上げていた椅子を一度元に戻す。トリスタンが馬車の扉とカーテンを閉めた事を確認し、硬い木製の背もたれ部分に手を伸ばす。両端のある部分を同時に押し込めば、僅かに背もたれが持ち上がり座席部分と隙間ができる。先程は座席部分を手前から奥に向かって開いたが、今度は手前にスライドさせる。

二重構造の隠しスペースだ。

俺はちゃんと目的の金塊が隠されたままである事を確認し、ようやく息を吐く。流石にこの隠し場所までは気付かれなかったらしい。ただ椅子を開くだけで隠せる一段目と違い、この二段目は開けるための方法が中々凝っている。馬車を破壊でもされない限り気付かれ難いだろう。元々一段目に隠していたが、直前で出し入れが面倒な二段目に隠し直しておいて正解だった。

俺は再び面倒な手順を取りながら椅子を元の状態へ戻す。

そしてトリスタンの言う〝対策〟はこれだけでは無い。

「あまり長居するのも不審に思われる。一度部屋に戻るぞ」

「はい、足元お気を付けください」

トリスタンがカーテンと扉を再び開ける。先に降りたトリスタンに手を差し出されたので大人しく手を重ね、地面へ降りる。部屋への帰り道、ちらりと空を見上げれば、青と橙が混じる複雑な色味に変化していた。小さく欠けた月がうっすらと低い位置に見える。完全に辺りが暗くなる前に部屋に戻らなければ。

道中使用人たちの姿は殆ど見かけなかった。寝静まるのは当然だが、まだそこまで遅い時間というわけでも無い。シンと静まり返った廊下はどこか不気味で、窓から漏れる中途半端な色味の陽光がそれに拍車を掛けている。敷かれた絨毯が足音を吸収しきれず、コツンと鈍い音を鳴らす。

「ユーリ様」

不意に後ろから声を掛けられる。振り向いた先にはブルーノの姿があった。気配は感じなかった。トリスタンの普段の印象が騎士に近いとすれば、ブルーノは暗殺者だろう。この館の独特な雰囲気と相俟って余計そう思うのだろうか。

「着替えをお持ちしました。湯浴みはどうされますか」

「……ああ、着替えだけいただこう」

「かしこまりました。では後ほど温かいお飲み物をお持ち致します」

俺が着替えを受け取ると、ブルーノは整った動きで礼をしこの場から去って行った。チラリと見た寝衣はサラリと手触りの良い、シンプルなデザインだった。ブルーノが去った廊下を一瞥すると、俺は与えられた部屋の扉を開いた。

「よろしいんですか」

「何がだ？」

「湯浴みはされなくて」

トリスタンの問いに何だそんな事かと安堵する。ソファに受け取った寝衣を放り、その横に腰を下ろす。流石に敵地のような場所でこの髪色を晒すわけにはいかない。それにこの国でも銀色は特別らしいからな。

「分かりきった事を。それにあの門番の反応が何よりの証拠だろう」

分かった上で言っているのだろう。トリスタンは俺が放り投げた寝衣を丁寧に畳み直すと横へずらし、空けたスペースに腰を下ろした。無難な茶色に染まった髪を一房指に絡めると、するりと指先で弄ぶ。しかし本来とは遠い指通りが気に入らなかったのか、トリスタンはすぐに指を離した。

「おっしゃる通りです。でも私は存じ上げませんでしたよ、この国の信仰なんて」

「精霊信仰、か」

食事の際にも出た単語だ。

コンラッド＝ハミルトンは精霊の愛し子である。美しい髪色がその寵愛を受ける証拠だ。第一王子の婚約者だと言うくらいなのだから、その髪色は確かに本物なのだろう。

「薄紅、白銀、黄金」

「ユーリ様？」

「この色が何を指すか分かるか」

トリスタンは僅かに悩んだ後、そっと口を開いた。話の流れから導き出される答えは一つ。

「まさか愛し子と呼ばれる者の、髪色ですか」

お利口に正解を出したトリスタンの頭を優しく撫でつつ、愛し子に関する情報を頭の隅から掘り起こした。

精霊信仰。この国に根差す宗教。愛し子。美しき髪を持ち、精霊が寵愛を与える神の代弁者。かつて御伽噺のようだと鼻で笑い飛ばした記憶が蘇る。薄紅の髪は子孫繁栄の加護を表し、黄金の髪は富と豊穣を齎す。人が増え、食物が実り、そして国が栄える。

「薄紅色の髪はともかく、金髪は王族であればいると思うのですが、その場合も愛し子に当たるんでしょうか」

「王家が権力を持つのは都合が良い。そういう事だ」

トリスタンは納得したのか、なるほどと小さく頷く。トリスタンはパチリと目を瞬かせると視線をこちらへ向けて来る。

「では、白銀は？　今の説明の中に銀髪に関する説明はありませんでしたよね」

「さて、何だったかな。何せ昔の事だ、あまり覚えていなくてな」

「でも分かっていて〝使った〟のでしょう」

トリスタンの指がうなじをそっと擽る。以前より短くなった髪を惜しんでいるのだろう。十分過ぎるほど手入れされていたそれは、一本一本が絹のようで美しくしっとりとしていた。

「こんなに短くなってしまって、私を悲しませたいのでしょう」

「髪なんてすぐ伸びる」

後ろで結ぶと肩甲骨に届く程度の長さだった髪は、今は短く切り揃えられている。馬車の一段目に隠していた物こそ、丁寧に結われた俺の髪だ。白銀の髪もまた、愛し子のものとされる。

「金塊を守る為にはあれが一番手っ取り早かったんだ」

隠された物を探し出した時、さらにその奥に本来隠したい物があるとは思わないだろう。そして隠すだけの理由があり、この国の人間であれば価値を見出す物。手っ取り早く用意できるのが俺の髪だったというだけだ。

隠された銀髪を見つけた時、彼らは愛し子のありがたい髪だと思っただろう。実際は精霊の加護も何も関係無い、ただの遺伝で与えられた色だが。

「伸ばす間髪の手入れはお前がしてくれるんだろう、トリスタン」

「勿論です、あなたの髪に触れる栄誉を他の誰に譲るつもりもありません」

髪を見つけた門番がその事を伝えたのは食事の時だ。コンラッドの態度の変わりようからまず間違いない。そもそも何かしらの毒か薬が混入されたスープを出された時点で、コンラッドの中の俺に対する利用価値は極めて低かったに違いない。トリスタンを縛る俺が邪魔だと判断したのだろう。もともとスープは一口飲んだふりをして実際口にするつもりは無かったが、タイミング良く門番が登場した為その必要も無かった。

トリスタンもスープに何か混入されている事に気付いていたから俺の腕を掴んだのだろう。俺とトリスタンの関係性を鑑みて、俺を毒殺するのは悪手だったはず。入れられていたのは死なない程度の軽い毒薬か、媚薬あたりというところか。解毒薬とトリスタンを引き換えに取引するつもりだったに違いない。

しかし馬車から発見された愛し子の髪。手に入れたルートを聞き出す為、コンラッドにとって俺自身にも価値が生まれた。

冷めたからと言っていたが、スープを変えたタイミング的に俺の予想はそう遠くない筈だ。金塊を隠すための目眩しに過ぎない物が、とんだ副産物になったわけだ。

「俺の髪に触れるのがトリスタンだけなら、お前の髪に触れるのも俺だけだな。ずっと短いし伸ばしてみるか？」

「伸ば……、いえ、私には似合いそうもないですが」

自分の長髪姿を想像したのか、トリスタンの表情が苦虫を噛み潰したようなものになる。その反応は愉快だったが、想像した姿は確かに似合いそうも無かった。

トリスタンを買ったばかりの頃は、髪が無造作に伸びていた事もありかろうじて長髪と言えなくも無かっただろうが、それ以降はずっと短く切り揃えている。見慣れていることもあるが、やはり今のように短い髪が似合うだろう。

「それもそうだな」

「ご納得いただけたようで何よりです」

トリスタンは不意に椅子から立ち上がると、扉に向かって歩き出した。その直後扉が軽くノックされる。廊下から声を掛けてきたのはブルーノだった。先程温かい飲み物を持ってくると言っていたのでその為だろう。トリスタンが扉を開ければ、予想通りブルーノは華奢な作りのワゴンを引いていた。ワゴンに並べられているのはワンセットの茶器類だ。白をベースに細やかな花柄が描かれている。コンラッドの髪色を想起させる淡いピンク色の薔薇だ。

「お茶をお持ちしました」

「入れ」

キィ、と小さく車輪が鳴る。ブルーノはローテーブルに対し並行にワゴンを止めると、慣れた手つきでカップに茶を注ぐ。りんごの花にも似た香りがふわりと漂った。コトリと置かれたカップの中身は柔らかな黄色を帯びている。寝る前に好んで飲まれるありふれたハーブティーだ。

トリスタンが僅かに警戒を滲ませるが、ここで毒を入れる意味も無い。俺はソファの背持たれから背を浮かせ背筋を伸ばすと、左手を伸ばしソーサーを持ち上げる。右の指先でカップを持ち上げ一口ハーブティーを含めば、より華やかな香りが鼻から抜ける。上質な茶葉だ。抽出時間もぴったりなのだろう。贅沢な品に慣れた俺の舌でも十分楽しむことが出来る。前世の記憶のおかげで市民向けのジャンクフードなども躊躇いなく口に出来るが、やはり質の良い物も楽しみたい。市場で売ってる串焼きを食べた時のトリスタンの反応は実に見ものだった。

「うまいな」

「ありがとうございます」

「これはコンラッド伯爵好みに仕込まれたのか？」

「そうですね」

「主人の指示に忠実な、よく出来た僕だな」

俺がそう言うと、ブルーノは表情を曇らせる。褒め言葉のつもりだったが、どうやら本人はお気に召さなかったらしい。不意にワゴンから離れ俺の正面に立つと、ブルーノは徐に床へ片膝をついた。

「何のつもりだ」

「折り入ってご相談がございます」

ソファに腰掛けた俺よりも低い位置から、真っ直ぐに射抜くような視線が向けられる。

「ほう、相談？」

「はい」

俺はカップをローテーブルに戻すと、足を組み右手を顎に触れさせる。

「コンラッド様を止めていただきたいのです」

「止める？」

「はい、コンラッド様は国家転覆を目論んでいます。先程のあなたが推測した通り」

食事の際話していた事だろう。しかしそれはコンラッド本人によって否定された。半分カマをかけたようなものなので否定されても気にしていなかったが、その答えを僕であるブルーノから聞く事になるとは思わなかった。ブルーノのこの行動はコンラッドにとって反逆行為に等しい。

「どうしてそれを俺たちに伝える？」

一介の商人に伯爵であるコンラッドを止める術など持たない。この国で俺たちは権力を持たない余所者に過ぎないのだから。

「精霊の愛し子の髪。コンラッド様はその入手方法を必ず知りたがるでしょう。あなたをこの場に残したのもその為です。その間にコンラッド様を止められるような手段を探していただきたい」

「それはお前が主人を裏切ってまでするべき事なのか？」

ブルーノは僅かに逡巡すると、下げていた視線を再度こちらへ向ける。覚悟を決めた目をしていた。

「このままではコンラッド様は破滅の道を辿るでしょう」

破滅の道。

随分と不穏な、しかし俺にとってはひどく身近に感じるその言葉。悪役令息が断罪される物語なんて溢れるほど存在する。この国の辺境伯たるコンラッド＝ハミルトンもまた、そうされる運命にあると言うのか。

「なぜそう言い切れる」

「信じていただけないかもしれませんが、私には前世の記憶があるのです」

ブルーノの言葉にトリスタンがはっと息を呑む。トリスタンの様子にあえて気付かないふりをしながら、俺は話の続きを促した。

「俄に信じがたいな。前世だと？　そんな作り話を信じるほど俺たちは生憎暇じゃない」

「そう思われても無理はありません。しかしこのままコンラッド様が地下施設の奴隷を集め王家に反乱を起こせば、それは必ず失敗に終わり、そして断罪される。そんな危ない橋を渡るのは絶対にごめんです」

俺はブルーノを見下ろしてから、心の中で小さくダウト、と呟く。ソファから腰を上げ、ローテーブルを挟んだ場所に傅くブルーノの元へ足を進める。目線を合わせる為俺も膝を折ると、ほぼ同じ高さになるブルーノの肩をぽんと軽く叩く。

「俺たちにどうこう出来るとは思えないが、考えさせてもらえないか。判断するには材料があまりに少ない」

「あっ、ありがとうございます！」

俺の言葉にブルーノはぱっと表情を明るくさせると、床に両手をつき礼を言ってくる。

「考えるだけだ。その代わり一つ頼まれてくれないか？」

「私に可能であれば」

「ああ、前ハミルトン辺境伯に会う事は出来るだろうか」

そう、この屋敷に来てから一度も姿を見せていない、コンラッドの父であるはずの前当主。その人物に会うことが出来れば、俺の持っている疑問も自ずと答えが出る筈だ。しかしブルーノは明るかった表情を曇らせると、難しいかもしれませんと呟いた。

「難しい？」

「コンラッド様の父君は、突然姿を消されたのです」

失踪という事か。なんともきな臭い。

「当然捜索隊を出しましたが、街中だけでなく近隣の街や村にも姿を見かけた者はいないのです」

突然姿を消した当主。そしてその姿を見た者はいない。ブルーノが地下で戦っていたのは、もしかしたらコンラッドに命令された事だけが理由では無いのかもしれない。

「分かった、では何か話に進展があれば教えてくれ」

「承知いたしました」

ブルーノは返事をすると立ち上がり大きく礼をすると、ローテーブルに置かれた空のカップを片付け部屋を後にした。トリスタンに視線を向ければこくりと小さく頷いた。部屋の外に人の気配は無いらしい。

俺はふっと安堵の息を吐くと、ソファでは無くベッドへ寝転んだ。

「靴を脱がれますか」

その言葉には足をプラプラさせる事で返事をする。トリスタンはベッドから半端にはみ出た足へ近付き床へ跪くと、そっと靴を脱がせた。

「ブルーノの言葉を信じておられるのですか」

「ああ、前世の話か」

トリスタンの言葉がどれを指しているのか僅かに考えそう答える。これまでの俺なら鼻で笑っていただろう。

この世界に魔法は無い。想像の産物に過ぎないという点は日本と同じだろう。しかし違うのは、この世界にはほんの小さな確率で奇跡が存在するという事。俺の命を救った精霊石や、この国で信仰される精霊や愛し子なんかがまさしくそうだ。

ただ、俺以外で前世の記憶を持っている人間は耳にした事が無い。輪廻転生のような考え方を持たない俺の生国やこの国で、まず信じる人間はいないだろう。俺もトリスタンに前世の記憶が蘇った事は話していない。別に話したところで気味悪がられたり嘘つき扱いされたりするとは思っていない。単純に説明する手間が面倒だと思っているのと、この世界の人間には理解されない考え方だと分かっているから話していないだけだ。機会があれば話しても構わないが、現時点では必要性も感じない。

そしてそんな思考がスタンダードの中、態々前世なんて単語を出してきたブルーノの言葉を半分くらいは信じても良いだろう。

「前世云々はともかく、あいつにはやってもらいたい事がある」

「やってもらいたい事？」

「地上に出た以上、地下施設には気軽に行けなくなったからな。もう一度会いたい人間がいるんだ」

ブルーノにはその伝手を手に入れてもらおうか。

◇　◇　◇

木々の騒めきと鳥の囀りで目が覚める。

「お目覚めですか」

「ん、んー」

質の良いシーツの感触を名残惜しんでいると、さらりと前髪を撫でられる。閉じていた瞼を開き何度か瞬きをしてから、慣れないベッドのスプリングの揺れを感じて起き上がる。ベッドの脇に立っているトリスタンはすでに準備が完璧に終わっていた。トリスタンは俺が完全に目覚めた事を確認すると、にこりと微笑んだ。

「よく眠れましたか」

「そこそこだ。お前の方こそちゃんと眠ったんだろうな」

「はい、勿論。あなたと同じベッドで眠りについたのだから、それはよくご存知でしょう」

そう言うが、トリスタンは狸寝入りが上手い。以前寝顔を見てやろうと夜中まで起きていた時、擽っても耳に息を吹きかけても起きなかったが、ベッドから降りようとした途端その腕が伸びてきた。腰に回された手を恨めしく思いながら後ろを振り向けば、ぱっちり目を開いたトリスタンの姿があった。同じような行動を何度か起こしたが、いずれも同じ結果に終わった。

「本日はどちらへ向かいましょう」

「街へ行く」

「行かせてもらえるでしょうか」

「大丈夫だろう、馬車は置いて行くしコンラッドには朝伝えるつもりだ。それに教会へ行きたい」

ここから逃げる意思を見せなければコンラッドも行動を妨げるような事はしないだろう。行き先がそう遠くない市場や教会ならなおさら。昨夜言っていた、教会にあるというコンラッドの姿絵も確認しておきたい。

「トリスタンの食事も買って帰るぞ」

一応奴隷の立場であるトリスタンは俺と同じテーブルに着く事が出来ない。コンラッドがトリスタンの食事を別に用意する事も無いだろう。余分な食糧も確保していなかった為、トリスタンはまだ食事を取れていないのだ。市場で日持ちのする、簡単に摘めるような食糧も買っておきたい。トリスタンに身だしなみを整えられながらスケジュールを立てる。ブラシが髪をすく感覚を心地良く思いながら、俺は窓の外へ視線を向ける。今日は雲一つ無い快晴だ。雨の心配はいらないだろう。

可能な限りこの街の地理を把握しておきたいが、流石に今日一日で全て見て回るのは無理だ。まず食料が調達出来る市場と教会、次に万が一の脱出経路の確保である。

「準備が整いました」

「ああ」

染めている髪にムラがない事を確認し立ち上がる。皺の無い服は丁寧に手入れされているが質自体は上質では無い。しかしその分布は厚く頑丈なので、庶民や商人が纏うには十分だろう。あまり質の良い物を着れば、俺の外見も相まって悪目立ちする。下手にお忍び中の貴族だと思われても厄介だ。

ローブをトリスタンに持たせ部屋を出ようとすると、タイミング良くノックが二回鳴った。扉を開けば、その先には予想通りブルーノの姿があった。

「朝食はいかがされますか。よろしければお部屋にお持ちしますが」

「悪いが今朝は外出するつもりなんだ。構わないか？」

「承りました。外出と言うと……どちらまで」

「街を簡単に見てくる程度だ。馬車は置いて行くので馬の世話を頼めるだろうか」

俺たちの逃走を懸念してだろう。僅かにブルーノの目に剣呑な光が宿る。しかし馬車を置いて行くと聞き納得したのだろう。それ以上行き先を掘り下げる事は無かった。

「承知いたしました。それではお気をつけていってらっしゃいませ」

洗練された礼を取るブルーノに見送られながら、俺たちは屋敷を後にした。


屋敷の門を潜る際も、特に止められる事なく外へ出ることが出来た。

「随分簡単に許されましたね」

「ああ、逃げる意思さえなければ今後もある程度自由にさせてもらえるんじゃないか」

コンラッドの目的はトリスタンだ。ブルーノの言を信じるなら、反乱を起こす為の戦力としてトリスタンを引き入れたいのだろう。〝銀髪の愛し子〟の髪を入手したルートを知る為に俺にも価値が生まれたが、本命の狙いはトリスタンだ。

「俺たちを引き入れるなら心象を悪くしたくないだろうからな」

今後コンラッドたちが動くとすれば、こちらに何か利になる条件を提示してくるはず。それがどんな条件かは待たなければ分からない。それが提示されるのは、早くて今夜辺りだろうか。

「心象ですか。今更な気もしますが」

「それはそうだ」

地下へ閉じ込めほぼ強制的に戦わせ、おまけに毒入りスープである。そして今度は俺たちを味方に付けたいとなればコンラッドの行動は支離滅裂だ。ただその行動の裏には必ず理由がある。その理由を探す事こそ、街に出る三つ目の目的でもある。

「ああ、見えてきた。市場だ」

「思ったより賑やかですね」

トリスタンの言葉通り市場は人で賑わっていた。早朝にも関わらず、いや、早朝だからこそだろうか。焼きたてのパンの香りや、肉の焼ける香ばしい匂いが辺りに漂っている。野菜を売る女の声や採れたてで新鮮な川魚を売る男の声が響く。

「川魚とは珍しいですね」

「そうだな。食べてみるか？」

「いえ、今は遠慮しておきます」

俺のいた国もそうだが、周辺国の主なタンパク源と言えば肉が殆どだ。単純に内陸地である事、可食出来るような魚が採れる場所が限られている事が理由に挙げられる。あとは肉より魚の骨が細かく加工が面倒だから売り手に人気が無いという理由だろうか。

ここで売られている鮮魚は随分と値が張るようだ。肉と比べると三倍ほどの値段で売られている。売られている肉の種類は鶏肉が多い。鶏に比べ豚や牛が少ないのは飼育面積の問題だろう。小説でよくある魔物肉なんて物は売られていないので、この三種類が市場の肉を占めている。肉屋の隣に大体並んでいるのが香辛料を売る店だ。塩や胡椒に、見ただけではよく分からないハーブが吊り下げられている。もしかしたら味噌や醤油に似た調味料も探せばあるのかもしれないが、この世界で生きてきた自分の舌に合うかどうかは分からない為そこまでしようとは思わない。口にする機会があれば食べてみたいな、と思うくらいだ。

その横に肉を串に刺して焼いた物が売られているので、それを買う事にする。肉を焼く男に近付くと、俺たちが客だと伝わったのだろう。にこりと愛想良く笑顔を向けられる。

「らっしゃい、何本だい」

「二本もらえるか」

「まいどあり！」

受け取った串を一本トリスタンに渡してから、一口大に切られた肉を頬張る。パリッと焼かれた皮と柔らかな肉に絡むタレがよく合う。上品さは皆無だがこれはこれで味わい深いものがある。男にバレないよう微妙な表情をトリスタンが浮かべているが、これは味が悪いからではなく俺が串焼きを食べている姿に対して複雑な感情を抱いているからだ。早く見慣れてほしいものだがそうもいかないのだろう。

咀嚼した肉を飲み込んでから、肉を焼く手を動かす男に話し掛ける。

「うまいな」

「ありがとよ、兄ちゃんみたいな美人に褒められてこの肉も本望だろう」

「肉の質もだが、店主の肉を焼く腕が良いからだろう」

「おだてても何も出ないぜ、もう一本食うか？」

何も出ないと言いながらサービスされた串を素直に受け取り、既に一本目を食べ終えているトリスタンへ渡す。

「ところで教会へ行きたいんだが、どこへ行けば良いか分かるか？」

「ああ、この道を真っ直ぐ進むと青い屋根の画材屋がある。そこを右に進めば教会に辿り着けるぞ」

「そうか、礼を言う」

「教会の場所を知らないって事はあんたら旅人かい」

その言葉に頷けば、男は嬉しそうに笑みを深めた。

「そうかい！　実はここのところめっきり旅人が減ったもんで前と比べて売上が落ち込んでてな、こうして兄ちゃんたちが串を買ってくれて嬉しいよ」

旅人が減っている理由は間違いなくコンラッドが原因だろう。街に入れる人間を厳選し、身ぐるみ剥いで追い出していれば当然の結果だ。

しかし男の様子から地下施設の存在を知らないらしい。〝ここのところ〟と言うくらいだから、それも最近のことだろう。

「街道に獣が出た話も聞かないし、この時期に旅人が減るなんて珍しい事でよ、街の皆で何でだろうっつって首捻ってんのさ。兄ちゃん達は分かるかい？」

「さあ、もしかしたら盗賊が住み着いたのかもしれないな」

「あっはっは、そりゃねえよ！」

男は俺の言葉を冗談だと受け取ったのだろう。豪快に笑い飛ばすと、俺の背中を強かに打ち付けた。パンっと力強く叩かれ咽せそうになるが、男に悪気は無い。怒り出しそうなトリスタンを視線で止めながらさりげなく男の腕を退かす。

「どうして無いと言い切れるんだ？」

「兄ちゃん達は余所者だから知らないだろうが、ここの領主様は街の治安維持に力を入れていらっしゃるからな。賊なんか警備隊がすぐに追い払ってくれるのさ」

男の話をまとめるとこうだ。

領主様、というのは前ハミルトン辺境伯の事であり、随分領民に慕われていたらしい。

領民との距離は近く、よくこの市場にも視察と称し買い物に来ていたらしい。その度に領民には優しい声を掛け、悩みを聞き政策に取り入れていた。この領地の税収は決して安い方では無いが、その分領民に還元されており豊かな支援を受けられる。税金は道の整備や常駐警備隊の配置、後は清掃業なんかも税金で賄っている。聞く限りでは怪我や病気で長期間働く事が難しい者は一定の手当を受けられるらしい。それらの制度はまるで日本を彷彿とさせる。こうして税金が正しく使われている為治安は大層良く、街並みは美しく整えられている。領民の生活水準も高い。俺のいた国のように、表面は綺麗だが一本裏に入れば孤児や奴隷がごろごろ居るなんて事も無い。領民にとって理想的な街と言えるのだろう。

「それになんと言ってもご子息であるコンラッド様が精霊の愛し子なんだ！」

コンラッドが愛し子だという事は街の誰もが知るところのようだ。男は弁舌に夢中になっている所為で気付かないようだが焼いている串が僅かに焦げだしている。

「この街がここまで整ったのも、きっと愛し子であるコンラッド様に良い街を継がせる為だったんだろう」

「確かに良い街だな」

まさしく善人による政策だ。私腹を肥やす隙間が無い。ここまで徹底して税を領民に使っていれば中抜きする事も出来ない。

俺だったらごめんだな。仮にこの街を俺が継いだなら、少しでも質を下げれば領民は俺にヘイトを向けるだろう。前の領主の方が良かったのに、と誰もがそう言うのだろう。失敗の許されない完璧な政治も、それを引き継いだ人間が同じように出来るとは限らない。

「たった十数年でたいした人だよ。きっとコンラッド様ならもっと良い街にしてくれるはずだ」

遠くを眺める男の目は希望と期待に満ち溢れていた。しかしはっと手元に視線を向けると串が焦げている事に気付いたのだろう。慌てて網からそれらを取り上げる。

「悪いな、兄ちゃん。思わず話に熱が入っちまったよ」

「こちらこそ仕事の邪魔をしてすまない。貴重な話が聞けた」

礼を言いその場から離れる。いくつか常温で常備できる肉類も購入しておく。

僅かに煙臭くなった服を叩きながら男に教えられた道を進む。しばらく歩けば青い屋根の画材屋が見えて来きたのでそこを右へ曲がる。

「ああ、あそこでしょうか」

「そのようだ」

舗装された坂の先に、教会は建っていた。距離はまだあるが、厳かな鐘の音がここまで届いてくる。木々が騒めき立ち神聖な空気が一層増した。

いくつかの馬車が歩く俺たちの横を通り過ぎて行く。絢爛なデザインの馬車はおそらく貴族のものだろう。丸みを帯びた屋根のデザインはこの国ならではだ。この先には教会しかなさそうなのでこの馬車の目的地も俺たちと同じなのだろう。勾配の急な坂を進みながら内心己の運動不足を嘆く。救いは貴族向けの靴と違い、今履いている平民向けに作られた靴が歩きやすい事だろう。

今後の為にもう少し体力をつけるべきだろうか。

「ユーリ様、頑張ってください。もう目の前ですよ」

「分かっている。励ましは不要だ」

トリスタンならこんな坂、俺を担いでいても余裕で登れるだろう。従者として鍛え上げたのは俺自身なのでよく分かる。そして言葉の通り教会は目と鼻の先だ。辛い坂も終わりを見せている。丁度教会の扉の前に先程横を通って行った馬車が停められていた。

「あれは……」

馬車から降りた人物の姿に思わず足を止める。何故ならその男の髪は、金色をしていたからだ。

「それではシルヴェスター様、私はいつもの場所で待機しておりますので」

「ああ、では行ってくる」

風に吹かれ背中まで伸ばされた金色がふわりと靡く。俺たちの視線に気付いたのか、シルヴェスターと呼ばれた男がこちらを向いた。快晴のような澄んだ目に射抜かれる。

「すまない、道を塞いだだろうか」

すっと伸ばされた背筋に真面目な口調。

「いえ、そんな事は」

「馬車はすぐに移動させる。貴殿らも礼拝に参加するのだろう」

俺は上がりそうになる口角を堪え、無害そうな微笑みを浮かべる。ああ、そうか。俺はこの男――、シルヴェスターという男を知っている。

「はい、礼拝の時間に間に合ったようで何よりです。そうだ、私はユーリと申します。よければ共に参加しませんか？」

この国の王太子であり、精霊の愛し子。そしてコンラッド＝ハミルトンの婚約者。シルヴェスターはゲームのキャラクターだ。


この国に来てから俺の知る限りゲームのキャラクターとは会っていない。ピンクの髪をした悪役、コンラッド＝ハミルトンにも、その僕たるブルーノにも覚えは無い。少なくともそう思っていた。しかしこのシルヴェスターという男は、俺が悪役を演じていたスマホゲーム『王宮の花～神子は七色のバラに抱かれる〜』と同じ会社が配信しているスマホゲームの登場人物として聞き覚えがある。ゲームのタイトルは確か『精霊のゆりかご〜選ばれし者たちの聖戦〜』だった。

このゲームはBLを楽しむメインストーリーと戦略シミュレーションを楽しむ二つの面を持つ。全年齢のスマホ版と、BL要素をより丁寧に描いた成人向けのPC版がある。因みにPC版はメインストーリーに加え課金制の追加ダウンロードが可能でサブとは思えない重厚なストーリーが話題になっていた。課金で金が溶けるとSNSで喜びのあまり発狂するファンが続出した程だ。

ストーリーの主軸は王道なシンデレラストーリーだ。

主人公のノエルは孤児として育てられる。しかしたまたま孤児院へ慰問に来ていた第一王子がノエルのその勤勉な態度と、溢れんばかりの優しさに触れ徐々に惹かれていく。そして惹かれたのはノエルも同じだった。両思いとなった二人の間に立ちはだかるのは、孤児と王子という身分差だった。当然周囲の人間は二人の恋を許さない。しかしある日ノエルが精霊から加護を与えられる事で周囲の反応は大きく変わる。

精霊信仰に重きを置くこの国では愛し子の存在は重宝される。王子の恋人が愛し子である事は吉兆に他ならない。こうしてノエルは無事に王子の婚約者となった。しかし婚約が決まって間も無く、王位を簒奪せんとする地方貴族により反乱が起こされる。メインストーリーがここまで進み、ようやく戦略シミュレーションが開始されるのだ。地方貴族の反乱が成功すればバッドエンド。スマホ版では文章で軽く触れられる程度だが、PC版では王宮に攻め入った反乱軍にノエルが輪姦されるスチルが印象的だったと聞く。バッドエンドの分岐が多い事も話題の一つであり、王子が殺されノエルが慟哭するシーンは全年齢版の中では特に有名だ。

因みに戦略シミュレーションゲームとしてのクオリティも高く、ＢＬに興味の無いゲーマーがそれを目的にアプリをダウンロードするほどだった。アプリゲームを紹介するまとめサイトなどでは、「ＢＬで食わず嫌いしてる奴はとにかくプレイしてみろ」とまで言われたほどだ。今時珍しくオートモードが無い点もゲーム好きの心をくすぐったのだろう。とはいえクオリティの高さは『王宮の花』が出されたゲーム会社という時点で確定演出だ。

俺はスマホ版をプレイしていたが、同じ部活に所属していた友人はＰＣ版に重課金していた。因みに俺の妹は戦略シミュレーションは不得手だった為、ゲームには手を出さずストーリーがまとめられた動画を視聴していた。

このゲームの主人公、愛し子であるノエルと婚約する王子がこの目の前にいるシルヴェスターだ。イラストと実際の人間では見た目は当然異なるが、外見の特徴、名前や性格、王子という立場、これら全てがシルヴェスターを同一人物だと示している。

ただゲームと違いシルヴェスターと婚約しているのはコンラッドだ。貴族であるコンラッドと孤児で平民のノエルでは婚約相手として雲泥の差がある。それにシルヴェスターはノエルの努力家で温かな性格に惹かれたのであって、他人を奴隷に落として跪かせるようなコンラッドとは似ても似つかない。二人の婚約関係に恋愛感情があるとは思えなかった。

「礼拝の作法も分からないですし」

「ああ、それなら構わない。どのみち私もこれから参加するのだから貴殿がいようと同じこと」

表情は変わらないが、言葉に険は無い。言葉通りに受け取って構わないだろう。シンプルな作りの扉を開けば、中はありふれた礼拝堂だった。中央の道を開け左右に長椅子が八列、前方には精霊を祀る祭壇。祭壇のさらに奥には精霊を模した三体の像が建てられている。女性的な特徴を持つ中央の像は髪の部分が白に近い薄紅色で着色されている。長く波打つ髪を腰まで流しており全体的に曲線的な印象を受ける。

その右隣の像は中央の像とは対照的で男性的な筋肉美を持つ像で、髪の色は淡い黄色で着色されている。そして一番左の像は他二体と比べると一見白一色の様に見えるが、よく見ると髪の部分に光沢がある為銀髪を表しているのだろう。性別を前面に出しているそれぞれの像と異なり、左の像は無性別的な作りをしている。

「似ていますね」

「何がだ？」

「左の像です、あなたと」

トリスタンがぽつりともらした言葉を、シルヴェスターに気付かれないよう鼻で笑う。この国のそれはありがたい精霊と似ていると言われ、喜ぶような性格でも無い。トリスタンもそれは分かっているが、思わず溢れたという感じだった。

「それを言うなら右の像こそだろう」

俺の言葉にトリスタンの視線がシルヴェスターをちらりと見やり、納得するように頷いた。

空いている長椅子を探しシルヴェスターが腰を下ろしたので、俺とトリスタンもそれに続く。三人座ってもスペースに余裕があるので、この礼拝堂が全て人で埋まれば中々圧巻だろう。ただ今日はあまり人が集まる日では無いのかもしれない。椅子はぱらぱらと空きを見せている。

「意外だろう。今朝は礼拝の時間が短いのであえて日にちをずらす者が多いのだ」

「ああ、なるほど。朝はいつもこのような様子なのですか？」

「いいや、〃月の日〃の朝。この時間だけだな」

月の日と言うが、ようは月曜日の事だ。この世界にも七日で一週間の概念がある。月曜日の朝は礼拝の時間が短いとシルヴェスターは言っているのだ。

「何か理由があるのでしょうか」

「いつもこの後司祭様は教会裏の〃精霊の生みし滝〃で禊をされる。その為時間が短く設定されている」

その言葉で脳裏に浮かぶのは滝に打たれる修行僧の姿だ。きれいに剃り上げられた頭部が水に打たれる様子を想像しすぐさま打ち消す。ここは西洋風の世界だ。修行僧も滝行も存在しない。流石に滝の下で直立し高みから落ちる水を浴びる事はしないだろう。

「興味があるなら見てみるか？」

「え、そのような事が可能なんですか」

「ああ、聖なる水場故禊を行うのは教会関係者のみだがその姿は誰でも見学する事が可能だ」

興味もあるが、シルヴェスターともう少し会話を掘り下げたい。可能ならコンラッドとの関係性も本人の口から聞きたいものだ。

シルヴェスターと話していると登場した司祭が祝詞を読み始めたので口を閉じる。この場にいる殆どの者は目を閉じ祈りを捧げている。俺とトリスタンも彼らに倣い同じように目を閉じて指を組む。

瞼を閉じて暗くなった視界の中、僅かに日の光を感じる。司祭の声以外、しんと静まり返った室内は僅かな身動きでうまれた衣擦れさえ響く。厳かな空気を肌で感じながら、ふと柔らかな風に頬を撫でられた気がした。しかし薄ら目を開け確認しても周りには何も無い。俺は再び目を閉じ思考を整理する。

この国が本当に『精霊のゆりかご～選ばれし者たちの聖戦～』の舞台であるなら、ゲームの中で反乱を起こした地方貴族とはコンラッドである可能性が高い。しかしゲームと違いシルヴェスターの婚約者はノエルではなくコンラッドだ。この差が生まれた原因を考えられるとしたら、前世の記憶を持つというブルーノの存在が鍵となる筈。イレギュラーな存在により、本来あるべき道筋とは異なった展開を迎えていると考えるのが妥当だろう。もしかしたら二人の婚約の背景にもブルーノが関わっているのかもしれない。やはりもう一度ブルーノの存在を洗い出す必要がありそうだ。

「ユーリ殿」

シルヴェスターの声に名を呼ばれ目を開ける。短い時間と言うだけあり、少し考え事をしている間に司祭はこの場を後にしていた。周りの者たちは像に近付き再度祈りを捧げる者、礼拝堂を去る者と既に動き出している。

「随分熱心に祈っていたな。信仰が深いのは良い事だ」

その言葉に微笑で返事を返す。二人は既に椅子から立ち上がっていたので俺もさっと腰を上げる。

「そう言えば二人は旅の者なのか？　この礼拝堂では初めて見る顔だ」

「はい、実は私は商人なのです」

「商人？　そうは見えないな」

「実は道中賊に襲われまして、荷を殆ど奪われたのです。それ故手持ちも少なく」

扉を潜り礼拝堂を出る。教会の裏手にあるという水場を目指しながら何気無い会話をしていると、俺の言葉にシルヴェスターが驚き足を止めた。

「賊？　そんな話は聞いた事が無いが……もしかしたら領主が変わった影響で手が回っていないのかもしれないな」

「そうなのですね、我々、実は今ハミルトン辺境伯の元にお世話になっているのですよ」

「コンラッドの所に？」

「名前で呼ばれるとは、親しい間柄なので？」

「ああ、私と彼は婚約関係にある」

コンラッドの名を出すと、不意にシルヴェスターの雰囲気が柔らかくなる。婚約関係という単語を口にした時の彼の目は、まるで愛しい者を見るように慈愛に満ちていた。てっきり政略結婚かと思っていたが、シルヴェスターはコンラッドの事を憎からず思っているのかもしれない。

「それは素晴らしいですね、何せハミルトン辺境伯は精霊の愛し子だと聞きます」

「ああ、確かに彼は精霊の愛し子だ。だがそんな事は関係無い」

シルヴェスターの予想外の言葉に、今度は俺が足を止める事になる。関係ないだと？　それではまるでコンラッド自身に惹かれたと言っているようではないか。

「周囲は私に愛し子との婚約が目出度いと言うが、私は彼が愛し子だから惹かれたのでは無い」

本心からの言葉なのだろう。彼の目に曇りは無かった。

「お互い思い合っての関係なのですね。シルヴェスター殿にそのように言わせるとは、一体どのような出会いだったのか気になります」

当時を思い出しているのか、シルヴェスターの目が遠くを見据える。

「ありふれた出会いだ。私が十歳の頃、自分の生まれに嫌気が差し城を抜け出した事があった」

「城、と言うともしやあなたの身分は」

「はは、まあそこは良いだろう。今思えば無茶をしたものだ。適当な乗合馬車に乗り込み到着したのがこの街だった」

家出という事か。そうは言っても相手は第一王子だ。本人に気付かれぬよう護衛はつけられていただろう。それでも一国の王子がこんな場所に一人で訪れるとは無謀と評するべきか行動力に驚くべきか、シルヴェスターは今でこそ真面目だがかつては結構な問題児だったのかもしれない。そしてお忍びで市場に遊びに来ていたコンラッドと出会った。

「その時のコンラッドは布で姿を隠していたが、質の良い布を纏っていたから一目で良家の子息だと分かった。街の情報にも明るかったので、ハミルトン家の者だとすぐに予想がついた」

王家の教育に嫌気が差し逃げた先で、コンラッドと出会いそして惹かれた。ローブで姿を隠し顔さえ知らなかったが、シルヴェスターが恋に落ちるまでそう時間は掛からなかった。やがて城に戻ったシルヴェスターがハミルトン辺境伯の子息が愛し子である事を知り、婚約の打診をする。二つ返事で婚約は決まった。

「彼のおかげで私は彼にふさわしい人間になろうと努力する事が出来た。だからこそコンラッドには感謝しているし、これからもそうあろうと思えるのだ」

精霊の愛し子に相応しい、立派な王になろうと。口に出す事は無かったが、シルヴェスターの言いたい事はそういう事だろう。

「すまない、なんだか貴殿と話していると口が軽くなるようだ。余計な話をした」

熱弁した己を恥じるように、シルヴェスターが無表情を僅かに崩す。眉根が僅かに寄せられ、両耳は血色が良くなっている。ゲームと同じ鉄仮面のシルヴェスターの照れ方だ。

「恥じる必要はありません、誰だって婚約者の事は話したいものでしょう」

「貴殿にもそのような相手が？」

「残念ながら。かつて私にもおりましたが、捨てられてしまいました」

俺の言葉にシルヴェスターの表情が僅かに曇る。申し訳ない事を聞いたと思っているのだろう。ゲームでも思ったが、彼は為政者として些か情に篤すぎる。俺はそんな様子のシルヴェスターを笑い飛ばし、さっさと歩みを再開する。

「気に病む必要はありません。あの人にとっても私にとっても、お互いが必要無かっただけの事」

そう。犬は好きだが愚かな駄犬は必要無い。俺はようやく見えてきた水場を指差し、微笑みながらシルヴェスターへ向き直った。

ザアッと水の流れる音が響く。〝精霊の生みし滝〟という名前から、なんとなく穏やかな湖のイメージをしていたが、実際の姿を見てその予想は打ち消される事になる。この川は上流に位置するのか、ごつごつと大ぶりな岩の間を水が激しい勢いで流れていた。対岸は随分と遠くこの濁流に飲まれれば俺では助からないだろう。トリスタンなら生き残れるかもしれないが。流石にこの勢いの水の中禊を行う事は無いだろう。その証拠に司祭の姿は見えない。

「その先に滝がある」

俺の疑問に答えたのはシルヴェスターだった。彼の示す方へ歩を進めると、十メートル程下に滝面が見えた。水と水のぶつかる音で聞き取り難いが、後ろでトリスタンが俺を心配する声が聞こえた。さりげなく腕を掴まれたので大人しく川から距離を取る。水で足元がぬかるんでいる為気をつけろという事だろう。足をうっかり滑らせれば水に飲まれて這い上がる事は不可能だ。

「あちらに階段がある。ここからでも司祭の姿は見えるが下に降りた方が安全だろう」

シルヴェスターに促され階段を降りる事にする。きちんと整えられた階段を予想していたが、石を並べて作られた簡易的な階段は不揃いで、これこそ足を踏み外しそうだ。万が一そうなろうと後ろにいるトリスタンが支えてくれるだろうが。救いは木とロープで作られた手すりのような物が設置されている点か。司祭も恐らくこの階段を使って下まで降りるのだろうから、その為に作られたに違いない。

俺は一歩一歩慎重に階段を降りた。

降り切った先には随分勢いの落ち着いた川が流れていた。これなら禊も可能だろう。川というのは急に深くなっていたり流れが早くなっていたりすることがあるので、禊を行う際も注意が必要だ。いつも同じ場所、例えば浅瀬で流れの無い場所を選んでいるはずだ。司祭は白く長い祭服を身に纏ったまま水を腰までつけ決められた動作を繰り返している。

「あれは精霊への祈りを捧げているのでしょうか」

「そうだ。この国にある教会に勤める者は殆どがこうして水場で祈りを捧げる。水は全ての生命の始まりであり、そして命を繋ぐもの。それ故精霊は水場に住んでいると考えられているんだ」

そういえば、と不意にブランドンの話を思い出す。ブランドンから少女と精霊石の話を聞いた時も、その少女は河原で精霊石を拾ったとされていた。シルヴェスターの言う精霊の棲家が水場というのは、あながち間違いでも無いのかもしれない。

「そういえば市場の魚は随分高価でしたが、もしかしてそれも関係があるんでしょうか」

「ああ。水に住む生き物は精霊と共に暮らす聖なる生き物で、縁起物とされている。誕生を祝う日など、特別な日に食べられる事が多いな」

聖なる生き物と言いながら食べるのか。まあ、魚はあくまで魚であり精霊では無いと割り切っているのだろうが。それに案外数の取れない魚に、更に付加価値をつける為に後付けされた話かもしれないしな。日本で言うところのお節や年越しそばのような物か。

「ん？　トリスタン、何か司祭の様子がおかしくないか」

丁寧な所作で祈りを捧げていた司祭が、不意に何かに怯えるように川の中央へ走り出した。しかし流れに足を取られたのか、水の中へ司祭の姿が消える。

「トリスタン！」

「はっ！」

トリスタンは素早く上半身の服を脱ぎ捨てると、躊躇う事無く川へその身を投じた。シルヴェスターが無謀な行為を止めるが、その間に俺は手摺に使われているロープを外す。適当な大きさの石を括り付け錘代わりにし、掴まれるように輪を作る。しかし俺の腕力で投げてもトリスタンの元まで届かないだろう。

「シルヴェスター殿、腕の力に自信は？」

「剣を振るうことも多い。力には自信がある方だ」

「それは僥倖。トリスタンと司祭様が水面に顔を出したらそのロープを投げてください！」

「ああ。承知した」

流石に二人の力で引き上げる事は難しい。俺は同じように司祭の禊を見学しに来ていた者達に向かって声を張り上げる。

「司祭様を助けます！　皆さん力を貸してください！」

幸いすぐに人は集まった。タイミング良く司祭を抱えたトリスタンが水面から顔を出す。司祭は気絶しているように見えるが、下手に暴れられるよりはマシか。シルヴェスターは自信があると断言するだけあり、ロープは丁度トリスタンのいる場所に投げられた。ロープを無事掴んだ事を確認し引き上げる。

「ぐっ！」

緩やかな流れに見えるのは見た目だけらしい。落ち着いた水面からは想像出来ないような強い力に引っ張られる。ロープが引っ張られる摩擦で掌に熱を感じる。しかしここで手を緩めれば二人は再び川に流されるだろう。俺はロープを握る手に力を込め、力一杯引き寄せた。

その後、幸い異変を察知した教会の人間が数人加勢したおかげで、二人を何とか引き上げる事が出来た。

「はあ、シルヴェスター殿のおかげで助かりました」

「いいや。咄嗟にロープを利用しようと考えた貴殿の判断こそ賞賛に値する」

ゴツゴツとした石の上に座り込む。硬さを感じるが、疲労の前には瑣末ごとだった。

トリスタンは脱ぎ捨てた上着を既に羽織り直している。いつもより呼吸は荒いがそれでも体力には余裕が有りそうだった。本当に人外染みた体力だ。祭服を着た者に介抱されている司祭は水を吐き出すと、ごほごほと咽せながら目を覚ました。

「大丈夫か？　司祭殿。川に流された事は覚えているだろうか」

「あ、あなたは……シルヴェスター殿下！　私を助けてくださったのですか」

地面に倒れたまま、閉じそうになる目でシルヴェスターの姿を見た司祭は彼の事をはっきり〝殿下〟と呼んだ。

「私の身分はどうでも良い。それより何があったか分かるか？　祈りを捧げていたはずが何故唐突に走り出したのか」

司祭は溺れる前の出来事を思い出す為に瞼を閉じた。そしてはっと目を開くと勢い良く上体を起こす。

「蛇が」

「蛇？」

「そうです。毒蛇がいて思わず逃げ出したんです」

俺はトリスタンに目配せをし、司祭が禊を行なっていた場所へ足を進める。足を滑らせて川に落ちないよう気を付けながら目を凝らせば、確かに蛇の姿が水底に見えた。トリスタンは既にずぶ濡れの為気にせず川に入ると、素早い動きで蛇の頭を片手で掴み水から引き上げた。

俺はザブザブと音を立てながら戻って来るトリスタンの手元を見て首を傾げる。

「確かに水場で見かける種類の蛇のようだ。しかし既に絶命しているな」

頭部を掴まれた蛇は尾をだらりと垂れ下げており抵抗をまったく見せていない。既に死んでいる蛇が水に流されず、それも都合良く司祭がいつも禊をする場所にいるとは思えなかった。

「それどころか水の勢いで流されないよう尾を石で固定されていたようです」

トリスタンの言葉に俺は確信する。明らかに人の手による犯行だ。とても悪戯では済まされない。蛇の存在に驚いた司祭が川で溺れるように仕組んだとしか思えない。この場に俺やトリスタンがいなければ、わざわざ溺れた原因を見つける為に水中を探す事も無く事故で済まされた事だろう。

川から上がるトリスタンに手を差し伸べ、司祭の元へ戻る。

「司祭様、最近誰かに恨まれるような事はありませんでしたか」

「まさか！　司祭殿は真面目で人柄も良い。とても恨まれるような方では無い」

俺の問いに答えたのはシルヴェスターだった。俺は司祭と会うのが初めての為彼の人となりを判断出来ないが、確かに彼の言う通り真面目そうな印象を受ける。

「礼拝や禊を決して他の者に任せる事も無く、精霊への信仰も厚い。司祭になるべくしてなった立派な方なんだ」

「シルヴェスター様、いえ、シルヴェスター殿下。たとえどんな善人であろうと逆恨みや、それこそ潔白な様が気に入らないと言う人間が必ずいます」

誰からも好まれる人間は存在しない。それがどれだけ清廉潔白な人間であろうと、その穢れの無さが鼻につく者もいる。ヒロインだったはずのアンブローズでさえ、全てのキャラクターに愛される事は無かった。万人に愛される人間は物語の中にしか存在しない。ここはゲームと同じ世界だが、俺たちにとっては現実なのだから。

俺の言葉にシルヴェスターは口を閉じると、悩むようにぎゅっと眉根を寄せる。

「しかし逆恨みとなると、誰の仕業か予想がつかない」

シルヴェスターの言葉に、ほんの一瞬司祭の視線が泳いだ。しかし自分の考えを否定するように首を小さく振ると、よろめきながらも立ち上がった。

「犯人探しは後にしましょう。そちらの方、トリスタンと呼ばれていましたね。このままでは風邪を引く。温かい飲み物を出しましょう」

水に濡れ体温を奪われたのは司祭も同じだ。トリスタンは平然としているが、目元の笑い皺を深め微笑む司祭の方こそ血の気のない唇で小さくふるえている。確かにこのままでは司祭の方こそ風邪を引くだろう。一度教会へ戻る事にする。

ことりと温かいミルクの入ったカップがローテーブルに置かれる。着替えて暖炉で温まったおかげか、テーブルを挟んでソファに腰掛ける司祭の顔には血色が戻ってきている。因みにトリスタンの服はびしょ濡れだったので教会に常備されている予備の祭服を借りている。壊滅的に似合わない姿で腹筋を試されるが、ここは真面目な場面の為何とか堪える。

一口ミルクを口に含めば、まろやかな甘味が広がった。

「さて、改めてお礼を言わせてください。シルヴェスター殿下、ユーリ、トリスタン」

ミルクを飲み切った司祭はカップをテーブルの上に置くと、俺たちに向かってぐっと頭を下げる。

「あなた方がいなければ私はきっとあのまま溺れていた事でしょう」

頭を上げた司祭の目には、僅かな逡巡が浮かんでいる。そして僅かながらの後悔か。しかし一度瞼を閉じると、再び開けられた目には決意が宿っていた。

「私は先程心当たりが無いとおっしゃってくださった殿下の言葉を否定しませんでしたね」

「まさか心当たりがあるのか」

シルヴェスターの言葉に司祭は苦悩するような表情を浮かべると、小さく頷いた。

「コンラッド様です」

「え？」

シルヴェスターの戸惑う声と裏腹に、俺は心の中でやはりと呟く。そもそも俺たちが今日ここに来たのは、昨夜コンラッドの絵が教会に飾られていると聞いたからだ。たまたま教会へ訪れたタイミングで、たまたま司祭が溺れた。こんな偶然ありはしないだろう。

しかしここで疑問なのは、そんな事をして何のメリットがあるかだ。俺たちに司祭を助けさせ、何がしたいのか。もし司祭に対し殺意があったのなら、俺たちにわざわざ教会へ行くよう仕向けるだろうか。そうは思えなかった。

「シルヴェスター殿下のおっしゃられるように、私は司祭として恥じることの無いよう職務を全うしてきたつもりです。ただ、それをコンラッド様にも強いていたのです」

「ほう、それはどのように？」

「はい。コンラッド様は精霊の愛し子です。だからこそ教会に帰属し、我々と同じように過ごすべきだと何度もお声がけしました。その度に素気無く断られてきたのですが……気に入らなかったのかもしれません」

金の髪を持つシルヴェスターもまた精霊の愛し子とされる。それ故彼もまた、今日のように教会の礼拝に参加し、愛し子として自覚を持ち行動している。司祭と同様、禊にも参加していたのかもしれない。司祭はコンラッドにもシルヴェスターと同じようにあって欲しかったのだろう。

「しかしそれだけの理由でここまでの事をするでしょうか？」

「それは分かりません。でも他に心当たりも無く……私たちがコンラッド様をそうさせる程追い詰めたのやもしれません」

シルヴェスターは中身を飲み干したカップを机に置くと、ふと思い出したように口を開いた。

「そう言えばコンラッドもかつては共に礼拝や禊にも参加していたな」

「シルヴェスター様のおっしゃる通りです。かれこれ十年も前になりますが。ある日を境に教会へ訪れる事も殆どなくなり、だからこそもう一度信仰心を取り戻してほしいと思ったのですが、私たちの言葉は届かなかった」

司祭はかつてを思い出すように遠くを見つめると、痛む頭を慰めるように眉間を指で押さえる。

しかし十年前に突然そうなったとなると、何か理由があるように思う。

「理由を尋ねなかったのですか」

「いいえ、当然聞きました。ただ〝祈る理由が無くなった〟とだけ」

祈る理由が無くなった。それは信仰を捧げる理由が無くなったという事だろうか。いや、むしろ。

しかしこの仮説を立証するには、実際に行動に移さなければならない。

「シルヴェスター殿下にも、何もおっしゃられなかったのですか」

「ああ。私にも同じように答えるだけだった」

己の無力を嘆くように、シルヴェスターの拳がぐっと膝の上で握られる。

「私は彼にとって婚約者として頼りないのだろう。もし悩みがあるのなら相談してほしかった。かつて私が救われたように」

かつて王子としての身分に雁字搦めにされた彼の心を癒し救ったように。しかしシルヴェスターの思いに反し、コンラッドは救いを求めようとはしなかった。

俺は椅子から立ち上がると、床に視線を落とすシルヴェスターの元へ近寄りそっと地面へ膝を下ろした。そして血が滲むほど力が込められた拳に己の手を重ね、ゆっくりと開かせる。傷つけられた掌と同じように、彼の心もまた、目には見えなくとも血を流しているのだろう。

「シルヴェスター殿下、己の無力を嘆く気持ちは分かります。私もかつてあなたと同じような気持ちを抱いた事がある。けれどだからこそ言える事もあるんです」

「……ユーリ」

「どうしたかじゃない。これからどう行動するかが大切なんです。コンラッド伯爵はシルヴェスター殿下の婚約者であり、これからも共に未来を歩む相手です。シルヴェスター殿下の方からもっと歩み寄っても良いのでは無いでしょうか？」

俺の言葉を聞きはっと息を呑む。

彼は生まれながらの王子であり、この国の頂点に立つ事が決められた人間だ。だからこそ必要なものはそれこそ望みを口にする前に用意されてきたに違い無い。それ故婚約者に対しても受け身で、自分から動こうとしなかったのでは無いだろうか。真面目な性格から俺のかつての婚約者のような態度は取らなかっただろうが、それでもコンラッドの信用を得るに足る相手では無かった。

それならこれから本音を話せるような関係を築けば良い。コンラッドの懐に入れるような関係を。

「すまない。貴殿の言葉通り、私は婚約者という関係に胡座をかいていたのだろう」

「出過ぎた真似を申しました」

「いや、私に近しい者は思っていてもきっと遠慮して口に出来なかっただろう。むしろ感謝を言いたいくらいだ」

シルヴェスターはふっと微笑むと、指を組み不意に考えるように無言になった。しかしそれもほんの一瞬でぱっと顔を上げると覚悟を決めた表情でこちらを見つめる。

「私がこの国の王子だともう分かっているな。その婚約者であるコンラッドがどういう立場かという事も」

いずれコンラッドがこの国の王配になるという事。そしてそれを認められているのはコンラッド自身が愛し子であるが故。教会との繋がりを深める事は、愛し子としての立場をより強く確立する事になると。司祭はそれもあり、少々強引に勧誘をしたのだろう。そしてシルヴェスターが次に何を言いたいか俺には分かった。

「貴殿とここで会ったのも何かの縁だ。どうか手を貸してもらえないだろうか」

「手を貸すとは？」

「婚約者としての立場を確固たるものにするため、コンラッドにはこのまま教会と不仲でいてもらっては困る。しかし今更私の言葉など聞き入れてはくれないだろう。どうすべきかアドバイスをくれないか」

アドバイス。今日初めて会った相手に対し求める言葉ではないだろう。そもそも二人の関係性さえ簡単な馴れ初めを聞いただけ。

俺の考えが伝わったのか、シルヴェスターは片手を上げ自らの言葉を否定するような動作を取った。

「いや、具体案を出して欲しいわけではないんだ。そうではなくて……私は口が達者な方ではない。だからコンラッドとの会話で話題に窮した際簡単な助け舟を出して欲しい」

つまり会話の話題を提供しろという事か。それこそコンラッドの好む話題など俺より知っていそうなものだが、頼むという事はそうでもないらしい。

「避けられているからと彼に踏み込もうとしなかったツケとでも言うべきか、今のコンラッドの好みを私はあまり知らないんだ」

「出会ったばかりの頃はよく話をされていたのでしょう」

「ああ、例えば遠い東の国の文字を教えた時。興味深かったのかいくつも質問が返ってきた。布越しではあるが声が弾んでいて喜んでいる事がよく伝わってきたものだ」

シルヴェスターはかつてに思いを馳せるように宙を見つめると、徐に懐を探り懐中時計を取り出した。純銀製で質の良い物だと一目で分かる。

「これはコンラッドからの預かり物なんだ。身一つでこの街に来た私に次会う時まで持っていてほしいと」

上部につけられたボタンを押せば蓋がパッと開き隠されていた文字盤が姿を現す。文字盤の数字部分には小さな薄紅色の宝石が点々と埋め込まれており、光を反射し輝いている。

「この宝石の色を見るたびコンラッドを思い出すんだ」

「シルヴェスター殿下、こちらは?」

文字盤とは反対、蓋の裏側に貼られた小さな紙片の様な物。シルヴェスターはそっとそれを剥がすと懐かしむように目を細める。

「これは姿絵だ。教会に設置されている物の縮小版だな」

差し出されたそれを受け取る。この世界に写真技術は無い。懐中時計に入れる為だけにこの小さいサイズの姿絵を描かせたと考えると、当時の絵師が若干不憫になった。

写真と見まごうほど精緻に描かれた少年の絵は、シルヴェスターが可憐と称するだけある。何より薄紅色の髪は柔らかく光を透かし、暖かな日差しがよく似合う幼子だった。精霊を顕現させたかのような姿の幼子が、盗賊のごとき振る舞いをしているなどまさか想像出来まい。

ただ顔立ちは今のコンラッドと相違無い。頬の丸みが落ち僅かに目つきが悪くなったくらいか。

「コンラッド様を好いておられるのですね」

「かつて私を救ってくれた相手だ。どうして好きにならずにいれると言うのか」

姿絵を再び懐中時計の中にしまうと、パタリと蓋を閉じる。シルヴェスターは僅かに懐中時計の表面を撫でると、再び懐に入れ直した。

シルヴェスターが居住まいを正すのを待ってから、俺は口を開いた。

「シルヴェスター様、差し出がましい事を申します」

「なんだ」

「貴方様は先ほど会話の助け舟を出して欲しいとおっしゃっていました」

「ああ」

「私はむしろ、うまく言葉に出来ずともコンラッド様と二人で本心を語り合う事が良いと思います」

先程の言葉を真っ向から翻す俺の台詞に、シルヴェスターは細く形の良い眉を僅かに跳ねさせる。しかし俺の言葉を遮るつもりは無いようで、無言のまま視線で続きを促した。

「私におっしゃいましたよね。コンラッド様に惹かれたのは彼が愛し子だからでは無いと。彼自身に価値を見出し、そして想いを寄せている。その感情こそ言葉にして伝えるべきだと私は思います」

「私はつまらない男だ。今まで歩み寄ろうとしなかった男の、つまらない言葉に今更耳を傾けてくれるだろうか」

「それを判断するのは私ではなくコンラッド様でしょう。しかし本心からの言葉は、取り繕ったものよりよほど伝わりやすいのでは無いですか」

俺の言葉にはっと目を見開くと、シルヴェスターは徐にソファから腰を上げた。その目に躊躇いは無く、真っ直ぐ前を向いている。迷いは晴れたらしい。

「貴殿の言う通りだ。私はまた間違えるところだった。歩み寄りたいと口にしながら、受け身の姿勢を取っていた」

シルヴェスターは俺たちと司祭に向かって簡単な礼を取ると、足早に部屋を後にした。窓の外から馬の嘶きが聞こえてきたので、待たせている馬車に乗り込んだのだろう。行き先は恐らくハミルトン伯爵邸だろう。コンラッドに会いに行ったのか。焚き付けておいてなんだがフットワークの軽い事だ。一応俺は表向きコンラッドの客人という立場であり同じ邸に身を置いているわけだが、このままでは後ほど顔を合わせる事になりそうだ。

静かになった室内の空気を誤魔化すように、すっかり冷え切ったカップを手に取り二口分ほど残っていた紅茶を飲み干す。

「さて、司祭様」

「ユーリ？」

「貴方も思うところがおありでしょう」

犯人は確定で無いとは言え、殺されかけたのだ。いや、俺たちがいなければ確実に殺されていただろう。そんな死の恐怖に直面し冷静でいられる訳が無い。先程のシルヴェスターとの会話に殆ど入って来なかった事こそその証明だ。その場にいる人間を殺そうとした可能性のある相手に好意を持っているなど、この状況で口に出来るのはシルヴェスターが王子として生きてきたからだ。シルヴェスターは愚かな男では無い。むしろ王族としての教養を受け、多くの民の上に立つ人間として育てられたが故の無遠慮とも言える。瑣末ごとを気にかけていては、王として立っていられなくなる。万人に優しい王とは、必ずしも賢王たり得ない。それが分かっているからこそ、司祭は敢えて苦言を呈する事はしない。

「司祭様の淹れられた紅茶は随分美味ですね。思わずどこの茶葉か考え込んでしまうほど。なので司祭様が何を話していようと、私が誰かにそれを漏らす事はありません」

俺の言葉の意味に司祭はすぐに気が付いた。司祭は何も言わずふっと表情を緩めると、机の上に置かれた空のティーカップを手に取りトレーへと片付ける。三つのカップが置かれたトレーを手にその場からさっと立ち上がると、司祭は扉へ向かった。

「……それでも私はこの国の司祭です。悩める者を導き精霊の教えを伝える者。殿下が婚約者の事で悩んでいるのなら、たとえ相手が誰であろうと否を口にする事はありません」

トレーを持ち直しドアノブに右手を掛けると、司祭は背中を向けたまま言葉を続けた。

「それでも、あなたの心遣いを嬉しく思います。ユーリ、トリスタン。あなた方に精霊の導きがあらん事を」

パタリと音を立て閉じられた扉は、再び開かれる事無くシンと静まり返っている。トリスタンと二人きりになった事を確認し、ソファへともたれかかる。貴族であった頃なら注意されるような態度であろうと、今この場に俺を叱る相手はいない。

「ユーリ様」

「なんだ？」

「随分と親切ではありませんか」

貴方らしくも無い。

トリスタンが続けて口にしなかった台詞は顔を見れば一発で分かった。俺はその言葉にくつりと喉を鳴らし返事をする。親切だなんてとんでも無い。一体誰の話をしているのやら。

「本気でそう思っているなら、トリスタン。俺はお前を見誤っていたようだな」

「……言葉を間違えました。一体何を企んでいるのかと、少々背筋が寒くなったものですから」

俺はその言葉に返事をする事なくソファから腰を上げると、この部屋に置かれた本棚へと近付く。

司祭に通されたこの部屋は恐らく仕事部屋のような物なのだろう。来客用の応接室では無くこの部屋に通されたのはキッチンが近くタオルや暖炉が室内に設置されているからだろう。この本棚も仕事に使うからか、小説のような娯楽本は一切置かれておらず、歴史や宗教、精霊に関わる内容の物が多い。俺は人差し指を少し彷徨わせてから、目的の本を選び手に取る。僅かに埃を被ったそれを開き目的の頁で指を止める。その頁には生国では手に入らない、この街の、それも最近の地理が描かれている。

俺は街に入る時に使った門、ハミルトン伯爵邸、そして教会の場所の順で紙面をなぞる。そして司祭が流された川とその上流の場所。二股に分かれた川の形を確認し、本を閉じて元の場所へ差し込む。

「企むなんて人聞きが悪い。ただ二人の関係が良好になれば、それを手助けしただけの恩恵があるだろうと思っただけだ」

そしてそれは司祭も同じ。心を開くきっかけを残しておくのも悪くない。

この物語の鍵となるのはコンラッドだ。王家転覆を企てていないと言いながらその実戦力を集めるコンラッドの本心を、決して彼は俺たちに打ち明けないだろう。それを知ることが出来る可能性を有するのは婚約者であるシルヴェスターただ一人。

「隠された本心のその先を教えてもらおうじゃ無いか」

俺は窓越しに日が沈んで暗くなった空を見上げる。馬車の明かりが近付いて来るのを確認し、柔らかなドレープを描くカーテンをゆっくり閉めた。

先程窓から見えた、迎えに寄越された馬車にはハミルトン家の家紋が記されていた。俺たちが教会にいる事を伝えたのは、恐らくコンラッドの元へ向かったシルヴェスターだろう。別れの挨拶を済ませるため部屋から出ると、ブルーノを連れた司祭が扉の前に立っていた。司祭は丁度ノックをするタイミングだったのか、上げていた右手を僅かに彷徨わせてから下げた。

「コンラッド様の命により迎えにあがりました。屋敷へ帰りましょう」

ブルーノは相変わらず淡々とした様子でそう言うと、部屋を案内した司祭には目もくれずその場を去ろうと歩き出した。俺はトリスタンに先に後を追うよう命じてから、背を向けていた司祭の方向へと向き直る。

「ユーリ？」

「司祭様。出来る事は少ないでしょうが、もし悩みを打ち明けたい時は、どうか私を選んでくださいね」

俺は先程下げられた司祭の両手を優しく包み込むように握ると、善良に見えるよう意識した微笑みを向ける。

「……ユーリも。教会は悩める全ての人間を受け入れます。司祭として私に出来る事があればどうぞ頼ってください」

その言葉に頷いて返すと、包んでいた手を解放しブルーノとトリスタンの後を追う。俺を待っていたのか二人の歩調は予想外に緩やかですぐに追いつく事が出来た。

「待たせたか」

「いいえ。それよりもユーリ様、お召し物が汚れていらっしゃいます。屋敷に戻り次第清潔なものをご用意いたしましょう」

指摘されて気付いたが、確かにズボンやシャツに土汚れが付着していた。司祭を助ける際川岸で付いた汚れだろう。

「ああ、トリスタンの分も頼めるか」

「……承知いたしました」

本来なら奴隷の服を準備させる主人などあり得ない。しかしブルーノは俺とトリスタンの関係性を〝知っている〟。主人と奴隷という関係でありながら恋人関係にあると。

それ故俺がトリスタンに対し奴隷らしからぬ扱いをしていようと勝手に向こうが誤解してくれる。コンラッドもブルーノを執事のごとく振る舞わせているのだから似たようなものだろう。

「それから今夜は湯を使わせてもらいたい」

「それでは戻り次第準備を」

「ああ、頼んだ」

建物自体は広くない。司祭の部屋を出れば廊下をそう歩く事なく外へ通じる扉へ到達した。扉の前に停められた馬車は先程窓から見かけたデザインと同じだ。ブルーノに手を差し出された為大人しく従い馬車のタラップを踏む。腰掛けた椅子の弾力は柔らかく流石に伯爵家所有の馬車だと内心感心する。やはり乗り心地は大事だな。

「よろしいので？」

対面に座ったトリスタンが小声で話しかけて来る。その質問の意図は、恐らく俺の発言に対してだろう。昨夜は湯浴みを断ったにも関わらず今日は自分から申し出たのだからトリスタンの疑問も頷ける。俺はブルーノに聞こえない程度の小声でその問いに答えた。

「染料は落ちないように入るさ。それに俺と違ってお前は川に入ったのだから特に風呂へ入るべきだ」

司祭を助ける事になったのは完全に想定外だった。暖炉で体温を取り戻したといえど、きちんと湯に浸かり温まるべきだろう。ガラスのはめられていない車窓からふわりと湿った空気が流れてくる。夜の気温に冷やされたそれは冷たく、暖炉で温まった身体を再び冷やす。すっかり日は落ち、月は空の高い位置に登ってきていた。

来た道を馬車で揺られ見慣れた夜空を眺めながら、俺はふとブルーノに話しかける。

「そういえば、前世の話」

「はい？」

「どのような人間だったんだ」

それを聞いたのは半分興味本位だった。前世の記憶を持っていると嘯《うそぶ》くメリットが無いからこそ、ブルーノの言葉を全てではなくとも多少信じる気になった。

この世界がゲームと同じ世界だと確信した今、コンラッドがこのままでは破滅の未来を辿ると言うのも頷ける。『精霊のゆりかご～選ばれし者たちの聖戦～』で悪役となる辺境伯はコンラッドの事で間違いないだろう。

ブルーノは思考するよう僅かに黙してから俺の問いかけに答えた。

「いたって普通の大学生……と言っても分かりませんよね。とても大きな学び舎で、この国では想像もできないような人数の学生があらゆる分野を学ぶんです」

ブルーノは馬車を走らせながら、かつてに思いを馳せるように言葉を切った。車輪が大きめの石を踏んだのか、僅かに馬車が揺れる。

ガタガタと砂利の上を走る音も、ブルーノの言葉に集中する俺には気にならなかった。

「写実的な絵を瞬間的に映し出す魔法のような機械をカメラと呼んでいたのですが、私はその機械で写真を撮るのが好きでした。当然部活動も写真部を選んで……」

大学生、カメラ。その単語にドクリと心臓が鳴る。

カメラなんて物はこの世界に実在しない。前世の記憶を持つ俺と違い、トリスタンが彼の話を聞こうと半分程しか理解出来ないだろう。

しかしその単語を口にした時点で少なくともブルーノの前世の記憶を持つという言葉に信憑性が出てくる。加えて何の因果か、前世の俺もまた大学生であり写真部に所属していた。こんな偶然があるだろうか。文化祭の準備をした帰り道、あの横断歩道で車に轢かれ命を落としたのが俺だけで無かったとしたら？　そしてその場にいた友人の誰かが、俺と同じように転生したのだとしたら。

その可能性をどうして否定出来るだろうか。

俺はぐっと膝の上に置いた拳を握り、声に感情が乗らないよう気をつけながら口を開いた。

「カメラか。そんな魔法のような機械が本当にあるのなら興味深いな」

「ええ、自分では無い別の誰かの記憶を持っているのは未だに違和感を抱きますが楽しくもあります」

茶番のようなやりとりにトリスタンは困惑の表情を浮かべている。俺の真意を図りかねているのだろう。俺はブルーノに悟られないよう、高揚を誤魔化すように唇を舌で潤し口を開いた。

「……そこまで前世を鮮明に覚えているのなら、かつての自分の名も覚えているのでは？」

「名前ですか？　そうですね。私のかつての名は——」

ブルーノが口にした名を聞き、俺は自分の立てている仮説が正しい事を悟った。

「……友人の名を、覚えているだろうか」

「え？」

ぽつりと呟いた俺の声は、一際大きく車体が揺れた事で掻き消された。ああ、でも。

「ははっ」

俺の乾いた笑い声にトリスタンの視線が向けられる。短く切った後ろ髪と違い、僅かに伸びた前髪が閉じた瞼にさらりと掛かる。ああ、実に不愉快だ。何故なら彼は俺の友人——それもかつて親友とさえ呼んだような——の名を〝騙った〟のだから。

ブルーノと関わったのは僅か一日足らずだが、彼の振る舞いからはほんの少しも前世の性質を感じ取れなかった。前世と今世が別人と言ってしまえばそれまでだが、例え同じ悪役に転生したとしても俺と違い彼なら善良な前世の性質が性格に影響を与えている確信があった。まあ、一言で善良と言っても、友人なりの線引きはあったようだが。バイト先で人手が足りず二十四連勤になった時は愚痴一つ言わず働いていた割に、適当な嘘をついて文化祭の準備をサボった部員に対しては随分と怒っていた。

なによりPC版に重課金するほどこのゲームの世界に思い入れがある友人が、メインキャラクターの周囲にいない筈が無い。では何故彼はいないのか。

最初から疑問はあった。悪役を生み出す家系に相応しからぬ、民から慕われる善良な前ハミルトン辺境伯。悪役であり、それに見合うだけの振る舞いをしながらどこか行動に〝抜け〟があるコンラッド＝ハミルトン。彼はゲームの設定と違い精霊の愛し子であり、シルヴェスターの婚約者だった。そしてゲームに存在しなかった、ブルーノという存在。

これらを照らし合わせて考えると、俺がコンラッド＝ハミルトンだと思っていた相手は恐らく別人だ。本来ならシルヴェスターが孤児院で出会う筈だった少年、ノエル。ピンクの髪を持つ、精霊の愛し子。そして『精霊のゆりかご～選ばれし者たちの聖戦～』のヒロインとなる受けキャラ。

ノエルがコンラッドに成り代わり、悪役としてその役を継いでいる。

いや、友人がコンラッドに転生した所為で悪役を失った物語の強制力にノエルが引っ張られているのか。ゲームのストーリーに登場しないブルーノの存在は、ノエルが悪役になった事で生まれた歪みのようなもの。これはまだ推測に過ぎない。しかしこの推測が当たっているのなら。

本物のコンラッドは隠されている事になる。

そしてその場所は恐らく地下施設のどこかだ。非常用の逃走経路にしては広く、奴隷を収容する為設置したにしては場所が整っていた。

そもそも前提が違っていたのだ。あの地下が元々本物のコンラッドを閉じ込める為何年も前から作られていたとしたら。

前世の記憶を活用し、この街に繁栄を齎した友人を搾取する為に。

俺は無意識に片手で口元を覆う。平生と異なる俺の態度に、慣れない馬車に酔ったと勘違いしたトリスタンの手が背中を摩る。背中に感じるぬくもりも、思考の波に浚われる俺は感じる余裕も無かった。

まだ疑問が残る。なぜノエルがコンラッドのフリをしているかだ。そして姿を消した前ハミルトン辺境伯の行方。そのどちらも、きっと本物のコンラッドを見つけ出せば理由は明らかになる筈だ。

どうにかして、もう一度地下施設へ入り込む必要があった。そしてこの目で確かめなければならない。場合によっては、シルヴェスターとコンラッドの仲を取り持つ事で王家との縁を得るなどとぬるい方法を取っている暇は無いかもしれない。

思考に耽っていた俺は、じっと見つめてくるトリスタンの視線に気付く事は無かった。

馬車が停められブルーノの手により扉が開かれる。ギシ、と音を立てるタラップを踏み地面へ降り立てば、昨日と違い何やら屋敷が賑やかな事に気が付いた。静かでどこか硬質な空気を纏っていた屋敷から、今日は華やかな弦楽器の音色が聴こえてくる。貴族として育てられ耳の肥えた俺でも聞くに堪え得るその音は、幾十もの音が重なり一つの世界観を作り上げている。

チラリとブルーノを見れば、扉を閉めていた彼は苦笑を浮かべていた。

「持て成さないわけにもいかないでしょう」

その言葉が誰を指しているのかなんて考えるまでも無い。婚約者の、それもこの国の王子が急に屋敷を訪れたのだ。彼の突然の訪問は使用人たちどころか婚約者である当のコンラッドでさえ驚愕したに違いない。せめてもの持て成しに召し抱えている楽団による演奏と料理人による食事を振舞い小規模なパーティを開いているのだろう。それに誰より振り回されたのは、コンラッドの一番身近にいるブルーノだったのかもしれない。

「ユーリ様もパーティにご参加されますか」

「正気か？」

「はい。コンラッド様は是非にとおっしゃっております」

俺は少し考え、パーティへの参加を了承した。

本来なら俺のような人間が参加する事などあり得ないが、このタイミングで態々招待してきたのだ。コンラッドの目的は十中八九シルヴェスターに関する事だろう。そして俺を名指ししたという事は、トリスタンは呼ばれていない。俺一人で参加しろというわけだ。

そして貴族の言葉を、商人と名乗る俺には断る術が無い。貴族に来いと言われたら行く以外の選択肢など元から用意されていないのだ。

「新しいお召し物を部屋までお持ちします」

「ブルーノ」

俺とトリスタンを馬車から降ろし、馬車を片づける為再度御者台に座ったブルーノを呼び止める。手綱を引こうとした手をピタリと止め、ブルーノは高い位置からこちらに視線を向けた。

「服の汚れについて何も聞かないんだな」

俺の質問に、向けられた視線の中にひやりと冷たいものが混じる。しかしすぐに目蓋が閉じられた為それも一瞬で拡散する。

「教会の近くには足場の悪い水場もあります。汚れていても不思議は無いかと」

「そうか」

俺はそれ以上の追求を止め、トリスタンと共に与えられた部屋へ戻った。物言いたげなトリスタンの視線を無視しても良いが、着替えが届くまで時間もある。俺はトリスタンの服に手を伸ばし、祭服の一番上のボタンを外した。俺の行動が予想外だったのか二つ目のボタンを外す前にトリスタンに手を掴まれる。

「あなたが召使いのような事を為さらなくて良いのですよ」

「何か言いたげだな」

トリスタンの言葉を無視し掴まれた手を軽く振れば、俺の意思通り拘束の手を緩めた。

「ブルーノの話を、あなたは信じるとも信じないとも断言しない。しかしその割に、随分掘り下げるものだと」

自由になった手で三つ目のボタンを外す。口元に微笑を浮かべたまま視線でトリスタンに続きを促せば、僅かにその目を揺らし口を開いた。

「ユーリ様。あなたは今日、ブルーノとの会話で何かを確信した」

「その根拠は？」

「私が何年仕えていると思っているのか。あなたはたびたび私を試そうと振る舞うが……みくびっているのはあなたの方では？」

「……」

シャツのボタンを全て外し終えた俺はトリスタンの言葉に顔を伏せる。

「あなたが〝何〟を確信したのか、それは私には言えない事なのでしょうか」

「――ふ、」

とうとう〝笑い〟を堪えられなくなった俺は、伏せた顔を上げ思う存分笑い声を上げる。俺がトリスタンを見くびるなんてとんでもない。こいつは俺自ら手塩にかけ、何年も掛けて調教した忠犬だ。視線一つで望みを叶えられる程に。

ただタイミングが無いからと思っていたが、伝えるべきは今かもしれない。

俺は全てのボタンが外され鍛えられた腹筋を晒すシャツの襟元を掴み、ぐっと背中を屈ませる。距離が縮まった耳元で秘密を共有する為、声を顰めて囁いた。

「……前世を持っているのは向こうだけでは無いという事だ。これだけ言えば、後は分かるな」

距離が近いせいで、逆にトリスタンの表情は伺えない。それでもはっと息を呑んだのはお互いの距離が近いからこそよく伝わってきた。

戸惑う空気は分かり易い。俺の言葉の真偽を図りかねているのだろう。掴んでいた襟元を開放し、皺の寄ったシャツを撫で付ける。トリスタンの顔を見上げれば、予想通りその眉根には深い溝が作られている。その反応に満足し、俺はトリスタンを浴室へ無理矢理押し込んだ。

タイミング良く鳴らされたノックに扉を開けば、そこには案の定着替えとタオルを手にしたブルーノが立っている。

廊下にブルーノを立たせたまま、着替えのみを受け取り一度扉を閉める。

着替えを渡す為浴室の扉を開けば、こちらに背を向けたまま立ちすくんでいるトリスタンの姿があった。俺は適当な籠に着替えを置くと、トリスタンをその場に残し部屋を出た。

俺はさっと自分用に用意された服に着替えると、適当に髪を整え鏡を確認する。銀髪の時では着てこなかった、温もりのある色味の服は新鮮だった。似合う服の色が変わった事は茶色い髪にして良かった点の一つだろうか。髪色一つで随分親しみ易い雰囲気になるものだと己の事ながら感心する。全身を一通り確認し、机の上に簡単な書き置きを残してから廊下へ出れば糸でつられているのかと思うほど背筋を伸ばしたブルーノが立っていた。俺は後ろ手で扉を閉めると、歩き出したブルーノの後を追う。

さあ。ヒロインだった彼の待つ、パーティ会場へ向かおう。

◇　◇　◇

その日の屈辱を、今でも鮮明に思い出せる。

褐色の肌も、強いうねりを持つ黒髪もこの国では異色だった。一目で移民だと分かるその見た目がこの国の人間に受け入れられる訳も無く。病気がちだった母と当時十三歳だった俺は貧民街の一角に居を構えていた。ボロ布でスペースを区切っただけの家とも呼べないような空間は、それでも俺たちにとって唯一安寧を得られる場所だった。シノギといえばメイン通りを歩く、警戒心の無い旅行客や一部のお人好しな金持ちから盗みを働く事。成長期を迎えてからは幸い顔が良かったからか、異国風の見た目が珍しかったからか、言い寄る女も少なからずいた。盗みを働くより恋愛ごっこに興じる方がリスクも少なく稼げた。

自分の稼ぎ方が定まってきた頃、隣国との諍いが起こった事でその生活も崩れ落ちる。普段はいないものとして扱われる俺たちのような貧民は、真っ先に戦場へ送られ都合の良い肉壁として使い潰された。戦場の指揮を取っているのはどこぞの貴族だかで、安全圏から指示をとばすのみ。まともな武器や防具も与えられず、死なない程度の水と食料を与えられ戦う日々は、貧しくともよほど安全だったかつての暮らしを懐かしく思わせる程だった。

仲間とも呼べないような同郷の者たちが、朝日を待たず屍と化していく。

土煙で痛めた肺を煩わしく思いながら、死体から奪い取った剣を振り新たな敵兵を切り捨てる。どれだけ殺そうと次々に湧いてくる兵士の姿が瞼に焼き付き、夢の中でさえ数百の兵士を殺した。どの程度の怪我であれば死なないか、最小限の力で生き残れるかの線引きが出来る様になった頃、〝それ〟は現れた。

同じようにまともな装備を持たず、歳の頃も俺とそう変わらない。だけどそいつは、骨格が出来上がる前の少年らしい体格からは想像できないような荒々しい戦い方で敵を薙ぎ倒していった。ギラギラと光を放ち生に執着する緑の目は、宝石を想起させる鮮やかな色彩を持ちながら、とてもそんな存在に例えられるような物では無かった。乾いて赤黒く変色する血が飛び散る戦場で、まるで炎を連想させる彩度の高い赤い髪が周囲の視線を一身に引き寄せる。

後方で行儀良く戦う貴族の剣とは違い、洗練されているとはとても言えない。がむしゃらで滅茶苦茶なはずの剣は、それでも何故かひどく惹かれるものがあった。そして俺がそいつと剣を交える事になったのは、戦いの終盤だった。

俺のような人間がここまで生き残ったのは奇跡としか言いようが無かったが、それでもそいつと戦った時は今度こそ死を覚悟した。それでも生き残ろうと思ったのは、貧民街に残してきた母の事。そしてこんな訳のわからない戦いで命を落とす事への反発心からだ。油で劣化した刃がぶつかり合うたび柄を握る両手に痺れが走った。長い剣戟の末両手の感覚が無くなろうと、身体中に切り傷を作りながらなんとか抵抗する。少しでも気を抜いた瞬間、同じように切れ味の悪くなったそいつの剣が俺の首を刎ねるだろう。

しかし戦いの中そいつはほんの一瞬俺の後方を見たかと思うと、不意に目を揺らした。まるで迷子の犬が飼い主を探すような、どこか縋るような目だった。しかしそんな感情も目の奥に仕舞い込み、これまで以上のスピードで剣が繰り広げられる。既に感覚の無くなっていた手ではその攻撃を受け止めきれず、今までの攻防が嘘のように剣が容易く弾き飛ばされる。弾かれた反動で両腕が上がり、無防備になった胸から腹に掛け、大きくそいつの剣がめり込んだ。

汚れた地面に倒れ伏し、流れ出ていく鉄臭い命の源を感じながら最後の力を振り絞りその姿を見上げる。そいつはもう俺を見てはいなかった。

その視線の先を辿ると一人の少年がいた。距離が離れている所為で判別しにくいがその少年は随分美しい容姿をしていた。銀色の髪に紫の瞳。白く傷ひとつないその姿は、この戦場に随分似つかわしくない。同じように汚れを知らない軍服は、この戦場で指揮官を指す物。

貴族だと一目で分かった。薄く整った唇が〝トリスタン〟と呟く。音が届くはずの無い距離だが、不思議と彼が何の言葉を発したか伝わってきた。そしてそれが、〝あいつ〟の名前であると。

死に至る傷さえ気にならないほどの怒りが己の内を焼き尽くす。何に対しての怒りなのか自分でも分からない程だった。ただ一つ分かるのは、手を伸ばす事さえ不敬だと感じるあの少年こそが、俺を殺す〝あいつ〟の生きる理由であるという事。この国で桃色、金色、銀色の髪は精霊の愛し子を指す。俺の生まれる前に銀色の愛し子は失われたと聞いていただけに、彼がその色を持つ事に驚愕した。そんな至高の存在に尽くす〝あいつ〟と、意味も分からず戦い無様に地面に倒れ死にゆく己。その差に全てを憎みたくなる。そして身を焦がすほどの嫉妬という物を、俺はこの時初めて体感した。

薄れていく意識の中、やがて思考も拡散する。口の中に溢れる血だけが不快で、俺は口元に笑みを浮かべた。

叶うなら、精霊の御許へ。

しかし目を覚ました時、俺はやたら柔らかいベッドに寝かされていた。全身を包帯でぐるぐる巻きにされ、胸元からは青臭い薬草と消毒液の匂いが強く漂ってくる。痛みがここが現実だと伝えてくるが、清潔で高級感のある室内の所為でどうしても現実味を帯びない。

「良かった、目が覚めた？」

変声期前の少年の声は、高いが穏やかで安心感を与える。痛みを堪えベッドの脇へ視線を向ければ、灰色の髪に少しつり目気味の少年が座っていた。

「僕はコンラッド。コンラッド＝ハミルトン」

母以外に慈愛に満ちた目を向けられるのは初めてだった。盗みを働いていた時は毎日罵声を浴びせられ、汚い物を見るような目で見られてきた。身体が成長してからは熱を帯びねっとりとした、そして見返りを求める視線ばかりだった。

「今日から君の主人だよ、よろしくね」

無償の愛を与えるような、まるで精霊に優しく包まれるような感覚は初めてだった。これが俺の〝本当の〟主人であるコンラッド＝ハミルトンとの出会いだった。

怪我が良くなりベッドから起き上がれるようになれば、気になったのはどうして俺を拾ったのかだった。

それを聞くとコンラッドは細い眉を頼りなく下げ、へにょりと困ったように笑うのだ。

「ブルーノは僕の事すごい人みたいに思ってるでしょ。理由を聞いたら幻滅すると思うから、まだ秘密にしてたいかな。駄目？」

俺が幻滅する事は無いと思うが、無理矢理聞き出したい程では無かった。俺の命を救ってくれたコンラッドを、少しでも困らせたくない。そう言えばコンラッドはほっとした表情を浮かべにこりと微笑んだ。

「そういえば隣国との争いは一時休戦になったようだよ。この領地は隣国との国境にあるから取り敢えず良かった」

風味の落ちた茶葉で入れた紅茶を飲みながら、コンラッドはふと手を止める。

「ブルーノは元いた場所に戻りたいと思う？」

その言葉に思い起こされるのは母の存在だった。それも怪我が治ってから気になっていたことの一つだ。俺の居場所はコンラッドの傍しか無いとこの時決めていたが、それでも母の安否は当然気になっていた。出来ればかつて暮らしていた貧民街に一度戻りたいと考えていた。

「……そうだよね、明日行こうか。場所は覚えてる？」

「いいのか」

「君の自由を僕が勝手に奪えないでしょう。ブルーノは人間で、僕の物じゃないから意思までは奪えないよ」

コンラッドの言葉は貧民街で育った俺にとって初めて向けられた物だった。人間扱いが嬉しいと思いながら、それでも心のどこかで少し残念に感じていた。コンラッドの物であると、言い切って欲しい気持ちがあったからだ。

そして次の日、俺はかつての住処を訪れた。

相変わらず汚く、常に生乾きのような不快な匂いのする場所だった。ただ違うのは、二人で住んでいた場所には見覚えのない男が住み着いており、どこにも母の姿は無かったという点。男の言葉を信じるなら、俺が戦に駆り出されてすぐ病状が悪化し命を落としたと聞く。碌に働けない母を追い出したんじゃないかとか、病死は嘘で貧民街の争いに巻き込まれたんじゃないかとか考えたが、ただでさえ入れ替わりの激しい貧民街では母の事を知る人間も少なくこれ以上の情報は知ることが出来なかった。沈んだ俺を浮き上がらせてくれたのは、コンラッドだった。俺を救ってくれた時と同じように慈愛に満ちた目で、コンラッドは慰めてくれた。抱き寄せられた腕の温もりは、かつての母を思い起こさせ何年も乾いていたはずの涙を思わず落とさせた。

その後、コンラッドの従者として知識と教養を身につけうまく振る舞えるようになった。敬語を覚えてからは従者らしく振る舞ったが、コンラッドはそれが不満だったらしい。

コンラッドの〝それ〟に気付いたのは、従者として働くようになってすぐだった。

喉の渇きに目が覚め水を取りに行った時、コンラッドの部屋の前を通ると呻き声が聞こえてきた。体調が悪いのかと急ぎ部屋に入れば、そこには悪夢に魘《うな》されるコンラッドの姿があった。

「コンラッド様？」

あまりにも辛そうでその時はとにかくコンラッドを眠りから醒まさなければと思った。細い身体を揺すり意識を覚醒させれば、ぼんやりと視線の定まらない目が顕になる。

「ブルーノ」

「ひどく魘《うな》されておいでてでした。温かい飲み物でも淹れましょうか」

怯えるコンラッドに刺激を与えないよう、出来るだけ優しいトーンで話しかける。気分転換に飲み物でも淹れようかと腰を浮かせると、それより早く腰にコンラッドがしがみ付く。

「君を助けた理由、言ってなかったね」

ぎゅうっと顔を下に向けて抱きつかれている所為でコンラッドの表情は伺えなかった。それでも震える声がコンラッドの気持ちを表している。どんな顔をしているかなんて見なくとも想像がついた。

「前世の記憶を持っているって言ったら笑うかな」

「前世？」

「そう、そこでは僕はただの学生で。今みたいに豪華な家で豪華な食べ物を食べたりしてなくて……」

そうして話されたコンラッドの言葉は、俄には信じがたかった。前世の、それもこの世界とは異なる別世界の記憶があるなんて信じられなかった。しかし作り話と笑い飛ばすには、コンラッドの声はあまりに真剣だった。そしてこの世界が前世で遊んだゲームの世界だという事。このままでは自分は悪役となり、国を混乱に陥れ最後には断罪される事。

そしてその断罪される未来こそ、コンラッドが悪夢を見るほど怯えている原因だと。俺と違い、こんなに善良な性格のコンラッドが国を混乱に陥れるなんて前世の記憶以上に信じられることでは無かった。

「彼に……シルヴェスターに会ったんだ」

「シルヴェスター？」

初めて聞く名前だった。

「ゲームのメインキャラだよ。ヒロインであるノエルと共に悪役である僕を打ち倒す、この物語のヒーロー」

腰に抱きつく腕を緩めると、コンラッドはのろのろと上半身を起こした。予想した通り、コンラッドは目に涙を溜め下手くそな笑みを浮かべていた。月明かりに照らされるコンラッドの姿は神秘的だが、その所為で一層儚く消えてしまいそうだった。

「出会ったのはたまただけど、やっぱりカッコよかった。前世の僕の推しなだけあるし、三次元になっても衰えない顔の良さ。僕がコンラッドじゃなければ全力で喜んでたな」

コンラッドの手がベッドのシーツをぎゅうと握りしめる。

「でも、僕は悪役だから。ゲームのキャラと仲良くなったら、物語通りに進みそうで怖いよ」

とうとうその目から張っていた涙が落ちる。シーツにシミを作る涙を見て、俺がコンラッドに救われた意味を理解した。コンラッドの言うゲームのキャラクターとやらに無関係な俺をそばに置く事で、未来を少しでも変えたいと願ったのだろう。

自分の保身のために俺を拾った。

——そんな事で。

「そんな事で、私があなたに幻滅すると思っていたのですか」

拾った理由なんてどうでも良い。その結果俺は命を救われたのだから。そして何より大切な、生きる意味を与えられた。

この思いを否定されたようで、あの日トリスタンに殺されかけた日と同じくらいの怒りが胸の内を襲う。

「あなたは断罪されない。俺が決してあなたを何者にも奪わせない」

その為なら何だってやる。俺は涙を流すコンラッドの身体を力強く抱き締める。ふるえて怯えるコンラッドは、俺の体温に安心したのかゆっくりと肩の力を抜いた。

誰を敵に回しても良い。断罪を回避するためには、そのゲームの物語を知らなければならない。幸いコンラッドはその内容を覚えているようだし、あとは回避方法を考えるだけだ。

そうして思い至ったのが、悪役であるコンラッドを作り出す事。シルヴェスターとノエルの二人が教会で出会う前に、ノエルを引き取り悪役に相応しい性格に育て上げる。全ての我が儘を肯定し、彼の前で少しでも失敗する使用人がいれば必要以上に折檻を施した。最初は俺の行動を否定していたノエルも、やがて疑問を抱かなくなり順調に性格が歪んでいった。

父親であるハミルトン伯爵の領地の経営と改革に関わり出したコンラッドがタイミング良く忙しくなったおかげで、俺の行動に疑問を抱く余裕が無かったのは僥倖だった。

ノエルを引き取ったのも未来を変えるための行動程度にしか思っていないのだろう。

領地の経営状態が整ったタイミングで、ノエルはコンラッドの立場を望んだ。秘密裏に準備を進めていた地下空間にコンラッドを閉じ込め、ノエルはコンラッドに成り代わる事に成功した。当初は反対していたハミルトン伯爵も、シルヴェスターからの婚約の打診で口を閉ざした。婚約の話は、成り代わったノエルが精霊の愛し子だからこそ成り立つ話。ここで本物のコンラッドを表に出せば王家との繋がりは立ち消える事になる。ハミルトン伯爵は、息子では無く権力を得る事を選んだ。元々コンラッドの口添えがなければ領地経営も上手くこなせず、領民の信頼も得られないような半端な小悪党だったはずの男だ。

元々前世の記憶の所為で引き篭もりがちだったコンラッドの本来の姿を知る者は圧倒的に少なく、領民の中にノエルが成り代わった事に気付く者はいなかった。そしてローブ越しでしか会ってこなかったシルヴェスターもそれは同じだった。想い人が愛し子であり問題なく婚約できる事実を前に、己の抱く違和感から目を逸らしたのだろう。

それが何を意味するか知らずに。

「どうしてこんな事をするの」

「あなたを守る為ですよ、コンラッド様。この中にいる限りあなたを脅かす事は起きないし、悪夢に苦しめられることも無い」

檻の中の家具は極上の品だ。俺が彼に拾われた時のベッドよりも柔らかく、されどスプリングはしっかりとした物に。クローゼットは一流の木材を使用し、その中に揃えた衣類もさらりと肌触りの良い絹製の物。彼の元に運ぶ食事もバランスを考え、肌艶を失うことのないように。

全てが順調だった。悪役として立派に育ったノエルに、入れ替わったコンラッドの存在に気付かない周囲の人間。そしてノエルの身に起きた、〝偶然〟であり、精霊の思し召し。穴だらけの王家転覆計画。このままいけば、ノエルはコンラッド＝ハミルトンとして〝正しく〟断罪される。

それなのに、お前はまた俺の前に立ちはだかるのか。

記憶より幾分大人びた美しい顔と、どんな宝石よりも美しい紫の瞳。名を変え髪色を変えていようと分かった。何より横に立つ、トリスタンという名前の男。俺がコンラッドに拾われるきっかけになったあの戦場で出会った二人だ。最初は利用しようと思った。この二人はこの世界でコンラッドと同じく特別な人間だと思ったからだ。コンラッドにはこの国を舞台にしたゲーム、〝精霊のゆりかご〟以外にも〝王宮の花〟の話を聞いていた。ほんの雑談程度ではあったが、悪役の名前がユリシーズ、そして攻略キャラクターの中にトリスタンという名の従者がいる事を知っていた。本来断罪される運命にあるユリシーズがこの場にいるという事は、彼らもまた前世の記憶により運命を捻じ曲げた可能性がある。もしそうなら、俺が前世の記憶の話を持ち出せば乗って来るに違いない。

そして悪役であるノエルの断罪に利用できるかもしれないと思い。しかし予定外だったのは、予想に反しシルヴェスターとノエルの関係を取り持った事だ。このまま二人の仲が良好になれば、ノエルに反乱を起こす理由が無くなる。

そうなってもらっては困るのだ。

見慣れた客室の扉をノックすれば、ユリシーズ、いやユーリが姿を表す。

相も変わらず美しい顔《かんばせ》に、僅かに苛立ちを感じながらにこりと微笑みかける。

「着替えをお持ちしました」

紫の目を引き立てるような上品で優美なデザインの服と、適当に見繕ったトリスタンの分の着替えを手渡す。再び閉じられた扉を眺めながら、どう動くべきか頭の中で今後の展開をシミュレーションする。非常に残念だが、利用出来ない以上ユーリにはこの舞台から退場してもらわなければならない。〝私〟は姿勢を正しユーリが再び扉を開けるのを静かに待った。

◇　◇　◇

パーティ会場の扉がブルーノによって開かれれば、遮られていた音楽がぶわりと広がる。奏でられている曲はよく知っている。荘厳で優美。その一言に尽きるこの曲は、俺がパーティの主催者側だった頃しばしば楽団に弾かせていたものだ。奏でるのが難しく技術が問われ、だからこそそれだけの技術を持つ楽団を手にしているという権力を示すに足る。それ故この曲は貴族の間で好まれていた。

そしてこのパーティの主役であるコンラッドとシルヴェスターは、会場の中央で手を取り合いダンスを披露している。とはいえパーティの参加者は当人たちと俺くらいのもので、その姿を見る者は殆どいないのだが。

「ユーリ様、飲み物を準備します」

「ああ、まだやる事があるのでアルコールは控えてくれるか」

「かしこまりました。ではノンアルコールのドリンクを準備いたします」

二人の踊る姿を眺めているとブルーノに声を掛けられる。俺は問い掛けに簡単に答えると、飲み物を取りに行ったブルーノの後ろ姿を見送り、会場を見苦しくない程度に見回した。

豪奢なパーティを想像していたが、予想に反し会場の飾りや食事は上品な物だった。この屋敷に初めて来た時も思ったが、調度品や庭の造りなど、無駄な華々しさが無い。成金にありがちなセンスの悪さを一切感じさせないのは、本物のコンラッドのチョイスが良かったからか、孤児院時代の清貧の精神が根底に残っているからか。後はブルーノ辺りがさり気なく助言をしているのかもしれない。因みに俺の場合、従者であるトリスタンは俺の魅力を損なう趣味の悪い服装などは口を出してきてはいたが関係無い部分は俺の好きなようにさせていた。

この会場で何より目を引くのは、美しく生けられた薔薇の花だろう。見覚えのある三色の花々は庭で見かけたものと同じだ。精霊の愛し子である二人を讃えているのだろう。

音楽が僅かに控えめな曲調になる。木漏れ日の美しい、早朝の森林のような爽やかな静けさを感じさせる音。それに伴い踊る二人の動きが緩やかなものに変わる。

「ユーリ様、お待たせいたしました」

「ああ」

壁に背をもたれさせていると、トレーに細身のグラスを乗せたブルーノに声を掛けられる。俺はそのグラスを手に取ると、爽やかな香りを楽しんだ。

「良い香りだ」

「コンラッド様の領地で栽培している果物を搾った果汁です。すっきりとした後味と強すぎない酸味が人気なのですよ」

僅かにドリンクを口に含めば、グレープフルーツに近い味だった。ブルーノの言う通り柑橘系のすっきりとした後味に加え、口の中にほんのり苦味が広がる。オレンジよりも甘味が控えめな分子供より大人に好まれる味だろう。

「うまいな」

「お褒めに預かり光栄です」

トレーを脇に挟み軽く礼をする姿はまさしく使用人のそれだ。この二日でこのブルーノと言う男の為人はある程度理解出来た。だからこうして会話を交わすのは、パーティの主役達が踊り終えるまでの暇つぶしに過ぎない。俺はブルーノに背を向けると、グラスを片手に美しく飾られた薔薇の花瓶の一つに近寄る。

「あの二人はよくお似合いだと思わないか」

「え？　ああ、コンラッド様とシルヴェスター様ですね」

「シルヴェスター殿下は子供の頃コンラッド伯爵に救われたと聞いている。最近は会わない時期が続いたらしいが、それでもこうして足を運ばれているのだからそれも本意では無かったのだろう」

言外に二人の仲を推すつもりだと伝えれば、後方に立つブルーノの纏う空気が僅かに硬質な物になる。それで隠しているつもりだろうが、姿を見ていなくとも高位貴族として生きてきた俺にはその感情が容易く伝わってきた。

「このまま再び二人の関係が睦まじいものになれば、コンラッド伯爵は王配となられる」

「……ええ、」

「あなたが危惧していた事も起こらないだろう」

これが昨夜の答えだ。口ではコンラッドを止めてほしいと言いながら、その本心は違うのだろう？

お前は俺を、コンラッドを断罪するきっかけの足しにでも出来れば良いと考えていた。だがお前の〝期待〟に反し、俺は二人の仲を取り持つ行動に出た。司祭を手に掛けるという、糾弾すべき口実を態々仕込んでいたにも関わらず。それはお前の望む所では無かったのだろう。

それでも表面上はコンラッドを救いたいと宣ったその口では、俺の行動を咎める事も出来ない。

「あなたは主人思いの良い従者だ。きっとコンラッド伯爵の傍で今後も彼を支えていくのだろう」

俺はブルーノの方へ振り返り花瓶の側から離れると、空になったグラスを差し出す。

「……私のような身分の人間が今後もお傍に侍る事を許されるとは」

「そうは思わないが。信頼のおける従者に身を預けたいと思うのは当然だろう」

緩やかだった曲が徐々に激しさを増す。それまでの穏やかさを掻き消すような、複数の楽器が重なり合い作り出される荘厳な音。

この曲もいよいよクライマックスだろう。

「シルヴェスター殿下は寛大な方でいらっしゃる。従者の一人を王城に連れて行く事に否を唱えはしないだろう」

グラスを手放し身軽になった俺は、渡した空のグラスを手に持ったまま動きを止めているブルーノににこりと微笑み掛ける。貼り付けたような笑顔も取り繕った態度も気に食わなかったが、その目の奥に烟る怒りの感情だけは唯一好ましいと思えた。

最高潮の盛り上がりを見せた音楽もやがて終わりへ近付く。俺はブルーノに再び背を向けると、ダンスを終え息を整える二人へ歩み寄る。

「素晴らしいダンスでした」

「ユーリ」

二人の目がはっと見張られる。ブルーノに用意された服を纏い外見を整えてあるのでその為だろう。我ながら良い出来だと思う。トリスタンは自分が準備を手伝いたかったのにと悔しがるだろう。

「以前はよく二人で踊られていたのですか？」

「ああ、久々だったので足を何度か踏まれたが」

シルヴェスターの軽口にコンラッドがぱっと頬を染める。

「それは言わなくて良いじゃないか。シルヴェスターこそリードが下手になったんじゃないか？」

「仕方ないだろう、踊る相手がいなかったのだから。お前は俺に会おうとしなかっただろう」

「そ、れは今は関係ないでしょ。踊る相手なんて僕以外にも沢山いるんだから」

「いや、いない」

口喧嘩でも始まるかと思ったが、どうやら俺は惚気を見せられているらしい。元々シルヴェスターがコンラッドを好んでいる事は知っていたが、二人の様子を見るにコンラッドの方も憎からず思っている事が伝わって来た。

「先程も伝えたが、例えあなたが精霊の愛し子でなくとも私の想いは変わらない。まして私が共に踊りたいのはずっとただ一人だけだ」

そしてシルヴェスターは先程教会で話していた通りの内容を伝えたらしい。コンラッドの態度の軟化はその為だろう。こんな簡単な言葉だけでこの男を受け入れるのなら、〝シルヴェスターの近くにいられない何かしらの理由〟さえ無ければそもそもコンラッドも距離を取ろうとはしなかったのだろう。

「こうして再びコンラッドの手を取る事ができたのも貴殿のアドバイスのおかげだ。改めて礼を言う」

既にコンラッドとの関係を修復したつもりでいるシルヴェスターの言葉に内心呆れながらも、表には出さず微笑みかける。コンラッドが何故距離を取ったのか、その理由よりも今こうして彼が横に立っている事の方が彼に取っては大事なのだろう。この二人がどう和解するかも今となってはどうでも良い事だ。どうせすぐに意味の無い物になるのだから。

「身に余る光栄です」

「このまま暫くはコンラッドの屋敷に滞在するのだろう？　それならまた今度相談に乗ってほしい」

「……しかしシルヴェスター殿下は王都の方に戻られるのでは」

今日だって本来はこの屋敷に寄る予定は無かったはずだ。あくまで教会に祈りを捧げることを目的としてこの地に足を運んだはず。シルヴェスターの言葉ぶりでは、彼がこのままこの場所に残るかのようだ。そして内心を肯定するように、シルヴェスターの言葉が返される。

「ああ。今は政務も落ち着いているし、せっかくコンラッドとこうして会えたのだから今までの分も語り合おうかと」

「僕も話したい事があるから、シルヴェスターの申し出は願ってもない」

腰に手を回され引き寄せられたコンラッドの表情を見るに、シルヴェスターの態度は満更でも無いようだ。

「それに僕の方も君に相談したい事があるから、暫くは屋敷にいれば良い」

「そうですか、それではお言葉に甘えて」

コンラッドの相談したい内容とやらは察しがつく。必要無くなった地下の奴隷達の処遇についてだろう。下手に解放なんてすれば暴動が起きかねないうえ、シルヴェスターにその存在が知られる事になる。可能ならさっさとどこかへ売り払ってしまいたいのだろう。俺は商人という事になってるうえに奴隷としてトリスタンを連れている。奴隷を押し付ける相手として非常に都合が良い。

そもそもこの屋敷で俺とトリスタンの立場は微妙な状態だ。貴族を相手に断れるのは、同じ階級かそれ以上の貴族くらいなもの。

「しかしコンラッド伯爵、今宵のあなたはシルヴェスター殿下のもの。私と話されるよりお二人の時間を大切になさるべきかと」

俺の言葉に納得したのか、コンラッドはこくりと頷くと扉の近くに控えているブルーノに声を掛けた。

「一理ある。ブルーノ、ユーリを部屋まで送り届けるんだ」

「かしこまりました。ユーリ様、それではお部屋までご案内します」

来た道を辿るだけだ。ブルーノの案内が無くとも部屋へ戻る事くらい容易い。しかしこの場で断る理由も無いため、二人にこの場を辞する礼を簡単に取り別れの言葉を告げる。

「間も無く日を跨ぎます。良い夢を」

「ああ、ユーリも」

この会場に入った時と同様に、ブルーノによって扉を開かれる。華やかな会場から一歩外に出れば、シンと落ち着いた廊下によって現実へ引き戻された。

「では参りましょう」

「ああ」

ブルーノに促され一歩足を踏み進める。しかし不意に視界がぐらりと揺れ、不自然に身体から力が抜ける。揺れる視界の端で、ブルーノは至って冷静に俺の身体を抱きとめた。

「あなたの行くべき場所へ」

薄れゆく意識の中、そう呟いたブルーノの唇は冷酷な三日月を描いていた。

ざくざくと葉を踏み締める音に意識を取り戻す。ふわりと頬を撫でる風は冷たく、運ばれている場所が外だと分かる。

横抱きにされている為目を開け確認する事は出来ないが、この匂いには覚えがあった。教会から川へ向かう時に香った、近くに水辺がある故の独特なものだ。

与えられたドリンクに何かしらの薬が混ぜられている予想はしていた。だから一口含んだ後、グラスの中身は全て薔薇の花瓶の中に捨てたのだ。たった一口で僅かの時間とは言え気を失ったのは薬が強力な物であった事と、混ぜられたのがグレープフルーツに似たドリンクだった所為だろう。流石に寝たふりくらいはするつもりだったが、実際に意識を落とすとは思わなかった。

「いつも俺の邪魔をするあんたが悪いんだ」

起きている事がばれたのかと思ったが、どうやらブルーノの独り言らしい。普段の口調とは異なり崩れたそれこそ、繕わないブルーノの本当の姿なのだろう。何となく予想はついていたが、いつもと言うくらいだ、以前会った時も俺とトリスタンが彼の邪魔とやらをしたのだろう。

戦い方がトリスタンの剣筋とよく似ている事から恐らく出会ったのは戦場、年齢を考えると俺が初めてトリスタンを戦場に送り込んだ辺りだろう。あの時の戦は俺が指揮を取っていた。トリスタンだけでなく俺の姿を知っている様子を鑑みるにまず間違い無い。それなら彼が拾われ従者になったのも同じくらいの時期か。

「このまま屋敷に居座られるのは都合が悪い。あんたにはここで消えてもらう」

ギシ、と木を踏み締める音がする。しかしそれ以上に、水が流れる激しい音が近かった。固い木の板の上に寝かせられるが、その場所がただの床でない事は察せられた。木製で狭く固い床、激しい水の音、そしてブルーノの言葉。

船だ。平民が使うような粗末な船に寝かせられているらしい。それが何を意味するか分からないはずも無く。

「じゃあな」

ブォンと斧を振るような風を切る音が聞こえる。そして次に聞こえてきたのは、縄を切る不穏な音。その音と同時に、止まっていた船が水の流れに沿って動き出した。

遊園地のアトラクションなんて目じゃ無い勢いで船が流されて行く。ジェットコースターのように勢いよく吹き付ける水飛沫がひどく鬱陶しい。激しい揺れの所為で三半規管に異常をきたしそうな程に。岩にぶつかり転覆しそうに無い事さえ不幸中の幸いとも言えない。しかしこの先にあるのは滝だ。このままでは水に飲まれ確実に命を落とす。

——俺一人なら。

「トリスタン」

バシャリと激しい音を立て船の上に上がって来るのは、名前を呼んだ従者だ。勢い良く流される船の縁《へり》を掴んでおくなんて芸当、普通の人間なら不可能だろう。

「——ッゲホ、あんた、きちんと説明しておいてくださいよ！」

「だから書き置きを残しただろう」

「はーっ、ええ、読みましたとも。川に来いっていうクッソ適当な書き置きをね！」

その書き置きはトリスタンを風呂場に押し込んだ後、部屋を出る前に残した物だ。

そんな適当な書き置きでちゃんとここまで来るのだから、己の物ながら可愛い犬じゃないか。大方川辺で待っていたら気を失った俺がブルーノに運ばれており、その先には船があったから何をするつもりか察して船底に控えていたという所だろう。

「詳しい理由は後で話そう。この先にある滝をやり過ごしてからな」

この滝の高さはおよそ十メートル。建物三階程度と同じ。トリスタンなら俺を抱えて落ちても怪我をするくらいだろう。

問題は落ちた先だ。滝から落下した水は水底を跳ね上がり激しい渦を巻く。リサーキュレーションと呼ばれるそれに巻き込まれれば、落ちた人間が助かる確率は低くまず這い上がってこれない。

それならば、滝面に〝落ちなければ良い〟。

「時間が無い、早く耳を貸せトリスタン。いいか――」

狭くなった船から落とされないようトリスタンにしがみつきながらぐっと耳に唇を寄せる。俺の言葉にトリスタンはぎょっと目を見開くが、すぐに覚悟を決め船の縁を掴んでいない方の手で俺の身体を強く抱き締めた。

「はあっ、もう！　後で必ず全部話してもらいますからね！」

トリスタンの目は既に先を見据えていた。滝はもう目と鼻の先にある。俺はすぅっと大きく空気を吸うと息を止め、その瞬間に備えた。

船が勢いよく滝を滑り落ちるその瞬間、トリスタンは重力に逆らい船を〝蹴り飛ばした〟。

人一人を抱えているとは思えない飛距離に、今更ながらトリスタンの脚力を舐めていたのだと思い知る。頭を掌でガードされ、胸元に強く抱き締められる。浮遊感は不快だが水面へ落ちる事への不安は感じなかった。

滝面で船が大破する様を見ながら、来る衝撃に備え俺は今度こそ強く目を瞑る。

「────ッ！」

風船が破裂するような音を聞きながら激しい衝撃が全身を襲う。冷たさを感じる余裕も無く、水の勢いに飲まれる。しかし狙い通り滝面から離れる事に成功したのか水の勢いはあれど浮き上がれない程では無い。落ちた拍子に生まれた無数の空気の泡もしばらく時間が経てば視界が明瞭になり、水面と水底の区別が付くようになる。

「？」

それ故に、水底に眠る無数の石の中で、宝石のような輝きが混じっている事に気が付いた。しかしすぐにトリスタンによって身体が引っ張られ〝それ〟をじっくり確認する事は叶わなかった。

「つぷは」

「はあっ！　はーっ」

空気がうまいと感じたのは久々だ。水に濡れた所為ですっかり染め粉の落ちた髪を、トリスタンに掴まっていない方の手でかき上げる。

「そのつもりで命じたが、身体能力が飛び抜けすぎだろう」

転生して無双するのはトリスタンの方だったかもしれない。体力も運動神経も母親の腹の中に置いてきた俺とは大違いだ。

別にコンプレックスに感じている訳では無いが、自分がこれだけ動けるならそれこそ無敵になれるのにと思わなくも無い。

「どうした？」

「いえ、やはりあなたは銀色がよく似合うと思って」

「ああ、染料がすっかり落ちたからな」

「月の光が反射して――、どんな宝石より美しい」

油断した。本人に口説いているつもりが無いからこそタチが悪い。

外見を褒める言葉なんてこれまで飽きるほど浴びせられてきた。その裏に隠された権力に阿る下心を見つけるたび、その感情さえ利用し尽くしてきた。

だからこそトリスタンの何の飾り気もない本心からの言葉に、らしくもなく照れるのはしょうがない事だろう。月明かりのお陰で頬の赤みが伝わらないのは良かったと言うべきなのだ。熱を持つ己の頬に内心打ちのめされながら、身体を冷やす水が心地良く感じる。

「……まずは水から出ましょう。体温が下がる」

「ああ」

水を含み重くなった服が邪魔だったが、トリスタンに支えられ川から上がる。

「それで、理由を話してくれるんでしたね」

「ああ」

俺は服を絞り水気を抜くと、立ち上がり怪我の程度を確認する。普通なら奇跡としか言いようがないが目立った怪我はしていない。正直骨の一本くらいは覚悟していたが打撲さえ無いのは予想以上の結果だった。

「歩きながら説明をしよう。トリスタンは無事か？」

「お陰様で鍛えられているので。あなたが大人しくしていてくれたお陰で上手く着水出来ましたしね」

トリスタンはその言葉通りすっと立ち上がると、上半身の服を脱ぎ含んだ水を豪快に搾る。打撲痕は見られるが骨が折れている様子は無い。呼吸の状態から怪我を隠している訳でもなさそうだ。

「それでどこへ向かうんです？」

「〝本物〟のコンラッドに会いに」

俺の言葉にはっとトリスタンが息を呑む。

「本物、と言うと。ちょっと待ってください、あなた一体どこまで俺の知らない範囲を把握しているんです」

「把握も何もただの予想に過ぎない」

「それでも確信してるから行動を起こした、そうでしょう。だから俺を浴室に突っ込んでわざと一人になった、違いますか」

俺の性格をよく把握している犬を褒めるように微笑むと、俺は滝に近付く。

「祖母の遺品の中にこの国の地図があったんだが、古いものでな。今日司祭の部屋の本棚で見かけた最新の地図とは異なる点が幾つかあった」

そして気付いた点。俺たちがこの街に着き初めに通された門の近くの地下への階段。そしてコンラッドの屋敷。それから最後にこの教会の滝。この三箇所は地図で見ると一本の線で繋がる。地上の道はいくつもの建物が建っている為に道も曲がりくねっているが、地下なら一本道でも影響は無い。

「そしてこの滝の裏に――ああ、予想通りだ。見てみろ」

足を滑らせ落ちないよう気をつけながら滝の裏側を見る。水の勢いが強い所為で目をよく凝らさなければ気付けないが、流れ落ちる滝の後ろにうっすらと穴が見える。人が一人通れる程度のそれは、固い岩壁が人為的に掘られ作られたもの。縁石ほどの幅の足場を歩き穴へ到達すれば、奥は暗く何も見えなかった。火をつけられる物もないため、仕方なく壁に手をつき進む。

「ユーリ様、私が前を歩きます」

「いや、構わないからそのまま後ろをついて来い。明かりが見えるまで暇つぶしに話をしてやる」

仮説に過ぎないこの話を、どこから話すか悩んだ末、初めから、つまりトリスタンとブルーノが戦場で出会った辺りから話す事に決める。

ブルーノがコンラッドに拾われ、ノエルがコンラッドに成り代わり、本物は地下に監禁されているであろう事。それを確かめるため向かっている事。そしてブルーノが前世の話を持ち出したのは、俺が前世の記憶を持っていると向こうが気付いているからではないか、という事。

そしてブルーノが騙る前世の存在が、俺の友人であり、転生先が本物のコンラッドである可能性が高い事。

全てを話し終えるまでトリスタンは静かに話を聞いていた。そして俺が口を閉じたのを確認し、ふーっと深い息を吐いた。

「たった二日の間に、あなたはそれだけの事を考えていたのですか」

「仮説だがな」

「それでなんであなたがあの男に殺されなきゃならないんです」

「何故、か。邪魔だったからでは説明がつかないか？」

無言は肯定。これもまた想像に過ぎないが、あの男の中で信仰すべき対象は本物のコンラッドただ一人でなければならなかった。しかしそこに俺が再び現れた。ブルーノの信仰を揺るがす存在が。

「惹かれる以上に疎ましかったのだろうな」

そしてブルーノもまたこの国の人間である。俺の本当の髪色を知っているなら、心の根底では当然俺の事を愛し子と同等の存在だと思っただろう。

「それとももう一つ、コンラッド、ええとあなたの言うところの偽物の方。ややこしいですね、彼がシルヴェスターと距離を取った理由も分からないんですが」

「それは俺と真逆の理由だろうな」

「真逆？」

「そうだ。ん？」

ようやく明かりを感じ足を進めれば、見覚えのある空間に行き着く。俺たちがブルーノに勝ちコンラッドに案内された、屋敷に続く梯子が設置された空間だ。

「ここを上がるのですか」

「いいや、用があるのはこちらだな」

向かうのは闘技場に続く道。正確に言うと、その途中、指に引っ掛かりを感じた壁だ。

随所に絡繰が仕掛けられたこの地下施設の更に奥。コンラッドが隠されているならそこだと思っていた。再び片手を壁につきながら歩きを進めれば、予想通り同じ場所で指に引っ掛かりを感じる。

軽く壁を叩きながら、音が不意に高くなる場所を探り当てる。

「トリスタン、ここを蹴破ってくれ」

俺がそう言った次の瞬間には、既に壁が蹴破られていた。

「……これは」

そして予想通りというべきか、大きく会いた穴の先には広く広がる別空間が存在した。丁寧に整えられた高級ホテルのような室内に似つかわしくない硬質な印象の檻。そしてその奥にいる人影。こちらに背を向けている男こそ、本物のコンラッド＝ハミルトンだろう。

「コンラッド様」

俺が名前を呼べば、その人影は弾けるようにこちらを向いた。

「誰？」

「私はユーリ。あなたをこの牢獄から助けにまいりました」

「助けに……って、その面影、〝ななばら〟のユリシーズに激似なんですけど⁉」

俺の本名を叫ばれトリスタンに緊張が走る。俺は力の篭ったトリスタンの背を軽く叩き一歩前に進んだ。

それにしても何年もこんな場所に監禁されていた割には元気が有り余っているようだ。肌艶も悪くない。室内の様子は質の良い物で揃えられているし、地下と言えど明かりも広さも十分確保されている。恐らく与えられる食事もバランスが十分考えられていたのだろう。精神の安定具合は単純に本人の図太さ故なのだろうが。

「ここから出たいと思いませんか？　あなたを閉じ込め成り代わった偽物に一泡吹かせてやりたいと」

「んー、思わないかな」

黒髪の青年、コンラッドはぎし、とベッドを鳴らし手に持っていた本をぽいと投げると興味なさげにそう言った。この返答はある程度予想していた。同じ悪役として転生した俺だからこそ分かる。ゲームで必要以上に未来を知っていれば、壮惨な最期を迎えるくらいならどんな手を使ってでも訪れる未来を変えたいと願うもの。

〝ある程度の不自由〟なら受け入れられるほどに。

「それはあなたが破滅する未来を避ける為でしょうか」

「ん？　ブルーノから聞いたのかな、あのおしゃべりな駄犬」

ぺたぺたと音を鳴らしながらコンラッドが檻へ近付く。人前で裸足を晒す行為が恥ずべきものという常識は、この国でも同じだったはずだ。靴がないわけでもない。その証拠によく磨かれた革靴がベッドの脇で不揃いに脱ぎ捨てられている。

「でも推しの一人と激似の君、ユーリって言ったっけ。僕はここから出るつもりはないけど珍しい客人に気分が良いし、会話を楽しむぐらいはしても良いかな」

コンラッドは檻を抱き抱えるように腕を軽く組むと、血のように赤い目を細めにこりと微笑んだ。

実際に目にして分かった。本物のコンラッドは、シルヴェスターやブルーノから聞いていた印象とだいぶ異なる。これは俺と同じく〝悪役〟としてなるべくして生まれた存在。貴族として生まれ育ち、前世の記憶によって補強された悪役の器だ。代替品として作られたノエルとは似ても似つかない。

「では一つ。あなたはここから出るつもりが無いとおっしゃったが、それはシルヴェスター殿下があなたの偽物と婚約しても変わらない意思ですか？」

己が断罪される代替品に、ノエルは成り得ない。

その前提条件を覆した時、それでも笑っていられるはずが無い。

「なるほど、続けて」

そしてその反応は予想通りのものだった。その証拠に貼り付けられた笑顔は変わらなくとも、目の奥はこちらを見定めるようにギラリと鋭いものに変化した。

「シルヴェスター殿下と偽物の関係は良好で、このままではあなたの望む展開は起きません。しかし、あなたが地上に戻り〝本物の〟コンラッド＝ハミルトンだと明かしてもらえるのなら、私は彼の断罪イベントに手を貸すつもりです」

「具体的に何をするつもりなのか、興味があるかな」

「——偽物のコンラッドを、愛し子の座から引き摺り下ろします」

ここから先の予想は、恐らくブルーノが意図的にあなたへ明かさなかった事。

「彼……ノエルは、愛し子としての資格を失っている」

俺の言葉にコンラッドは、今度こそ目を見開いた。

愛し子としての資格を失っている。その言葉の意味があなたなら分かるだろう。そしてブルーノがその事実を隠していた事の意味も。

「なるほど、そういうこと。気が変わったよ、ここから出してほしいかな」

檻からすっと遠ざかり顔を伏せている所為で、コンラッドの表情は読み取れない。しかし飼い犬に手を噛まれる事ほど気に食わないものもない。内心腸《はらわた》が煮え繰り返っているはずだ。主人を欺いた罰はきちんと与えなければならない。

「しかしユーリ様、この檻は流石に私でも破れませんが」

「そこは心配ない。ちゃんとブルーノから〝借りて〟いるからな」

トリスタンの言葉に頷き、己の懐に手を伸ばす。取り出したのはアンティークなデザインの鍵だった。パーティ会場でブルーノが腑抜けている隙にこっそり拝借した物だ。大切な物は肌身離さず持っているタイプだと思っていたので予想が当たり嬉しい限り。

手にした鍵を鍵穴に差し込めば、カチリと音を鳴らしそれは期待通り外れた。

「それとコンラッド様、あなたにもう一つお話が」

「何かな？」

「地下施設の奴隷たちについてです」

偽物が王家転覆のために集めた奴隷たち。しかし今の時点で彼らの所有権はあくまでコンラッド＝ハミルトンに存在する。断罪イベントの後、ブルーノがやけを起こす可能性も有り得る。その可能性を潰す事と、もう一つ。

「彼らを私に売っていただきたい」

俺の言葉に、コンラッドの眉根が僅かに寄せられる。

「彼らをどうするつもり？」

「あなたに彼らは必要無いでしょう、では私に売ろうと問題無いはずです」

「答えになってないかな。では質問を変えよう、何か悪い事を考えている？」

「いいえ、ただ私も〝この国の人間〟になりたいだけですよ」

それだけ言えば十分だろう。

何も俺は権力を簒奪するための勢力を得たいと思っているわけでは無い。そしてその思いは伝わったのだろう。彼は足についた砂を払うと、放り投げていた靴を履き檻から一歩足を踏み出した。

「いいよ。君の考えてる事、好きにしたら良い。とんでもなく美しく僕好みの顔をしてる君が何をするのかすっごく興味がある」

「では取引成立という事で。あと少し付き合ってもらいましょう」

もう一つの目的は闘技場で出会った、顔に傷のある大柄な男。

俺の予想が正しければ、あの男は商品を見定める為にこの地下施設へ潜り込んだ奴隷商人だ。その男と商談を付けに行く。なんせ俺は商人としてこの街に入ったのだから。商人らしく商いをしようじゃないか。

道を進めば相変わらず闘技場の周りの喧騒が聞こえてくる。周りの男たちの視線が闘技場に向いている隙に扉から出ようとすると、不意にコンラッドから声を掛けられた。

「ユーリ君」

「はい？」

バサリと投げ渡されたのは質素なローブだ。

「その頭はここでは目立つから」

檻から出る際持ち出していたのだろう。俺は有り難くそれを借り、顔が隠れるようフードを深く被る。トリスタンの顔は先日のブルーノとの戦いを覚えられている可能性がある為置いて行く。

目的の男はすぐに見つかった。二日前と同じ場所で観戦を楽しんでいるらしい。一際盛り上がりを見せながら硬貨を中央に向かって投げ入れている。特徴的な見た目で助かった。そのおかげで随分容易く見つける事が出来た。

「バートランド」

「あん？」

ビンゴだ。予想した名を呼ぶと、男は怪訝な表情を浮かべこちらを見やる。これは〝王宮の花〟のファンブックで知った情報だが、アンブローズは五人兄弟の三番目に産まれ、二人の兄がいる。長男は家督を継ぎ結婚しているが、二番目の兄、バートランドは商人に憧れ家を出る。そしてあらゆる国を転々と周っている、という情報が記されていた。簡単なラフ画もファンブックに載っており、その外見と男の特徴が一致していた。序でに言うと、バートランドは根っからの博打好きで実家にいた頃も長男によく叱られていたとされている。

「お前なんだ？」

「先日はどうも、貸しを返してもらいに来ました」

「貸しだと」

忘れたとは言わせない。何の為にあの時一人勝ちさせる為に声を掛けたと思っているのか。フードをそっとずらせば、男は俺の顔に思い至ったのか目を大きく見開いた。大きな声を上げなかったのは褒めてやろう。

「あんた、あん時の嬢ちゃんか？　何でまたここに？」

「あなたに会いに来たと言えば納得しますか？」

男は豪快な笑みを止め、すっと表情を無くした。バートランドに会いに来た。この単語の意味するところ。それはつまりバートランドが商人だと知った上で話を持ってきたという事。

「なるほど儲け話か」

バートランドは顎をくいっとやると、比較的人のいない場所を選び背中を壁に付けた。俺もその横に立つと、話を待つ隣の男へ説明するべく口を開く。

「コンラッド様に話をつけ、ここの奴隷たちの所有権を譲り受けました」

「悪い冗談だ。いくら顔が可愛くとも言っちゃぁならねぇ類のな」

「冗談だと決めつけるのは感心しません、商機を逃すのは賢いと言えない」

俺は首から下げていた物を取り出すと、すっとバートランドに差し出した。華奢なチェーンのネックレスの先には紋章の彫られた指輪が掛かっている。濁りの無い銀色をしたそれを、この男が商人であるなら何を示すか分からない筈がない。

「印章か？　待て、これはブランドンの所の」

実は、精霊石を返却され五番地区へ向かう前、あの時馬車を引き返したブランドンは屋敷を再度訪れた。時間も無かった為軽く話した程度だが、その際これを預かったのだ。当人は答えに時間が欲しいと言っていたが、その決断は早かった。

王家との商売を止め、他国をメインに商いを行う決断だ。例え王家とのコネクションを失うことになろうと、ブランドンは商人としてのプライドを選んだ。

俺が仮に他国に逃げようと、その先でも交流を持つという証。ブランドンの持つ本物の印章とはサイズが異なる為実際文書に使える訳ではないが、身分を示すには十分だ。

「なるほど、ブランドンのお得意様か。それで何を望む？」

「あなたにここの奴隷たちを売りたい。そして代わりにこの国の戸籍を用意してほしい」

元々この中の何人かは仕入れるつもりでこの場所に留まっていたのだろう。商品の数が〝多少〟増えるくらい構わない筈だ。挑むようにバートランドの目を見据えれば、彼はおもちゃを見つけた子供のような表情でにやりと笑った。

「いいぜ、これでも人を見る目はある方だ。あんたとは良い関係を築いておいた方が儲かりそうだ」

差し出された手を取り握手を交わす。首尾は上々。詳細な取り決めはもう一仕事終えてからだ。偽物のコンラッドの立場を、地に落としてから。

バートランドとその後いくつか会話を交わしてから、トリスタンの元へ戻ると不満そうな表情を隠そうともしない従者の姿があった。大した距離じゃないとは言え、こんな場所だ。何があるとも限らない。数日前にはゴードンに攫われ、先程はブルーノに睡眠薬を盛られ殺されかけた。本当なら片時も離れたく無いのだろう。

「しょうがないだろう？　お前は先日の事があって目立つ上、ローブはこれ一着しか無いのだから」

「ええ、分かっていますとも。だから何も言ってないでしょう」

「顔が言ってるんだがなぁ」

俺は溜息を吐くとトリスタンの胸倉を掴みぐっと引き寄せる。

「！」

ちゅ、と軽い口付けをし、唇を柔らかく食んでから胸倉を解放する。待てが出来た犬へのご褒美は全てが片付いてからだ。

「待て、だ。出来るなトリスタン」

「……は、い」

引き寄せたせいで皺になったシャツの胸元を整え元の道へ戻ろうとする。その際コンラッドに興味深そうな視線を向けられたが敢えて無視する。わざわざ説明する程、コンラッドも俺たちの関係性に興味は持っていないだろう。夜明けを迎える前にもう一箇所向かいたい場所がある。この場でのんびり時間を潰すほど暇では無い。向かう場所はコンラッドの屋敷では無く、滝裏の出口の方だ。教会へ行く。

この数日で思ったのは、やはり俺に平民暮らしは合わないという事。必要なのは、貴族と同等の権力。他者から軽んじられず、行動を縛られず、それなりの暮らしが出来る立場。どうせこの国に俺の事を知る人間はいないのだから、好き勝手しても構わないだろう。この国の信仰に則って、愛し子とやらにでもなってやる。どうせ愛し子の立場はこれから空席になるのだから。

◇　◇　◇

「あなたは今日からハミルトン家の一員となりなさい」

そう言って笑いかけられたその笑顔を、僕はきっと一生忘れない。

粗末な服も、味の薄い食事も当時は気にならなかった。だって教会の孤児は皆そうだったし、それが僕にとって普通だったから。僕が育ててもらったように、いつかこの場所から離れても今度は僕が教会に恩を返すことになるんだろうって思っていた。教会に縛られる人生。僕がブルーノと名乗る従者の人に引き取られるまでは、そんな考え方なんてしなかった。この先稼いだお金が教会の子供たちの為に使われても、それまで僕が与えられる側だったから当然だと思っていた。

でも彼はそんな考え方を真っ向から否定した。恩を与えられたから、同じだけ返さなきゃいけないのか。自分の人生なのに、その為だけに生きる必要があるのか。そんな事、教会では言われなかった。与えられたら同じだけ返さないと。自分の欲の為だけに生きるのはいけない事だと教わった。

だから最初はおかしいって思った。ブルーノの言葉も否定した。でもいつしか、綺麗な服に綺麗な家、そして美味しい料理やお菓子が当たり前のように与えられるようになって。勉強より楽しい遊びがあると教わって。自分が周りの人間の誰よりも強い立場の人間になって、搾取されるだけの人生を初めて自分から否定した。そうしたらブルーノは良い子だって褒めてくれた。そのままどんどん欲深くなれば良いって頭を撫でてくれた。コンラッド様の立場を奪った時も、ブルーノはにこりと微笑んで褒めてくれたんだ。あの人のご主人様なのに、怒らなかったってことは、ブルーノはコンラッド様が大切じゃなかったんだと思う。

あの人は僕のやる事を全て肯定してくれる。だから何をしても、何を求めても許されると思っていた。愛し子として生きて、王子様の婚約者になって、僕がコンラッド様として生きていく。

でも本当は少し寂しかったんだ。誰も僕の名前を呼んでくれないから。ブルーノだってずっと、僕をノエルって本当の名前では呼んではくれなかった。

「コンラッド＝ハミルトン伯爵、貴殿には身分を偽っている疑いが掛けられている」

名前を呼んで欲しいと思った。贅沢に好き勝手生きてきた僕がそう望んだ事も、罪だったのかもしれない。聞こえるはずもない破滅の音は、すぐそこまでやって来ていた。

◇　◇　◇

教会には、聖騎士と呼ばれる者がいる。

神事の際の護衛や見回り、そして精霊、愛し子に関する事件の時に駆り出される教会所属の騎士を指す。銀色の鎧と青い柄の剣は聖騎士の証。そしてその佇まいは凛と美しく尊敬に値する。この国の多くの人間が憧れを抱く存在だ。今回のように愛し子を騙る罪の場合も当然彼らが駆り出される。

コンラッドの屋敷を訪問したのは聖騎士だ。そして査問会議の為、被疑者、この場合コンラッドの身柄は教会に委ねられる。聖騎士と司祭らの人数を合わせると通された応接間は些か狭苦しい。ソファに腰掛けている、この場で一番身分の高い聖騎士と司祭以外は部屋の端に立っている為圧迫感も一入だ。そしてその圧迫感の中、対面する一人掛けのソファにコンラッドが座り、その背後を守るようにブルーノが立っている。

机の上には少し冷めた紅茶の入ったカップが三つ。ソファに座る三名の分だ。

「何の罪だって？　おかしな事を言う」

腕を組み顎をくいと上げる一見高飛車な態度も、僅かに緊張に震える指先や平生より開いた瞳孔が彼の心の内を隠しきれずにいる。罪を暴かれる時が来たのだと自分でも分かっているのだろう。

そして今裁かれるべき罪とは貴族であるコンラッドを騙った罪では〝無い〟。そう、さもなければ聖騎士が動くはずもなく。

「コンラッド様、あなたは数年前までは教会に祈りを捧げ禊も行ってくれた。しかしある日を境にピタリと足を運ばなくなりましたね」

「祈りなんてどこでも捧げられる。それに愛し子である僕にそんな事必要ないと気付いただけだよ」

「ええ、私たちもあなたの言葉が真実だと信じたい。しかしその為に確かめなければならない」

「確かめる？」

「あなたが依然として精霊より加護を賜っているかを」

コンラッドの罪、それは愛し子を騙っている事。お前のその薄紅色の髪は、果たして本物なのか？

それを確かめる為、彼らはここに来た。禊をかつて行っていたのなら、最初は確かに薄紅色の髪が本物だったのだろう。精霊の加護とやらも与えられていたに違いない。気になったのは、シルヴェスターが言われた〝祈る必要が無くなった〟という言葉。これは加護を失い、愛し子として祈る必要が無くなったという意味だったのではないか。そしてしないのではなく出来なかった。

先日の司祭のように禊は必ず清らかな水場で行われる。俺と同じようにその髪色を染料で誤魔化しているのなら、当然水は天敵だ。滝から落ちた俺の髪は染料が落ち、本来の姿を取り戻している。司祭と同じローブを纏い付属のフードで顔の半分ほどを覆っている為この場で隠されてはいるが。

「はは、それで君たちはどうするつもり。この場で僕に水でも浴びせてみる？」

その言葉に司祭は眉根を寄せ、苦しみを耐えるような表情を浮かべた。

「コンラッド様、何故水をかける事が精霊の加護を確かめる方法だと思ったのです」

「え？」

そう。その髪色が偽物だと指摘した者はこの場にいない。にも関わらず第一にその言葉が出てきたのは、本人が自白しているようなものだ。己の失言に気が付いたのだろう。司祭に対面するその顔色がさっと青くなる。

「ああ、この国を守護する我らが精霊よ。この者の罪を許したまえ」

司祭は両手で頭を抱えると、悔やむように上半身を丸めた。表情は見えないが小刻みに揺れる背中が彼の感情を何より物語っている。その姿が年齢以上に老いて見えるのは、髪に混じった白色の所為だけでは無いだろう。司祭は暫くその姿勢でいたが、緩慢な仕草で姿勢を伸ばすと聖騎士に視線を向けた。

「聖騎士様、どうか始めてください」

「承知した」

司祭の目には既に決意が込められている。先程までの弱々しさは既に無い。その言葉に反応するように後ろに控えていた二人の聖騎士は、それぞれ手にしていた平たい杯と瓶を机の上にことりと置いた。カップはいつの間にか机の端へ寄せられている。

「聖杯と聖水です。あなたは正確にはまだこの国の愛し子として認められていない」

「は？」

司祭の言葉に怪訝な声を上げる。その反応も無理は無い。髪色は愛し子の証。誰が何と言おうと揺るがない事実だ。司祭と言えどその権利に口出しする事は出来ない。

「その為の儀式があると伝える前に教会から離れた為存じ上げなかったのでしょう」

「薄紅色の髪を持つ愛し子は、金と銀の色を持つ二人の愛し子の前で聖杯に注がれた聖水を被り認められなければならない」

もたれていた壁から背を浮かせ、一歩前へ出る。俺の声に反応したのはブルーノだった。当然だろう、先程始末したはずの人間の声が聞こえたのだから。

「知らなかったでしょう」

俺はソファの横に立つと、そっとフードに手を掛け後ろへ下ろした。

「……ユーリ？」

「そんな顔をなさらないでください。隠していたのはお互い様でしょう？」

短くなった銀髪は、この国で言うところの愛し子の証。何の変哲もない茶髪の商人だったはずの客人が、銀髪になり聖騎士や司祭と共にいるとなれば驚くのも無理は無い。兵士が持ってきた髪の出所が、まさか俺自身だったとは思いもよらなかったに違いない。今更自分とシルヴェスター以外の愛し子に出しゃばられても邪魔なだけ。見つかり次第始末する予定だったのだろう。

黄色い目を大きく見開くその顔が哀れで、ふんわりと優しく微笑みかける。教会で見かけた精霊像の如く慈悲深く、そして慈愛に満ちたように。

そもそも髪を染め愛し子のフリをする罪人は彼が初めてでは無い。教会の記録にも残っているが、数十年前に一度起きた事でそれ以来必ずこの儀式を行う事が決まった。表向きは聖なる儀式だが、本来の意図は髪が染められていないか確かめる為にある。問題が起きた当時は身体に有害な物質を含んだ染料しか無く、その染料で髪を染めていた愛し子は短命だった。その身を偽っていたのは死後その身を清める際発覚した事だ。当然その出来事は重罪だがそれ以上に、同じような考えで命を粗末にする人間が現れないよう。

そもそもこの国の人間は、精霊信仰に篤くまず髪色を偽ろうなんて考えに至らない。彼が今回その考えに至ったのは、前世の記憶を持つコンラッドの思考に刺激を受けたからだろう。

「さあ、この場には三人揃うことが出来る。シルヴェスター殿下をお呼びしましょう」

そして彼が加護を失ったのは、愛し子に足る人間では無くなったからでは無いか。シルヴェスター殿下の金髪や俺の銀髪は、そもそもが遺伝であり精霊の加護とは関係無い。それでも国が愛し子と定めているのは、あくまで王家が権力を持つ為。王家と薄紅色の髪を持つ〝本物の愛し子〟。そしてその両者のバランスを取る為だけに、一つの貴族家に独立した権力を与えた。

その権力を与えられた一族こそ、俺の祖母の生家である。

戦争を休戦する為嫁いではいるが、祖母の生まれはこの国だ。王家に嫁いだ祖母はしかし直ぐに臣下へ下賜される事となる。その所為で戦争は未だ小競り合いを続けているが、今は置いておこう。その与えられた臣下こそ俺の二代前のアディンソン公爵だ。つまりこの国の血を、俺もまた引いている。この国の定める精霊の愛し子の血とやらを。

「シルヴェスター殿下をお連れしました」

そう告げたのはいつの間にかこの部屋を出ていたブルーノだった。裏切りにも等しいその行動に、目の前の彼の目がはっと大きく開かれる。音も無くその唇が小さくどうしてと呟いた。

信じていた犬に裏切られる事ほど、屈辱は無いだろう。

「……ブルーノッ！」

「良いではありませんか、どのみち必要な儀式ならこの場で済ませてしまいましょう」

疚《やま》しい事など無いのでしょう。

にこりと微笑を浮かべるその顔はいつもと変わらない。ブルーノの目的は断罪イベントを遂行する事。今の言葉から推察するに、ノエルはブルーノにも髪色が変わっている事は話していなかったのだろう。ブルーノは表向き、知らない上でシルヴェスターを連れてきたという事になる。

そして俺の殺害を失敗した以上、この断罪イベントが終わった後次に裁かれるのはブルーノだと彼自身は考えている。それでもブルーノが余裕を構えていられるのは、コンラッドの憂いを晴らせるからか。その身を犠牲にしてでも成し遂げるつもりだな。その自己犠牲の精神は、行動する当人ならさぞかし気分が良いだろう。

だがそうはさせない。気分良く幕を閉じさせてやるほど俺は生温く無い。

「さあ、儀式を」

司祭はゆっくり立ち上がると、瓶の中の水を杯へ移し替える。そして八割程度満たす量を注ぐと、その杯をシルヴェスターへと手渡した。無言のまま渡されたそれを両手で支えるシルヴェスターに、ノエルは瞳を揺らした。

「シ、ルヴェスター」

「……」

縋るような視線を向けられたシルヴェスターは変わらず無言を貫いている。しかしその両手がゆっくりと掲げられ、ノエルは来る衝撃に堪えるようにぎゅっと目を閉じた。

「……？」

しかしその衝撃はいつまで経っても訪れなかった。

「え？」

そしてガランと音を鳴らし、シルヴェスターの両手から杯が落とされた。注がれていた聖水がその拍子に絨毯へ大きくシミを作る。

「どういうつもりです？」

聖騎士の声にシルヴェスターは答えない。しかし不意に無言を決めていたシルヴェスターの身体が動き、震えるノエルの身体を強く抱きしめた。

「愛し子でなくとも私の想いは変わらないと、昨晩そう伝えたはずだ」

シルヴェスターの腕の中で強く抱きしめられるノエルの目が見開かれる。そして次の瞬間ぼろりと大粒の涙が彼の目からこぼれ落ちた。

「な、んで？　愛し子じゃなければ、ッく、シルヴェスターと結婚、出来ないのに」

「あなたが私を救ってくれたように、今度は私があなたを救いたい。あなたが手に入らないなら継承権だって返上して構わない」

「！」

その言葉に感激したノエルの腕が、ゆっくりとシルヴェスターの背に回される。恐る恐ると言った様子は健気で、シルヴェスターの決心はより強いものとなった。シルヴェスター、あんたならその行動を選択すると思っていた。

「シルヴェスター殿下、本当によろしいのですか？」

「ユーリ、私は心のままに生きると決めた。止めてくれるな。それにいくら聖水と言えど晒し者のようにこの場で彼に水を掛けるなど私には出来ない」

強い意志を目に煌めかせるシルヴェスターは相変わらずその腕にノエルを抱いている。青く澄んだ大空の様な瞳は、彼自身の精神そのものを表しているかのようだ。美しいと言うに足るその目を濁らせるのは、ほんの僅かな罪悪感を抱かない事も無い。そう心にも無い事を思いながら、俺はそっと二人へ距離を詰めた。

「あなたを救った、真に愛するべき相手が彼でないと言っても？」

「ユーリ、貴殿は一体何を言いたい？」

俺の言葉にシルヴェスターが怪訝そうに目を細める。

「言葉のままの意味です。ねえ、コンラッド様」

「何を」

「うん、そうだね」

司祭や俺と同じローブを纏い壁際に立っていた影が一人こちらへ近付いてくる。シルヴェスターはその声の主が誰か分からないだろう。彼が地下に閉じ込められ何年も経過している。その間に当然声変わりは終えているし、身長も伸び体格も変わっている。そして何より、シルヴェスターは彼に初めて出会ってから、その姿を一度も見たことが無いのだから。

ゆっくりと彼の右手が上げられ、フードを下ろす。その先にある姿に息を呑んだのは、シルヴェスターではなくノエルの方だった。

「殿下、初めてお会いした日の事は今でも鮮明に思い出せます」

黒い髪に少し吊り目気味の目元。見覚えの無い彼の言葉にシルヴェスターは困惑の表情を浮かべる。

「乗合馬車に乗りこの街へ辿り着いたあなたは食べ物を買うお金を持たず、たまたまお忍びで街を歩いていた僕と会いました」

「何？」

「僕は食べ慣れてましたが、あなたに肉屋の串焼きが口に合うか本当はどきどきしていたんですよ」

にこりと微笑めばきつい印象を与える目元がふっと緩む。皮肉な笑みが似合う薄い唇も、今は柔らかく弧を描いている。何故そんな優しい表情を向けるのかシルヴェスターに心当たりは無かった。コンラッドのその言葉を聞くまでは。街で初めて会った。お忍び。そして当人たちしか知らないはずの、初めて口にした串焼きの話。ここまで言われてその意味が気付けないほど、シルヴェスターは鈍感じゃない。

「それともあなたには、そんな記憶どうでも良かったんでしょうか」

「君、は、コンラッド？　でも、じゃあ彼は一体」

身体を小刻みに振るわせ、怯えた表情でノエルから距離を取る。ノエルはそのシルヴェスターの様子に僅かに傷ついた顔をすると、小さく頭を振り、きっとコンラッドを睨みつけた。睨み付けられたコンラッドの方は相変わらず慈愛めいた笑みを崩さずにいる。

「君は誰かな？　シルヴェスターを混乱させるような事は言って欲しくない」

「ノエル、君が僕を知らないはずがないよね。僕は何年も君の手で地下に閉じ込められていたんだから」

「ノエル？　そんな名前は知らないよ。僕こそがコンラッド＝ハミルトン、この街を治める伯爵だ」

シルヴェスター、あんたは二人の会話を聞いた上でまだノエルを庇う事が出来るか？

自分を救い愛を誓った相手が成り代わり、全くの別人になっていたとして。そしてその答えを考えるだけの時間を、この場にいる誰も与えはしないだろう。聖騎士と司祭らは愛し子の偽物としてノエルを捕まえに来ている。すぐにでも教会へ連れて帰りたいはずだ。ただ初めて出会った頃の思い出より、成り代わった後のノエルを愛すると言うならそれを俺たちは止められない。だがあんたはそうじゃないだろう。救いの手は、ノエルには伸ばされない。シルヴェスターの手は、彼の横で強く握り拳を作られたままだ。

「コンラッド、お願いだ」

「シルヴェスター？」

「……私が救われた、君が言ってくれたあの時の言葉をもう一度口にしてくれないか」

「僕を疑うの？」

「いいや、信じたい。だからこそ証明してくれ、私に君を信じさせてほしい」

苦渋に満ちた声だった。シルヴェスターだってこんな事を聞きたく無いだろう。しかし確かめる為に必要な事だ。これまで信じていた全てが嘘だったのだと認めるには、ノエルと共にいた時間はあまりに長過ぎる。そしてそれが事実なら、そんな嘘を見抜けなかった己をシルヴェスターは責めるだろう。

「あ……」

「言えない、か」

「ち、違う！　ちょっと思い出せないだけ、だってそんな事より誓ってくれたじゃないか。僕が何者でも思いは変わらないって、昨晩も一緒に踊って」

ノエルの言葉にシルヴェスターの視線が逸らされる。結論は出たらしい。三人の成り行きを眺めていた俺は、そっと口を開いた。

「シルヴェスター殿下、彼はあなたの想うコンラッド様ではありません。愛し子を騙り、身分を偽る罪人です」

「ッ、お前は何を！」

その言葉に逆上したノエルはばっと手を振り上げるが、その手は俺の頬へ振り下ろされる前にトリスタンによって止められる。

「我が主人に手をあげる事は許しません」

「お前、トリスタン。くそ、ブルーノ！　何をしてるの、早くこの手を外させて！」

ノエルの言葉に、しかしブルーノは動かない。当然だ。ブルーノの本来の主はコンラッドだ。この場でノエルの為に動く理由は無い。その証拠にブルーノはその場から一歩も動く事なく、困った様に眉を下げこちらへ微笑んだ。しかしその目は、待ち望んだ展開が繰り広げられている事への喜びに満ちていた。

ああ、駄目じゃないか。隠しているつもりだろうが、そんな目をしていれば気付く者がいるかもしれない。このままお前の望む様に幕を閉じたいのなら、最後まで油断は禁物だ。

「コンラッド様、いいえ、ノエル。潮時ではありませんか」

「お前、裏切るのか？」

「こうなってしまえば、これ以上の言い訳は無意味。私もあなたも償う時が来ただけの事」

白々しい演技だが、ノエルにとってその言葉は死刑宣告にも等しいだろう。信じていた従者から突き放されたのだから。この場に味方はいない。罪は全て明るみになった。持つべき役割を果たした以上、この場から退場願おうか。

俺たちにはまだやる事があるのだから。

「話はまとまったようだ。聖騎士殿、彼を教会へ」

「止めて、僕は悪くない！　ブルーノッ、恨むからな！　クソ野郎、裏切った事を必ず後悔させてやる！」

罵声を浴びせるノエルの肩を鎧に覆われた聖騎士の腕が掴む。壁際に立っていた他の聖騎士たちに囲まれたノエルは拘束されると部屋から押し出された。その間俺たちを睨むノエルの目は、憎しみにギラギラと鈍く輝いていた。

この場に残されたのは俺とトリスタン、コンラッド、シルヴェスター、そしてブルーノだ。この部屋にいたほとんどの人間はノエルと共に外へ出て行った。

沈黙が訪れた室内で最初に言葉を発したのはブルーノだった。

「私は何故囚われていないのでしょうか」

隠しきれない困惑とその中に潜む僅かな期待に、俺は抑えきれない失笑を思わずこぼした。ブルーノの内心は容易に想像出来る。ノエルの側に着きコンラッドを地下へ幽閉したブルーノだが、この場で捕縛されなかったという事はその罪を許されたと思ったのだろう。ほんの僅かな期待は、再びコンラッドのそばに侍る事が叶うかもしれないと考えたから。しかしその儚い期待を否定したのは他でも無くコンラッド自身だった。

「だって君はもう関係無いから」

「え、」

困惑よりも理解出来ないとでも言うような声だった。いや、むしろ理解したくなかったのだろう。

「教会には被害者である僕の意思を尊重してもらったよ。今後一切僕らに関わらない事を条件に罪を無かった事にしてもらえる。よかったね、晴れて君は僕にとって何者でも無い」

「ま、ってください、何をおっしゃっているのか」

ブルーノの言葉が震える。

コンラッドの従者として生きる事。それこそブルーノの存在意義。ノエルと共に断罪されなければ彼の自己犠牲は成り立たない。そしてかつてのようにコンラッドの隣で従者として生きる事も叶わなければ、それはもうブルーノにとって生きる意味を失う事と等しい。お前にとっての断罪とは、コンラッドの為に生きる事も死ぬ事も出来なくなる事。でも覚悟の上でコンラッドを裏切ったのだからしょうがないだろう。

「だって、私はじゃあ、何の為にあなたを」

「さあ？　もうどうでも良いでしょ。それに僕はシルヴェスター殿下の隣で生きていくから」

突然名前を出されたシルヴェスターは、呆然としていた表情をはっと引き締めた。

「それはどういう」

「だってノエルじゃなく僕を選んでくれたのでしょう」

そっとシルヴェスターに近寄ると、コンラッドは強く握りしめられた拳を手のひらで優しく包み込んだ。その行動にシルヴェスターとブルーノの目が困惑に揺れる。

「私を許してくれるのか……嘘を見破れなかった愚かな私を」

「怒ってないから。必要なのはこれからどうするかでしょう、君は昔から肩に力が入り過ぎなんだよ」

──少しは力を抜かないと、ずっと気を張ってたら疲れるでしょう。僕の前では楽にして良いよ、二人だけの秘密！


「あ……」

「そう、覚えてるよ。僕が君に初めて会った時、君に言った言葉」

その言葉こそコンラッドが初めて出会った相手だと証明するもの。先程聞く事が叶わなかった、大切な言葉だ。シルヴェスターはふっと肩から力を抜くと、握りしめていた拳をゆっくり開いた。

そんなシルヴェスターの姿に微笑むと、コンラッドは優しく彼の背に腕を回し抱き締める。

「愛し子じゃないけど、それでも愛してくれるんでしょう」

「コンラッド……！」

涙交じりの声で名前を呼ぶ。己より小柄な背に腕を回すと、その存在を確かめるように強くその身体を抱き締めた。


その一連の流れを見せつけられたブルーノは呆然とその場に立ち竦んでいた。入り込む余地のない二人の様子は彼の予想と大きく異なっていたのだろう。

「どうして」

「どうして許せるのか、か？　それはコンラッドにしか分からないが言える事は一つだな。お前はこの場に必要無い」

ブルーノの呟きに答えれば、返答が気に入らなかったのかこちらをぎっと睨み付けられる。

「おかしいだろう！　シルヴェスターは許されて俺が許されない理由はなんだ⁉」

一人称を取り繕う余裕も無いのだろう。唾を飛ばし必死の形相で叫ぶ姿は普段のブルーノの姿からかけ離れている。

それにしてもブルーノが許されなかった理由か。愚問だな。

「お前は従者だったのだろう」

「ああ、そうだ！　あの方の為になんだって出来た！」

「裏切る事も？」

「それだってノエルをすげ替えるには必要だった。仕方なかったんだ！」

「愚かだな」

ブルーノは失敗した。本当にコンラッドの為を思い動くのなら、ノエルが愛し子の資格を失っている事を隠すべきじゃなかった。地下へ閉じ込められた理由をコンラッドが分からなかった筈がない。自分を思っての裏切りなら、それは許されただろう。裁くべき罪を知っていながら意図的に隠していた。それはコンラッドにとって許し難い行為だった。彼が従者としての資格を失ったのは、期待したからだ。シルヴェスターの代わりにコンラッドを手に入れたいと。ノエルが断罪された事実を知らせないまま、地下で一人閉じ込められたコンラッドを騙し自分のものにする事を夢想した。飼い犬だと思っていたブルーノに手を噛まれたのは、ノエルだけではなかったという事だ。その失敗はコンラッドに〝関係無い〟と言わしめる程の事だった。

「後悔すべきは自分の選択だろう。求めるのなら別の手段を探すべきだった」

俺は横に立っていたトリスタンに手を伸ばすと、その首元に両腕を回しぐいっと引き寄せる。

「ッ！」

「は、」

俺にだけ無防備な口元へ噛み付く。そしてブルーノに視線をチラリと向けてから、見せつけるようにそっと唇を舐める。俺の意図を察し唇を開いたトリスタンの頭を撫でながら、俺は口内に舌を差し込んだ。

「ふ、っ」

「ッ、ユーリ様」

舌が絡み合う水音が卑猥に響く。大切なものを失ったブルーノにしてみれば、こうして目の前で見せつけられる行為は耐えられないだろう。

「あ……あああぁ！」

予想通り発狂し飛び掛かってきたブルーノをトリスタンは軽くいなすと、その首元に手刀を落とした。どさりと音を立て身体が地面に倒れ伏す。意識を失ったブルーノの目元から、一粒だけぽろりと涙が落ちた。

憐れみを誘うその姿に何の感慨も抱かないまま、興味を失った俺はそっと目を閉じた。

◇　◇　◇

「それにしても大した手腕だったよ」

賞賛の言葉を向けてきた相手は、皿に盛り付けられたクッキーを三枚重ね指で摘むとその全てを口に放り込んだ。貴族らしからぬ振る舞いは、この場に他の者がいたなら眉を顰められる事だろう。しかし幸いこの場でその姿を見るのは俺のみ。注意する必要も無く、敢えて言うなら口の中の水分が取られる事への懸念くらいだ。

「お褒めに預かり光栄です」

夜も遅い為、カップに注がれているのはハーブティーだ。カップを口元に近付ければりんごの花に似た香りがふわりと鼻を抜ける。

「さて、君はこれからどうするつもり？」

「そうですね、戸籍も得た事ですしこの国の教会に所属しようかと」

「へえ、意外かな」

オレンジ色を帯びた間接照明が対面に座るコンラッドの頬を優しく染める。クッキーを飲み込んだコンラッドはハーブティーで口の中を潤すと、僅かに前のめりになりこちらを見据えた。

「本気でこの国の愛し子になるつもりなんだ」

俺はその言葉に微笑むと手にしていたカップを置き窓の外を見やる。カーテンは開けられている為空に浮かぶ月がはっきりと見えた。

「意外と俺は独占欲が強かったようなので」

答えと言うには不自然な返しだっただろう。それでもコンラッドは俺の言葉を聞くと、愉快そうにその目を輝かせた。

コンラッドがブルーノに地下へ幽閉されようと、断罪が行われずこの国の王家が滅びようとどうでも良かった。いくら監視の目があろうと地上に出た時点でこの街を抜け出す方法なんていくらでも存在した。それでもこうして俺が行動した理由は、得られる利益以上に、単に気に食わなかったからだ。

記憶に残る価値さえ無かった男が俺のものに強い感情を向ける事も。たかが一介の戦力の為だけにその身を欲した事も。トリスタンの価値を判断する権利は主人である俺しか持たないというのに。しかし今回のような出来事は今後も起こり得る可能性がある。いくら髪色を誤魔化そうと己が如何に目立つか自覚が無いわけでもない。この先ノエル以上の権力者に目をつけられる事が無いとも言い切れない。そんな時、ただの旅人という立場は自由を得る以上に厄介事を引き寄せかねない。より物事を円滑に進める為には、権力が必要だった。広大な土地を治めるような貴族である必要も、大きな顧客を持つ豪商である必要も無い。自分がたまたま有していたカードを使い、手っ取り早く権力を得られる手段がこの国の信仰対象になる事。それだけの事だった。

多少の窮屈を我慢するだけでお手軽に身分が手に入るのだからこの手に乗らない理由は無い。それにその窮屈も、今後改善していけば良いのだから。

それに次は聖騎士の真似事をさせてみるのも面白いかもしれない。

奴隷として生まれ、従者として育て、そして今度は愛し子の騎士。鎧は好みじゃないが、聖騎士には詰襟タイプの制服もあったはずだ。トリスタンの精巧な顔立ちにその制服はさぞかし似合う事だろう。派手さは無いが、トリスタンも攻略キャラクターの一人。顔立ちは十分目を引くに足る。

「そう言えば僕宛……というよりノエルか。隣国から手紙が届いていたようだよ。送り主はセドリックという名の騎士らしい」

セドリック。その名で思い起こされるのはやがて国を継ぐであろう、第一王子の側近として覚悟を決めた男の姿。随分時間が経ったように感じるが、セドリックと会ったのはあの貧民街が最後だ。大体の予想は出来るが、その内容には興味が引かれる。

「期間が短いと言えど、ノエルは随分好きに動いたから。こちらの不審な動きを交戦の意思ありと判断されかねない」

「つまり釘を刺されたというわけですね」

「まあ、こちらとしても警戒を持たれるのは本意じゃ無い。近々屋敷を訪れると書かれているから、きちんと準備しておかないとね」

地下施設の奴隷たちは既にバートランドによって引き取られた。烏合の衆と言えど反乱を起こせるだけの戦力を有していると受け取られるのは都合が悪い。その相手が王家であれ隣国であれ、無用な火種は早々に手放すに限る。コンラッドもノエルが勝手に集めたあれ等に執着は持っていなかった。

「身の潔白はさっさと証明したいから」

「そういえば、良かったのですか」

俺の言葉が何を指しているか、コンラッドなら伝わっただろう。全てが終わった今、セドリックの件以外に解決していない事が二つ残っている。

一つは愛し子でないコンラッドは本来ならシルヴェスターの王配に成り得ない事。

これは周囲を納得させるだけの手腕がコンラッドに存在し、そして二人に側室を取る意思があるならそう解決も難しくは無いだろう。そしてもう一つ、コンラッドの父親である前ハミルトン伯爵の行方について。

「地下施設の奴隷の中に、あなたの父親が含まれていたのでは無いですか」

俺は最初、前伯爵はコンラッドと共に囚われていると予想していた。しかし檻の中に囚われていたのはコンラッドただ一人。その場に前伯爵の存在は無かった。地上で前伯爵の行方を知る者はいない。殺害された可能性も考えたが、一番良い死体の隠し場所である滝の底にはその姿が無かった。当然屋敷の中にもその姿は見当たらず、あと考えられるのはコンラッドと共に閉じ込める事だった。

前伯爵が何故地下に囚われたのか、その理由はブルーノにしか分からない。父親心から閉じ込められたコンラッドを憐れみブルーノの行動を止めようとしたのかもしれない。ただコンラッドがその事を知らないとは思えなかった。だからこそこの言葉。

「さあ？」

興味なさげに再びクッキーを摘むと、それをぽいと口の中へ放り込む。

「ブルーノにも言ったけど、もう関係無いもの」

ああ、そうか。

彼もまた悪役としてこの世界に落とされた。前世の記憶と魂を持ちながら、コンラッド＝ハミルトンの人格と溶け合いやがて形成された姿。ぞくりと背筋に走る悪寒は、善悪の区別を残しながらそれでもコンラッドという悪役の性質を確かに引き継いでいる彼に己の姿を投影したからか。俺も彼のように、自分の父を見殺しにしたから。目蓋を閉じ思い出されるのは、見知った騎士に切り捨てられた父の姿だ。

俺は軽く頭を振ると再び目を開き手にしていたカップに口を付けた。

「そう言えば教会の使いが先程訪れてね、これを置いて行ったよ」

「これは？」

コンラッドは指先に付着したクッキーの粉を軽く払うと、ソファから立ち上がり机の引き出しから包みを一つ取り出した。何の変哲もない茶色の紙袋だ。大きくも小さくも無いが、渡されたそれは柔らかく中身が布のような物だと分かる。

「開けても？」

「うん、どうぞ」

ガサリと袋を開ければ、そこには白い布が入っていた。指で触れた生地はさらりと薄く、広げて漸くそれが祭服だと分かった。黒一色の司祭等の祭服と対を為すような、汚れ一つ無い清廉なそれ。成程。愛し子として生きる意志があるのなら、これを纏って教会に来いという意味だろう。一見飾り気は無いがよく見れば同色の刺繍が端に施されている。

「明日伺うとします」

「そう。君たちの部屋は残しておくから荷物なんかは置いておいて構わないよ。所属するからといっていきなり教会に住むわけでも無いし」

皺が付きにくい素材だが、丁寧に折りたたみ袋へ戻す。

「ありがとうございます」

「ああ、それと。君とトリスタンの仲だけど僕は応援一択だから」

ソファに腰をかけ直したコンラッドがぐっと親指を立てる。この世界の人間では絶対にしないその動作に曖昧な笑みを返し、俺はそっと空になったカップをローテーブルへ戻した。

「そろそろ部屋に戻ります」

「うん、また話そうね。君とは〝色々〟話すべき事がありそうだ」

ひらりと手を振られる。俺は紙袋を手にし立ち上がると、軽く礼を返し部屋を後にした。


二人分の重みに、ぎしりとベッドが悲鳴を上げる。表情は困惑を浮かべていても、目の前の男の目には隠しきれない劣情が浮かんで見えた。

「ユーリ様、これはどういうつもりでしょうか」

トリスタンの首に手を回したまま、俺はにやりと口角を上げる。

俺が今身に纏っているのは、平民風の私服でも、コンラッドから与えられた寝衣でも無い。先程渡されたばかりの祭服だ。汚れを持たない白い布は一枚一枚が薄くとも、重なる事で素肌を一切透けさせない。一見禁欲的なデザインだがこの身に触れ布の薄さを知れば、欲をくすぐる要素以外の何物でも無い。

「似合うだろう」

「ッ、そりゃ似合いますけど、私が聞いているのはこの体勢の事なんですが」

「はは、喜べ。この姿を見たのはトリスタン、お前が初めてだ」

俺の言葉に目の前にあるトリスタンの喉元がごくりと動いた。それを合図に首へ回していた腕を外しトリスタンの胸元のボタンをゆっくり外す。露わになった胸板の凹凸を指先でなぞれば、顔の横に置かれた拳に力が込められる。

もう一押し。俺は両手でトリスタンの頬を包むと、優しく力を入れ顔を近寄らせる。

「汚れの無い物ほど汚したくなるだろう？」

そして汚す権利を持つのは、トリスタン。お前ただ一人だけなのだから何も躊躇う必要は無い。

ちゅ、とリップ音を立て軽く唇を重ねる。児戯のようなそれに、太ももに触れる硬さが増した事を感じ取る。興奮を隠しきれない勢いで再度唇を重ねられ、俺は身を委ねるべくそっと目を閉じた。


「は、っ」

ぐちゃぐちゃと粘着質な水音を立て、トリスタンの指が体内を蠢く。既に三本もの指を飲み込んだその場所はぐずぐずに溶けており早くトリスタンのものを挿入して欲しくて堪《たま》らない。しかし俺の身に一切の傷を付ける事を許さないトリスタンにより無自覚に焦らされる。何より一番触れてほしい場所を避けているのはわざとだろう。快感の涙で潤む目で何とかトリスタンを睨み付け、不満を口にする。その拍子に先程まで噛んでいた祭服の裾がはらりと胸元に落ちた。

「トリスタンッ」

「ユーリ様、いけませんよ。祭服を汚してはならないのでしょう？　口で咥えていられないのなら、手で持っていても構いません」

そう言うとトリスタンは空いている方の手で俺の手を掴むと胸元へ案内した。力の入らない手で祭服を持ち上げれば、褒めるように先端をしとどに濡らしている俺のものがトリスタンの掌に包まれる。

「はっ、ん！」

「私のものを入れる前に、一度吐き出しておきましょう。その方が身体に負担が少ない」

いつもより丁寧に身体を解され、そう言えば十分な時間を取れたのは初めてだったと思い返す。俺の断罪イベントの前夜は頭に怪我をしていたし、トリスタンは下した命令を遂行させなければならなかった。その後の宿屋では翌日も馬車に乗り移動しなければならなかった為当然手加減されていたのだろう。こうして上質なベッドで、壁も厚く、身の安全が約束された場所でじっくり身体を重ねるのは初めてだ。さらに俺の纏う祭服がトリスタンの興奮をより一層掻き立てている。いつもよりしつこく感じる前戯はその所為らしい。

理性なんて無駄なもの捨てて今すぐ俺の事を抱けば良いものを。

「ん、っ！」

熱い掌で擦られれば達するのはあっという間だ。目の前が白くスパークし、処理しきれなかった快感に思考が散漫する。緩んだ口の端からこぼれた唾液をトリスタンに舐め取られた後、目元から落ちた涙を指で拭われた。裾を掴んでいた手を放し重力が増したような身体の疲労感に襲われる。僅かに閉じ掛けた目蓋を開かせたのは、漸く与えられたトリスタンの熱を感じたからだ。

「ッ！」

「良い具合に脱力出来ましたね。ッさあ、そのまま力を抜いていてください」

ぐっと腰に力を入れられ、火傷しそうな熱を持った杭が胎の中をこじ開ける。丁寧に解されたその場所は柔軟にトリスタンを受け入れ包み込む。はあっと耳元で繰り返される呼吸音に、余裕が無いのはお互い様だと安堵する。力が入らない下半身を叱咤し、トリスタンの腰に両足を絡めればより一層挿入が深いものとなった。

「ん、っく、ふ」

硬い熱の塊に奥を突かれ下から込み上げてくる圧迫感に喘ぐと、汗でしっとりとした手に前髪をかき上げられる。

「名を、今だけはあなたの本当の名を……呼ぶ事を許していただけませんか」

眉根を寄せ汗を流す余裕の無いトリスタンの姿に満足を覚え、背中に回した手で抱き寄せる。しっとりと汗ばんだ肌同士がぶつかり合い、まるで一つになるかのような錯覚に陥る。

「呼べ、トリスタン」

「……ッ、ユリシーズ様！」

より距離を縮めた耳元で命令を下せば、余裕を無くした声で本来の名を呼ばれる。たった数日呼ばれていないだけだが己の名が随分懐かしく感じる。昂った感情に激しさを増す抽挿に堪えるように掻き抱いた背中に爪を立てる。痛みを感じるはずのそれさえ、トリスタンの興奮を煽る動作に過ぎなかった。

「は、っんん」

「ユリシーズ様、くっ、私だけの主！」

全てを喰らい尽くすような口付けで、口内が余す所なく蹂躙される。絡みとられた舌をじゅっと吸われ、背筋に痺れが走った。

「ああ、俺はお前の主人で……俺の犬は生涯お前ただ一人だ」

解放された唇に悪役らしい笑みをにやりと浮かべ、トリスタンに挑発するような視線を向ける。

よく覚えておけ。お前の主人は後にも先にも俺ただ一人だけだと。少しでも他の人間に尻尾を振るような事があれば、捨てるなんて生ぬるい。一生首輪に繋いだまま飼い殺してやる。

未だ奴隷を装う為首に嵌めていた、不釣り合いな黒い首輪に手を掛けベッドの下へ放り投げる。こんな物で従わせなくとも、トリスタンが俺の元から離れる事は無い。僅かに跡の残る首に舌を這わせ、絡めた足に力を入れる。

「さあ、お前をもっと感じさせてくれ」

互いの荒い呼吸音を耳障りに感じながら、それを掻き消すように再びトリスタンの唇へ噛み付いた。

「――ッ、く！」

「ん、んん！」

最奥を抉る塊により絶頂へ導かれる。胎内に収まる塊をぎゅ、と包み込めばどくどくと脈打つ昂りからやがて熱い迸《ほとばし》りが放たれた。


ベッドの軋む音が止み、静まり返った室内に互いの呼吸音だけが聞こえる。

月明かりのみに照らされる室内は薄暗いが、互いの姿はぼんやりと捉えられた。一度達したというのに、トリスタンの目は獣の如くギラギラと光を宿している。貪り足りない。明らかに視線がそう物語っていた。汚してはならないと言っていた祭服も、既に汗や唾液でぐっしょりと濡れている。駄目だと言っていたのもどうせ初めから口だけだった。俺は汗の所為で腕に絡まる薄布を全て脱ぎ捨てると、肘をベッドに立て上体を起こす。

「トリスタン、次はお前が下になれ」

「私の上に乗ってくださるので？」

「そう、だ、……っあ、」

己の体重でより奥を抉る楔に息を乱す。しかし対面した状態のお陰で俺から口付けがしやすくなった。満足に目を細めると、トリスタンは目元に掛かっていた俺の前髪をそっと撫でた。

「やはりあなたは銀色の髪でなくては。あなたを構成する銀髪も、青みがかった紫の瞳も、この世の全てより美しく私にとって価値のあるものです」

そんな事、とうの昔に知っている。

傷だらけでベッドに寝かされていた弱々しい子供は、俺のこの銀色に、まるで宝物を初めて手に入れたかのような視線を向けてきた。戦場に放り込みどれだけ憎しみを向けられようと、その目が真っ直ぐ俺の目を射抜いてきた事を覚えている。

「トリスタン、お前の答えを聞いていなかった」

「私の答え？」

俺が前世の記憶を持っている事への答えだ。川から流された後はコンラッドやバートランドの元を訪れたり、教会へ説明しに行き聖騎士の手配を頼んだりと動き回っていた。その所為で答えを聞きそびれていた。

「分かりきった事を聞いて楽しいですか」

少し不機嫌そうに寄せられる眉と僅かに下げられる目元は、表情が豊かだとお世辞にも言えないトリスタンにしては珍しい顔だ。

「ああ、想像もつかないな。だからこの口で言葉にして、しっかり教えてくれないか」

指先でトリスタンの唇をなぞる。

「決まってる。あんたが俺の主人であるユリシーズである限り、前世なんてなんの問題にもなりはしない。拾った犬の面倒を最期まで見るのが、主人の務めなのでしょう」

——拾ったのはあんただ。

こちらを鋭く射抜く視線に恍惚とした笑みを浮かべる。これだから俺の犬は堪《たま》らない。前世がどうであれ、トリスタンが迷い無く俺を選ぶ事は分かっていた。それでも敢えて口に出させたのは、存外俺も言葉で伝えられたい性質だったらしい。愛なんて言葉じゃ生ぬるい。どろどろと強い感情を煮詰めたそれは、まさしく執着と呼ぶにふさわしい。

「その通りだ。俺が手綱を離す時は、お前が死ぬ時なのだから」

トリスタンは満足そうに口角を上げると、俺の腰を支え再び律動を開始した。揺れる視界で不意に外を見れば、月は随分低い位置に移動していた。夜明けが近い。しかしそんな思考も、快楽に溶かされた頭では直ぐに拡散する。今この瞬間、この場には俺たち二人しか存在しない。邪魔するものは何も無い。

俺は愛しい忠犬の熱を肌に感じながら、三度目の絶頂を極めた。

「……ユリシーズ様」

薄れゆく意識の中、名を呼ばれ俺はふわりと微笑んだ。

◇　◇　◇

洗った祭服がその日の午前の内に乾いたのは生地が薄く、また日がよく照っていたお陰だろう。

トリスタンの手により着せられ、髪を丁寧に梳かれ整えられれば清廉潔白な精霊の使いとなる。銀色の髪と純白の祭服はよく馴染み儚い印象を与えるが、確かな意思が宿る紫色の目をより一層強調する。

「どうだ？」

「ええ、文句無く美しいです」

差し出された手を取り馬車に乗めば、記憶より質の良くなったクッションが腰を優しく包み込んだ。トリスタンに尋ねると、どうやらコンラッドが準備させた物らしい。分かってはいたが、屋敷内の俺たちの行いは筒抜けのようだ。どうせここで恥じらうような性格でも無い。

「そういえば聞き損ねていたのですが」

「なんだ」

ここ数日で見慣れた街並みを眺めていると、馬車を操るトリスタンから不意に声を掛けられる。

「何故あの時私に川へ来いとおっしゃったのです」

ブルーノに川へ流された時の事を言っているのだろう。既にどうでも良い記憶となっていた為説明するつもりは無かったが、トリスタンが気にするのなら話は別だ。

「あの男もまた、この国の人間だったからだ」

異国めいた風貌をしていてもブルーノはこの国で長い時間を過ごした。そしてその根底には、この国で当たり前のように刷り込まれている精霊信仰が存在する。俺を始末するだけなら剣を一振りするだけで終わる。戦う術を持たない俺を殺すのは、赤子の手を捻るように容易い。

しかしそうしなかったのは、俺の髪色が銀色だと知っていたからだ。全ての生命の源であり、命を繋ぐもの。そして精霊の棲家と言われる水場を、ブルーノなら選ぶと確信していた。

「愛し子という存在に囚われていたのはノエルだけじゃなかったというわけだ」

「なるほど」

信仰とは与えられるものでは無い。生活に根付き、行動に根付き、そして思考に根付くもの。無意識のうちの刷り込みのような信仰心に、この国の人間たちは疑問を抱かない。そしてそれは、対象が違うというだけでトリスタンにだって言える事。そこに僅かな違和感を覚えるのは、俺が前世の記憶を持っているからだろう。

「ああ、ユーリ様。教会が見えてきましたよ」

「ここ数日で何度も足を運んだからか既に見飽きてるな」

「何をおっしゃいます。今後の立場を考えれば、今から見飽きたなんて言えなくなりますよ」

トリスタンの軽口にふっと笑みを浮かべる。祭服はさらりとして肌触りが良いが着慣れないものだ。しかしそれも当たり前のように着る日が来るのだろう。

「トリスタン」

「はい？」

「昨晩は随分情熱的だったな」

俺の言葉にトリスタンが激しく咽せる。俺の位置からでは後ろ姿しか拝めないのが残念だ。さぞかし良い表情をしている事だろう。

「今度は祭服を着たまま縛ってみるか？」

「ッ黙ってくださいい、あんた本当に良い性格してますよ」

馬の嘶きの後、蹄の音がぴたりと止む。トリスタンが馬車を止めたらしい。ガチャリと乱暴に扉が開かれると、頬を赤く染めたトリスタンが室内に押し入って来る。決して広いとは言えない馬車に、ただでさえ小柄とはお世辞にも言えないトリスタンが乗り込めば室内はより窮屈なものになる。

「貧民街で攫われて、頭から血を流してる上に犯され掛けて。その後は塔から身を投げる。それで今回は滝に落とされて殺されそうになった」

つらつらと最近の出来事を挙げられれば、確かに数日間の事とは思えないほど濃密だ。我ながらどれも命の危機に晒されている。塔の件を除けば、トリスタンに対し詳しい話をした記憶は無い。

「私はね、ユーリ様。決めたんですよ。先を見据える慧眼をいくら持っていようが、あなた自身が非力な事に変わりはない。あなたが好きに動くように、私も好きなようにあなたを守る為動くと」

背後の壁に手をつき俺を追い詰めるトリスタンは、口元に笑みを浮かべているがその目は至って本気だった。命令を遂行するお利口な犬。これまでのトリスタンはまさしくそれだった。しかしこうして態々宣言したという事は、今まで以上に俺に尽くす意思があるという事。

俺がどれだけ試すような事を口にしようと、それら全てを飲み込み受け入れるという覚悟の証。

「望むところだ。お前が俺の不利になるような事をしないと分かっている」

そんな事、ずっと前から知っているさ。お前が俺に仇なす未来など訪れないと。

この国で精霊の愛し子として認められ、再び権力を手に入れるまでどんな壁が立ちはだかるかも知れない。清廉潔白な印象を持つ教会でさえ、一枚岩ではないだろう。司祭のような真っ当な人間ばかりで無い事は容易に想像がつく。それでも未来の快適な生活のために、何を踏みつけにしてでものし上がってやる。トリスタンと共にあればなんだって出来る。

俺は目の前の頬を両手で包むと、挑発的な笑みを浮かべトリスタンの口元に己のそれを重ねた。

この作品に対する皆様のご意見・ご感想をお待ちしております。

おハガキ・お手紙は以下の宛先にお送りください。

【宛先】

〒150-6019 東京都渋谷区恵比寿 4-20-3 恵比寿ガーデンプレイスタワー 19F
（株）アルファポリス　書籍感想係

メールフォームでのご意見・ご感想は右のＱＲコードから、
あるいは以下のワードで検索をかけてください。

アルファポリス　書籍の感想　検索

ご感想はこちらから

本書は、「アルファポリス」（https://www.alphapolis.co.jp/）に掲載されていたものを、
改稿、加筆のうえ、書籍化したものです。

悪役令息《あくやくれいそく》の七日間《なのかかん》

瑠璃川ピロー（るりかわ ぴろー）

2024年 1月 20日初版発行

編集－本丸菜々
編集長－倉持真理
発行者－梶本雄介
発行所－株式会社アルファポリス
〒150-6019 東京都渋谷区恵比寿4-20-3 恵比寿ガーデンプレイスタワー19F
TEL 03-6277-1601（営業） 03-6277-1602（編集）
URL https://www.alphapolis.co.jp/
発売元－株式会社星雲社（共同出版社・流通責任出版社）
〒112-0005 東京都文京区水道1-3-30
TEL 03-3868-3275
装丁・本文イラスト－瓜うりた
装丁デザイン－AFTERGLOW
（レーベルフォーマットデザイン―円と球）
印刷－中央精版印刷株式会社

価格はカバーに表示されてあります。

落丁乱丁の場合はアルファポリスまでご連絡ください。

送料は小社負担でお取り替えします。


ISBN978-4-434-33315-6 C0093